文庫

馬鹿と嘘の弓

Fool Lie Bow

森 博嗣

講談社

目次

Fool Lie Bow

by

MORI Hiroshi

2020

PAPERBACK VERSION

2023

Fool Lie Bow

馬鹿と嘘の弓

MORI Hiroshi
森博嗣

行商人のブラカマンは煮ても焼いても食えない悪党だが、このぼくはいたって善良な人間である。あの男は天文学者をつかまえて、二月というのは目に見えない象の群れている月だとまことしやかに説き伏せて、信じこませるだけの才能に恵まれていたが、ひとたび幸運の女神に見放されたとなると獣のように残忍極まりない性格をむき出しにした。

(『エレンディラ』「奇跡の行商人、善人のブラカマン」
／G.ガルシア＝マルケス)

登場人物

柚原《ゆはら》　典之《のりゆき》 ---------------------- ホームレス
飯山《いいやま》　健一《けんいち》 -------------------------- 元教授
菅野《すがの》　彩子《あやこ》 ------------------------ 健一の妹
深谷《ふかや》　雅子《まさこ》 ---------------------- 典之の祖母
乃木《のぎ》　純也《じゅんや》 -------------------------- 准教授
山本《やまもと》　みゆき --------------------- 典之の母
柳瀬《やなせ》　玄爾《げんじ》 ------------------------------会長
加部谷《かべや》　恵美《めぐみ》 ---------------------------所員
小川《おがわ》　令子《れいこ》 ------------------------------所長

プロローグ

ところが天使は、彼にとって最悪の冬を切り抜けたばかりか、春の光を浴びて元気を回復したかのように思われた。誰かに見られることを嫌って中庭の奥まったところに潜み、何日も動こうとしなかった。そして十二月に入ったとたん、太くて堅い羽毛、いかにも老いぼれた鳥にふさわしい羽毛、新たな老衰の兆候としか思えないような羽毛が、翼に生えはじめた。

（「大きな翼のある、ひどく年取った男」）

この建物は、何のために造られたものだろうか、と彼はふと考えた。

今、その建物の中にいて、僅《わず》かばかりの安堵《あんど》を抱きしめて二時間ほど眠ったところだった。どことなく、この場所に甘い懐《なつ》かしさのようなものを感じたし、またここ数日の体調不良で弱ってもいたので、もっと長く眠ることができるだろう、と思っていたから、目が覚めたことが少々意外だった。彼を起こしたのは、建物が軋《きし》む嫌らしい音のせいだった。

風は、二時間まえに比べていっそう強くなっているようだ。大波のように押し寄せ、建物を揺する。壁や柱が、そのたびに歪《ひず》んで、ぎいぎいと擦《こす》れるような異音を立てていた。ドアはがたがたと振動して、まるで執拗《しつよう》な借金取りが外で叩《たた》いているようだった。ずいぶんと古いものだろうか、部分的に腐っていたり、既に外《はず》れている箇所もあったりしそうだ。現に、どこからともなく風が室内にまで侵入してくる。口笛のように高い音を鳴らし、すぐ背後に迫っているように感じられた。

電池がもったいないので、天気予報は見なかったけれど、台風がこちらへ近づいていることは確かだ。あと数時間がピークだと思われる。今夜だけでも、持《も》ち堪《こた》えてほしいものだ、と彼は思った。

建物が風の力で崩壊する場合は、まず屋根が捲《めく》れるのだろうか。そのあと、風が一気に吹き込んで、さらに危険な状態になるだろう。もしそうなったら、室内にいる方が危険かもしれない。そんな事態にならないでほしい。近くには、雨を凌《しの》ぐような場所はないし、また、周囲は林だから、樹木が倒れる危険もあるだろう。この建物に倒木が当たる可能性もある。それも心配の一つだった。

雨は降っているのだろうか？　今はその音はほとんど聞こえない。風と建物の音に掻《か》き消《け》されているからだ。外の様子を覗《のぞ》いてみようか、とも考えたけれど、体力を消耗するだけだ、と思い直し、起き上がることもしなかった。

真《ま》っ暗闇《くらやみ》の中にいる。明かりというものはない。リュックに光るものを幾つか持っているが、今なにかを見たいわけでもないから、光は必要ない。夜は、本も読まないことにしている。

昨日から読んでいるのは、社会学の本だった。古本屋の店先で、無料で配られていたものだ。その古書店へは、もう何度も通っているが、無料の本をもらう以外の用事はない。本を買ったこともなければ、店の中に入ったことさえない。店主の顔は知っている。目が何度か合ったから、むこうもきっと、こちらの顔を知っているだろう。

その本は、その店から直接もらったものではない。髭《ひげ》を伸ばした老人に声をかけられ、彼から手渡されたものだ。店主の顔など吹き飛びそうな、ストレートで覚えやすい印象的な顔だった。彼は、その本を同じ古書店で数日まえに無料で手に入れたようだ。自分は読み終えたから書店に返そうと思った、と話した。

「でも、店主は嫌がるのではないでしょうか」と彼は意見を述べた。古くて傷んだ本を処分するために無料で配布しているのだろうから、そのゴミともいえるものを返してほしいとは考えないはずである。

髭の老人は、にやりと笑って、肘《ひじ》のあたりを手で軽く叩いてきた。その動作がどういう意味なのかわからなかった。そのあと老人は、その本を彼の方へ差し出した。ちょうどワゴンに出ていた本の中には、自分が読んで面白いと感じられそうなものはなかったし、老人が見せてくれた本は、タイトルからして、ずばり好みのものだったので、彼はそれをもらうことにした。本を開き、最初のページを読んだだけで、それを確信した。

礼を言うべきだろう、と顔を上げたときには、老人は立ち去ってしまった。ワゴンの無料本を眺《なが》めていくこともしなかったようだ。おそらく、新しい本が出ていないことを知っていたのだろう。今度会ったら礼を言おう。否、それまでにもらった本を読んで、その感想を語る方が礼儀というものかもしれない。

真っ暗闇の中で、彼はそんなことを考えた。明るい場所でなら、本が読める。明日の朝になったら、そうしよう、と決めた。こんなふうに、明日に予定があるなんて、彼には非常に珍しいことだ。なかなか気の利いた人生の方法ではないか、とも少しだけ思えた。

とりあえず、今は眠ることしか有意義な選択はない、と確信した。嵐の音をいくら注意深く聞いたところで、面白い知見《ちけん》は得られるはずもない。

砂っぽい板張りの上に横になって、目を瞑《つぶ》った。幸い、寒くはなかった。目を閉じた方が、いろいろなものが見える。白いリングのようなものが幾つも宙をゆっくりと移動していた。これはきっと宇宙だろう、と思った。

自分は、もしかしたら、地球外から来た生命体かもしれない。いちおう、両親と思《おぼ》しき人たちはいたけれど、どことなくよそよそしかった。赤ん坊の頃に拾われた可能性が高い。その人たちは、結局は別れてしまい、彼は、母の役をしていた人物の母親の家に預けられた。父の役をしていた人は、だいぶまえから行方不明だ。祖母が話してくれたところでは、どこかの工事現場で働いているようだったが、今はそこにはいない、という。

この祖母は、自分の娘、つまり彼の母役の人のことを話さなかった。この点も、極めて不思議といえる。彼の本当の母親ではないことを知っていたから、話題にしないように避けていたのではないか。

子供の頃は、とにかく我慢をした。そうすることしか、生きていく方法がなかったからだ。大人しくしていれば、祖母が、否、祖母の役をしている人が、彼に食事を作ってくれたし、もちろん、寝る場所もあった。面倒なので、あまり口をきいたことはない。黙っていると、祖母は最後は説教めいたこと、何度も聞かされている同じ話をするような傾向にあって、とにかく鬱陶《うっとう》しかった。歳《とし》を取って、頭も不活性になっているから、新しい話は一つもない。本も読まない人だった。テレビをずっと見ていた。しかし、悪い人間ではない。少なくとも、彼を捨てるようなことはしなかった。

眠れそうな気がした。眠れるという状況は、彼にとっては世界で一番の幸せだった。特に一人で静かに眠れることが、なによりも尊いものに感じられた。

嵐の音も気にならなくなってきた。

目を開けているのか、それとも瞑っているのかも、よくわからない。どちらが上で、どちらが下かも、不明確になる。

暗闇を見つめると、ほとんどの場合は、憎らしい顔、つまり愚かな人間たちの顔が思い浮かんで、どうしようもなく気が滅入《めい》ることが多いのだけれど、今はそれもなかった。きっと、この嵐の騒がしさが、ちょうど麻酔薬のように効いた結果ではないだろうか。

そういう薬があったら、是非とも欲しいものだ、と彼は考える。そして、その薬が効いている間に、できれば死にたいものだ。薬にその機能も含まれていてほしい。ただ、おそらくは高価な薬になる。誰もが欲しがるのにちがいないから、高くなるはずだ。

誰かが、呼んでいる。

遠くから、叫び声のように聞こえてくる。

風の音が、そう聞こえるのだろうか。

突然、ドアが開いた。同時に、風が吹き込んだ。

眩《まぶ》しい光も、彼に目がけて飛んでくる。

目を開けることもできず、片手を翳《かざ》した。シルエットが動いていた。

「おい、そこで何をしているんだ？」低い男の声だった。

光がもう一つ、動く。そちらも彼を照らし、ますます眩しくなった。

「誰なんだ？　答えなさい！」

「あの……、すみません。眩しくて、目が開けられません。まずは、そのライトを消していただけませんか」彼は言った。いつものジェントルな口調である。囁《ささや》くような、大人しい物言いが、彼の話し方だった。

「何？　何だって？」相手は声を荒らげる。建物の中に入ってきた。抵抗しそうな人物ではないとわかったから、近づいたのだ。

あとから入った男が、ドアを閉めた。風の音が煩《うるさ》かったからだろう。彼らは、傘を持っていない。フードを被《かぶ》っていたようだ。ずっと歩いてきたとは思えない。近くで車を降りたのだろう。

多少は目が慣れてきたのと、こちらが手を翳しているので、ライトは、彼の顔ではなく、彼の胸やリュックなどへ向けられたため、眩しさは和《やわ》らいだ。

「ここで何をしていた？」同じ質問をされた。

「寝ていました」

「勝手に入っては駄目だろうが。外に、そう書いてあるのを見なかったのか？」

「いえ、知っています。雨が降りだしたので、雨宿りをしているだけです」

「雨宿り？　それだったら、外でも、軒下《のきした》なら雨宿りができるだろう。傘がないのか？」

「風が強いので……。すみません、勝手に入ってしまって」彼は起き上がり、正座をして頭を下げた。

「名前は？　どこから来たんだね？」もう一人の男がきいてきた。そちらの声の方が優しそうだった。どうやら、二人は警官らしい、とわかった。彼らのライトが、部屋に拡散し、多少は姿が見えるようになったからだ。

「柚原《ゆはら》といいます。どこから、というのは、難しいですね、ここ数日は、この街の方々を歩いていています。ここへ来るまえは、西の、線路の向こうの公園にいましたけれど」

「家は、どこだ？　住所をきいている」

「家も、住所も、ありません」

「ゆはら、というのは、どんな字を書くんだね？　下の名前は？」優しい声の方がきいた。近くまで来て、膝《ひざ》を折った。ポケットから手帳を取り出している。「ここに、名前を書いてくれないかな」

「なにか、良いことがあるのですか？」彼は尋《たず》ねた。

「え、良いこと？　どういう意味？」

「名前を書いたら、なにか僕にメリットがありますか、という意味です」

「メリット？　何だ、メリットって」

「名前を書いたら、しばらくここで雨宿りしていても良いですか？」

「馬鹿《ばか》か、お前は……」警官は怒鳴《どな》った。

「では、名前は書きません。柚原のゆは、ゆずという字ですよ」

「ゆず？　ゆずって、どんな字だ？」警官は、もう一人の顔を見た。

「難しいかもしれませんね」

「なんだとぅ！　駄目だ、駄目だ。即刻、ここを退去するように。それを言いにきたんだからな」

「でも、暴風雨ですよ、外は。出ていって、なにか怪我《けが》でもしたら、責任問題になりませんか？」

「警察の責任ではない。自己責任だ」

「では、自己判断で、今夜はここで過ごすことにします」

「駄目だ。それじゃあ、意味がないだろうが」

「意味がないことはありません。一人の人間が安全になるわけですから。それに、なにかが失われるわけでもありません」

「お前はなあ……、どうだっていいんだよ。とにかく外へ出ろ！」

「ちょっといいかな」もう一人が穏《おだ》やかな声で言った。「リュックの中を見せてもらえませんか？」

「え、どうしてですか？」彼はきいた。

「不都合なものが入っていないか、確かめさせて下さい。見せられないものが、入っていますか？」

「いいえ」彼は首をふる。「でも、他人に勝手に中を見られるようなことは、普通ではないと思います。拒否できるのでは？」

「怪しいな」馬鹿な方の警官が大きな声で言った。

「怪しかったら、なんでもできるのですか？」彼はすぐに尋ねた。

「リュックの中を見られたくなかったら、外へ出ていくこと」優しい声の警官が言う。

「それは、どういう理屈でしょうか？　リュックの中を見せても、ここにはいられないのでしょう？　だったら、交換条件として成立していないのではありませんか？」

警官はわざとらしく舌打ちをした。「まったく、煩いなあ」

「そうですね。外も煩いし、寝ようとしていたら、もっと煩い人たちが来ました」彼はそう言うと、少し微笑《ほほえ》んだ。

「何が可笑《おか》しいんだ？　巫山戯《ふざけ》るな！」警官が叫んだ。「さっさと、出ていけ！」

「はい、雨が止《や》んだら、出ていきます」

「雨は、今のうちなら、それほど強くはない」もう一人が言った。「雨宿りができる場所を探したら、近くで見つかるだろう」

「そうだ、とにかく、ここは駄目なんだ！」

「朝まで、ここにいたいのです。外は真っ暗ですし、風も強くて危険です」

警官は、また舌打ちをした。躰《からだ》をぶつけるように彼の近くへ来たが、横を通り、奥のもう一人のところへ行った。そちらの警官が持っていたリュックを手に取り、ドアの方へ引き返した。

警官はドアを開ける。そして、リュックを外へ投げた。

「どうしてそんなことをするのですか？　そんな権利が警察にあるんですか？」彼は抗議をした。

「いいから、外に出ろ！」警官が叫んだ。

彼は、リュックを取りに、ドアから外へ出た。濡《ぬ》れてはまずいものが入っていたからだ。しかし、外は暗闇で、どこに自分のリュックがあるのか、わからなかった。

雨の中へ出ていき、リュックを探した。警官たちは、ライトを当ててはくれない。しかし、投げた方角がだいたいわかっていた。道の脇《わき》の草の上に、それは落ちていた。

警官たちは建物から出て、ドアを閉めたようだ。そこに二人が並んで立っていた。

彼は、リュックを背負い、二人を睨《にら》みつけた。

「名前を教えてもらえませんか？」彼は警官に言った。

「関係ないだろう。早く立ち去れ！」

「悪く思わないでくれ、これが俺たちの仕事なんだ」もう一人の穏やかな方が言った。

彼は、二人の前まで行き、そこに立った。距離は二メートルほどである。

「何がしたい？」警官がきいた。身構えているようだ。「抵抗すると、公務執行妨害で引っ張るぞ」

「国民の安全を守る、個人の権利を守る。それが警察の役目なのではありませんか？　僕は、誰にも迷惑をかけていない。ただ、雨風を凌ぐために、一時的にそこを借りただけです。この程度のことも、許されない。人のものを投げ捨て、強制的に雨の中へ、嵐の中へ連れ出すような権限があるのですか？」

「連れ出してはいない。強制的でもない」

「強制的でしたよ。バッグの中に入っているものが、もし壊れていたら、弁償してもらえますか？」

「バッグ？　どこにあったんだ？　外に置き忘れていたのでは？」警官の口調は笑っていた。

「一晩中、そこに立っているつもりですか？」

その質問には、警官たちは答えなかった。おそらく、彼が遠ざかったら、帰るつもりなのだろう。また、戻ってきて、中に入れるかもしれないな、と彼は冷静に考えていた。それとも、なにか入れないような手立てを講じるだろうか。そこまでするほど、暇ではないはず。

あれこれと、そんなことを考えながら、彼は闇と雨と風の中を歩き始めた。既に着ているものはびしょ濡れになっていたから、気持ちが悪かった。しかし、特に悪い状況ではない。それよりも、後頭部の微《かす》かな頭痛が始まっていて、呼吸に合わせて、それが増幅されつつあった。

そちらは明らかに悪い兆候だ。眠ったところを起こされたからか、理屈のない馬鹿な物言いに苛立《いらだ》ったせいだろうか、と考えた。

なんて馬鹿な連中だろう。

どうして、世の中には、あれほど筋の通らないことを平気で主張できる人間がいるのだろうか。

こちらから、理由を尋ねても、なにも答えない。都合の悪い場合には、ただ声を大きくして叫ぶだけ。感情で、すべてを押し切ろうとする。まるで、自分たちの感情が正義だと言わんばかりである。これだけ、法治国家、自由主義が発展した現代においても、人間の精神は昔のまま、貧しいままではないか。

幸い、風は少し収まっていた。雨も激しいというわけではない。台風が近づいているはずだが、一時的な小康状態かもしれない。それとも、進路が変わったのだろうか。

常夜灯《じょうやとう》があった。そこは、駐車場らしい。雨を凌ぐような場所はないか、と彼は周囲を探したが、適当なものは見当たらなかった。真っ暗なので、遠くはほとんど見えないのだ。

一台のヘッドライトが点いた。その光が彼に当たった。駐車場にあった小型車である。ほかに車は一台もない。こんな時刻に、ここを訪れる人間がいるのか、と彼は不思議に思った。

ヘッドライトは消えた。そのかわり、車のドアが開き、人が出てきた。暗くなったので、単なる人影でしかないが、傘を差したようだ。大きな傘だった。小柄《こがら》な女性で、歩いて、こちらへ近づいてくる。車から十メートルほど離れたところで立ち止まった。何をしているのだろうか。

車が走らないようなので、舗装されたアスファルトの道を、彼はまた歩き始める。自然に、その女性の近くを通ることになった。

「柚原さん」名前を呼ばれた。高い少女のような声だった。ほかに誰もいない。傘を差していた女性の声である。

彼は、足を止めて、彼女の方を振り返った。

「誰ですか？」

「私は、加部谷《かべや》といいます。探偵事務所の者です」

「探偵事務所？　人違いではありませんか？」

「いいえ。実は、ずっと貴方《あなた》を尾行していました。あとで、名刺を差し上げます。少しだけ、お話をさせて下さいませんか？」

「今、何時だと思っているのですか？　非常識ですね」

「はい、申し訳ありません。明日の朝にしようと考えていたのですが、さっきの、あそこへ警察が来てしまいました」

「貴女《あなた》が呼んだのでは？」

「違います。神社の人でしょうか、柚原さんが倉庫に入るのを見ていました。それで、警察に連絡したのだと思います」

「駄目なら、直接言ってくれれば良いのに」

「知らない人だったら、怖いのが普通です。無理もないのでは？」

「そうですか……。では、改めます。でも、気の短い人ですよね」

「あのぉ、濡れますから、車に乗られませんか？」

「もう濡れています。車のシートが濡れますよ」

「かまいません。レンタカーです。えっと、もしよろしければ、どこかで、コーヒーか、それとも食事をされませんか？　もちろん、私が支払います。いえ、事務所の経費で落としますから、ご心配なさらないで下さい」

「こんな時間に、開いている店なんて、ありますか？」

「ええ、大丈夫《だいじょうぶ》です。十五分くらい走れば……」

第1章　愚かな声

「どうせ死ぬのなら、身分のある人のように土の下に埋めてもらいたいのです。それには、どこかほかの土地に行って、生きたまま埋葬してもらって、確かめるしかありませんわ」と彼女は言った。
「それなら、なにも人に頼むことはない。わしがこの手で埋めてやるよ」とヤコブ老人はひどく落ち着いた口調で言った。

（「失われた時の海」）

1

小川令子《おがわれいこ》は、連絡があった場所へタクシーで向かった。家を出たのは五時半だった。幸い、鉄道は時刻表どおり動いていた。台風は、深夜にこの近くを通り過ぎ、まもなく温帯低気圧になる、とタクシーのラジオが伝えていた。既にラッシュの時間帯なのか、都心方向の車線には車が連なり、渋滞気味だったが、彼女が乗ったタクシーは、すぐに任務を果たした。

到着したのは、郊外の都道沿いのファミリィレストランの駐車場である。見覚えのあるレンタカーの白い軽自動車が見つかったので、そこでタクシーから降りた。まず、その車に近づいたが、誰も乗っていない。レストランは、二十四時間営業だった。時刻は、午前七時を五分ほど回っている。

彼女は、入口へ歩きながら電話をかけようか、と思った。だが、おそらく、彼女は眠っているのではないか、と考えた。店の中に入ると、予想どおり、テーブルに俯《ふ》していている彼女が見つかった。黙って、そのテーブルまで歩いて、反対側《はんたいがわ》のシートに座った。

加部谷恵美《めぐみ》は起きない。顔を窓の方へ向けて眠っている。起こそうかと思ったが、店員が注文を取りにきたので、ホットコーヒーを頼んだ。小川は、朝食をとらずに出てきたが、しっかりと食べたいほど空腹ではなかった。コーヒーが来るまでは、寝かせてあげよう、と思った。

ネットでの依頼から始まった仕事だった。

柚原典之《のりゆき》という人物を探し出してほしい、というもので、彼はホームレス生活を続けているらしい。近頃はこの近辺に出没している、という情報まであった。秘密裏に見張るというわけではない。本人に話しかけても良い、という条件だった。なんとも、ほのぼのとした調査である。

依頼者は、自分のことを明かさなかったが、家出をした息子を探しているのだろう、というぐらいの想像ならば、自然だった。

まさか、のちのちこれが、日本中に知れ渡った大事件になるとは、そのときに想像もできなかった。むしろ日常的で、込みいったトラブルもなさそうな、気楽な仕事だ、と感じていた。

窓の外を眺めながら、小川はコーヒーを待った。

三日まえから、この近辺で聞き込みを始め、ホームレスらしき人物にも何人か当たった。写真を見せて回ったところ、目撃者が二人いて、それらの証言から、場所が絞られてきた。

昨日、古書店の前に現れた柚原を小川が発見し、尾行することになった。夜になって、部下の加部谷恵美に張込《はりこ》みを交代してもらった、というわけである。

加部谷からは、メールが届いていて、夜中に柚原と接触し、レストランで話をしているところだ、と連絡があった。そのメールが午前三時のもの。小川がそれを読んだのが五時だった。メールが届いたことを知らせる音で、起きることができなかったのが、二時間遅れで指定の場所へやってきた理由だ。

ようするに遅刻である。肝心の柚原の姿はない。しかし、加部谷が寝ているのだから、深刻な事態でないことは確実である。

コーヒーがテーブルに届いた。店員が、小川の前にそれを置いた。テーブルに耳をつけている加部谷は、その音で目を覚ました。

「あ……、小川さん」加部谷は言った。まだ、目のピントが合わないような、恥ずかしい表情である。

「おはよう」小川は言った。そして、熱いコーヒーを一口飲んだ。パンチがなさすぎるアメリカンだった。

「すいません、寝てしまいました。えっと、三十分くらいかなぁ」

「柚原さんは？」小川は一番大事なことを質問する。「帰ったの？」

「はい、明るくなったから、もう行くって……」

「どこへ行ったの？」

「いえ、それは聞いていません。でも、今日は、本を読むと言っていました。もう雨が上がったから、どこでも読めると……。ですから、たぶん、どこかの公園とかじゃないでしょうか」

「どこかの公園って？　どこの公園なの？」

「いえ、そのぉ……」

「それじゃあ、仕事にならないんじゃない？　あのさ……」小川は、そこで溜息《ためいき》をついた。自分がカッとなっていることを自覚したからだ。この頃では、明らかにパワハラになる。気をつけないといけない。「もしかして、次の約束をしたとか？」

「いいえ、それはしていませんけれど……、その、電話番号を聞きましたし、メールも交換できます。ちゃんとお互いに試しました。すみません、頭がまだ回っていなくて、はい。もう大丈夫です。いつでも連絡できますし、会うこともできます。とても穏やかで良い人なんですよ。信頼できると思います」

「だけど、まだ二十二歳でしょう？　そんな年齢で、ホームレスって、どうなの？　働かないのには、なにか理由があるのかしら。どんな話をした？」

加部谷恵美は、小川よりも一回り若いが、その加部谷よりも、柚原典之はさらに六歳も若いのだ。まだ、大人になりかけた、くらいの年齢といえる。どうせ、周囲で嫌なことがあって逃げ出してしまった、そんなところだろう、と小川は想像していた。

「そうですね……、うーん、まあ、あまり、予想外の話はありませんでした。働いてはいないそうです。持ち物も少ないし、今のままでは、これから寒くなったら困るのではないか、と予想していました」

「予想していた？　本人が？」

「はい、そうです。そういう話し方といいますか、ええ、なんか冷静な口調で、うーん、他人事《ひとごと》みたいな感じでしゃべるんです。冬までに、寝袋くらいは買わないと駄目かもしれない、というような話でした」

「そんなに長く、放浪生活を続けるつもりなわけだ」小川は、短く息を吐《は》いた。「そうじゃなくて、就職してちゃんと働けば良いじゃない。それができる年齢なんだし……」

「はい、話したら、とても穏やかで、きちんとした言葉遣いですし、あれだったら、どこでも働けるんじゃないかなって、私、思いました」

「見た感じはどう？」

「あ、写真を撮らせてもらいましたよ」加部谷は、シートに置いたバッグから端末を取り出した。「ちょっと待って下さい、えっと、はい、これです。ほら、案外、可愛《かわい》いでしょう?」

加部谷が身を乗り出して伸ばした手が、小川の鼻先まで届いた。柚原典之の写真である。依頼者が送ってきた写真と同じ人物であることはまちがいない。違いは、髪と髭が伸びていることだった。

「髪を切って、髭を剃《そ》ったら、可愛いかもね」小川は、素直に感想を述べた。

「そうですか? 私は、今のままの方が可愛いと思いますけれど」

「貴女の好みは、今はどうだって良いことなんだよ」

「はい、すいません」

「そうか……、ま、連絡ができるようになったのは、幸いだね。依頼者は、それができなかったわけだから、電話番号は以前とは違う、変えたということなんでしょうね」

「いいえ、お祖母《ばあ》さんから、今もメールが届くって言っていましたよ」

「お祖母さん? えっと、栃木《とちぎ》の?」

「どこのお祖母さんかは、知りませんけれど、ええ、むこうから一方的にメールが届く、と話していました」

「私は、そのお祖母さんが、依頼人じゃないかって踏んでいたんだけれど」小川は肘をついた手に顎《あご》を乗せる。「どう思う？　柚原さんに金銭的な援助をしているのも、お祖母さんなわけだよね。金を送っているけれど、連絡が取れない。だから依頼してきた。まあ、依頼人のことを詮索《せんさく》してもしかたがないけれどさ、孫の行方を心配して、ちゃんと生きているか、確認したいってことだろうと……。ただ、恥ずかしいから、それを隠して、誰かに頼んで、その誰かが、私たちに依頼してきたんじゃないかな」

「電話に出てくれない、メールを送っても返事がない、ということでしょうね。でも、柚原さんに送っている金額は、ほんの少しだけみたいです。本人が、それでは、まったく生活できないって、言っていましたから。うーん、だとすると、探偵事務所に仕事を依頼するような余裕があるのかなぁ。そのお金を、本人にあげるから、一度帰ってきなさいって、メールをすれば、柚原さんは帰るんじゃないかなぁ」

「そこらへんは、柚原さんがどんな人物なのかによる。お祖母さんとの関係がどんなふうかにもよる。こじれているのかもしれないでしょう？」

「私が聞いたところでは、とにかく、もう帰るつもりはない。お金はもらっているけれど、べつにそれがなくなっても、ほとんど同じだって……。生きていけなくなったら死ぬだけだって……。そんなことを言っていました。なんか、悟りきっているみたいな、落ち着き様なんですよ。ちょっと、想像とは違いました。うーん、本当にお金がなくなったら、あっさり自殺してしまうかもしれません」

「そうか。それは、依頼人に報告しておいた方が良いな」小川は頷《うなず》いた。「ただし、私たちの仕事は、彼を見つけて、見張るというだけであって、保護しろとは言われていない」

「お祖母さんのところへ帰りなさい、と伝えたいわけでもないですよね？」

「そう、そんな依頼は受けていない。だから……、このまま、いつまでもつけ回して、観察して、そのまま報告するだけ」

「依頼者の目的は何なんでしょうか？　彼がなにか怪しいことをしているって疑っているのでしょうか？　まるで浮気調査みたいですよね」

浮気調査が、小川の事務所ではメインの仕事である。依頼者は女性が多い。おそらく、スタッフが女性だから、頼みやすいという効果があるためだろう。ホームページに、スタッフとして小川と加部谷の小さな顔写真が掲載されている。ほかにスタッフはいないが、二人しかスタッフがいないことは公開されていない。

「落ち込んでいなかった？　今にも自殺しそうとかってことは？」

「どうでしょう。うーん、そこまではわかりません。自殺する人って、会った感じではわからないのではないでしょうか。親しいわけでもありませんからね。どうしてあの人が自殺なんてって、周囲が驚くというじゃないですか」

「そうか。加部谷さんの知合いで、自殺した人って、いる？」

「いいえ」彼女は首を振った。「でも、私、自殺しようかなって、考えましたよ」

「へえ……。でも、しなかったんだから、それは生きる力があったってことでしょう？　私だって、死のうと思ったことくらいあるよ」

「え、本当ですか？」

「本当です。若いときだけれどね」

「やっぱり、失恋ですか？」

「うーん、失恋なんかじゃあ、死なないわよ、普通は」小川は微笑んだ。「失恋したら、またやり直せば良いだけじゃない？」

「そんな簡単なものじゃないと思いますけれど」加部谷は眉《まゆ》を寄せた。

「ま、いろいろね。それは、そうかも。人それぞれでしょうね。私は、失恋なんかじゃ死にませんよってこと」

「それくらい、強くなりたいです、私も」

「何を言っているの。そんな歳じゃないと思うな、もう」小川はそう言ったあと、また溜息を漏《も》らしてしまった。「失恋っていうのは、少なくとも恋愛ができたわけだから、だいぶ良い状況だと思うわけ。どちらかというと、憧《あこが》れるくらいだよ、失恋に」

「私は、もういやだな」加部谷が息を吐いた。「二度と恋愛なんかしたくないと思っています」

「いやいや、したいとか、したくないとかってものでもないでしょ。計画して、予算を組んでするプロジェクトじゃないんだからさ」

加部谷と別れたあと、小川は、すぐに柚原を見つけることができた。レストランから五百メートルも離れていなかった。遠くから、柚原典之を見張ることにした。話しかけたりするのは、加部谷の役とすると、二人の間で決めたからだ。年齢が近いし、彼女が適任だろう、と小川は考えた。それほど接近し、親密になる必要はない。なんらかの具体的な情報を得たい、というわけでもない。個人の動向を報告すれば良いだけなのだ。むしろ、接触しないで、自由に泳がせておく方が、自然な行動を観察することができるだろう。

小川が見張っていた時間帯は、朝から夕方まで。この間、柚原はなにもしなかった。公園のベンチに寝転がって、本を読んでいた。場所を変えたり、姿勢を変える程度。食事をした気配もない。飲みものは、バッグの中からペットボトルを出して、それを飲んだだけ。それも、中身は水のようだった。

小川は、食べるもの、飲むものは持ってきていた。レンタカーは、加部谷が返しにいった。柚原が見つかったことで、移動範囲がそれほど広くないと予想できたからだった。

百メートル以上離れた場所から、彼を見ていた。ときどき、もっと遠くへ離れて、双眼鏡で観察した。相手はまるで動かない。本当に気楽な仕事である。

四時を過ぎた頃、柚原が歩き始めたので、距離を保《たも》ってついていくことにした。街中なので通行人が多く、尾行に適した時間帯だった。彼は、商店街の中へ入っていき、昨日と同じ書店の前で立ち止まった。

髭を生やした老人がそこにいて、話を始めたようだ。それは、昨日見たのとほぼ同じ光景だった。昨日の午前中、小川が尾行しているときに、同じ場所で、同じ二人が立ち話をして、老人が柚原に本を手渡すのを目撃した。たぶん、本だと思われるが、もちろん、遠くからだったのではっきりしたことはいえない。しかし、麻薬取引の捜査をしているわけではない。細かいことまで追及する必要もなかった。

老人は、咳《せき》をしているようだった。昨日は元気そうだったのに、今日は具合が悪そうだ。外見から、彼もホームレスであることは、ほぼまちがいない。屋外で暮らしているとすれば、昨夜の風雨で躰が冷えたのではないか、と小川は想像した。二人は、ここで会う約束をしていたのだろうか。そんな雰囲気《ふんいき》は、昨日の時点ではなかった。それとも、この近くに老人はずっといて、柚原が来るのを待っていたのかもしれない。

2

髭の老人は、飯山《いいやま》と名乗った。彼からもらった本を六割ほど読んだところだったので、簡単に感想を伝えた。彼は微笑んだだけで、なにも言わなかった。それよりも、咳《せ》き込《こ》むことが多く、体調が悪そうで、心配になった。

「大丈夫ですか？　風邪をひかれたのでは？」柚原は尋ねた。

「神社の近くの倉庫を知っているだろう？」飯山は、そこまで話して、また咳をする。しばらく言葉が途切れた。

「昨晩、あそこで寝ていたら」彼は、待ちきれなくなって話した。「警官に無理やり追い出されました」

「私もだ」飯山は頷いた。

「え？　いつのことですか？」

「昨日の夕方だ。台風になるから、と思ってあの中に入った。以前に一度、泊まったことがあったからね」

「そうですか。やはり、警官に追い出されたのですか？」

「管理人が、カメラで見張っているみたいだ。それで、警察へ通報する。以前は、そんなカメラはなかった。神社のくせに、なんとも、心ないことだと思う」

「そうですね。なにか具体的に迷惑を被《こうむ》るのなら、その理由を聞かせてほしいものです。それなら、こちらも納得ができます」

　老人がまた咳をしたので、彼は余計に腹が立った。こんな高齢の弱者を、風雨の屋外へ追い出したのだ。濡れて風邪をひいたのは明らかだろう。治療費を請求できるのではないか、と一瞬考えた。

「警察に一緒に行きましょうか？」彼は飯山に提案した。

「何のために？」老人は顔を上げる。

「風邪をひいた、と伝えるためです。被害を受けたことを伝えるためです」

「は？」飯山は驚いたが、すぐににっこりと笑って首をふった。「無駄だね」

飯山はまた、彼の腕を軽く叩いた。そして、片手を広げたあと、背中を向けた。そこでまた咳き込んだが、弱々しい足取りで立ち去った。彼はそれを眺めることしかできなかった。

彼は、反対方向へ歩きだした。

警察への怒りは、彼の心の中で大きくなった。しかし、それは警官というよりも、国家全体の責任に帰着するものだろう。この国の成立《なりた》ちからして、問題を抱《かか》えているといわざるをえない。憲法には、国民の基本的人権が謳《うた》われているはずなのに、どうしてあんなことができるのか。

働いていない人間、金を持っていない人間は、事実上、普通の社会人としては扱ってもらえない。一人でぶらぶらと歩いている自由は、この国にはないようだ。周囲にも煙たがられ、ちょっとしたことで、すぐに通報され、警官がやってくる。

警官は、その場の問題を解決するだけだ。否、解決ではなく、排除でしかない。別の場所へ行ってくれ、と警告される。おそらく、大勢の人たちが、まったく同じように考えているはず。自分の近くにいないでほしい。遠くへ行ってくれ。別の場所なら問題はない。自分たちには関《かか》わらないでくれ。そういうことなのだ。

もちろん、その程度のことは彼も理解している。できるだけ、周囲との摩擦《まさつ》を避けているつもりだ。問題を起こしたくない。彼は、人を罵《ののし》ったこともないし、抵抗したことだってない。もちろん、暴力をふるったことなど一度もない。暴力的な威圧を受けるのは、いつも彼の方だった。

罵られるし、攻撃を受ける。こちらは、いくら冷静に対処をしても、相手はみんな顔を真っ赤にして怒っている。どうして、そんなふうに人と接するのだろうか？　最初から、喧嘩腰《けんかごし》なのである。

昨日の警官たちは、飯山がまた同じ場所に来たと思ってやってきたのかもしれない。老人ではなく若者だったので、びっくりしたのだろう。それで最初、しつこいほど顔にライトを当てたのだ。

もしあそこの管理人が寛容な人物だったら、昨夜はあの場所で飯山とゆっくりと話ができたかもしれない。彼はそう考えた。もらった本は、まだ最後まで読み切っていないけれど、社会学の初歩的な解説とその歴史的変遷を述べたものだった。彼は、その方面に幾らかの知識があったが、欠落した小さな穴を補完するには適した内容だった。その点については、既に飯山に感謝を伝えることができた。

それにしても、これだけ科学が進歩し、産業が発展した現代においても、相変わらず、貧困に苦しむ人々が大勢いて、生きていくことに不安を抱えているのは、いったたいどうしたことだろうか。

もちろん、その答はわかっている。一部の人間が必要以上に富を自分のものとして放さないからだ。少しでも富を均等に配分できれば、より良い社会になることは、誰もが考えているはず。それなのに、そういった政策が、何故《なぜ》実行されないのか、と考える。どんな勢力が、何の目的で、その正しい発展の道を妨害しているのだろうか。

これも、答は簡単だ。富裕層が、自分たちの富を守るために、政治家と結託している。全体的に見れば、その構図しか考えられない。実際、それらを禁じる法律が、あらゆる方面で作られているだろう。それでも、改善しないのはどうしてか? 民主主義が世界中に広がり、誰もが選挙権を持ち、自分たちのリーダを選べるようになって久しいのに、実に不思議なことではないか。

もちろん、現に自分は生きていられる。仕事をしていないし、住居もない。それでも、僅かばかりの金を持っているし、どうにか生きていける。この状況が、もしかして基本的人権と呼ばれるものなのだろうか。

生きてさえいれば、良いのだろうか。

それは一理ある、と彼は思った。

殺されるようなことはない。そういった危険な目に遭った経験はない。それだけでも、少なくともこの国は生きやすい、と思わなければならないのかもしれない。

まあ、そんなところだろう、と思う。

ただ……、それでも、自分は社会には適合できない。

人の言うことをきいて、仕事をしたくない。つまり、働きたくない。こういう人間はいっぱいいるのだ。この生活を長く続けていると、周囲に大勢同じような人間がいることがわかる。

　街をうろついて、健全な住民たちと揉《も》め事《ごと》を起こすような出来事も少なくない。ホームレスを集めて、最低限で良いから、普通に暮らせるような施設を公的に作ることは、大した費用もかからず、実現が可能なのではないか、と彼は試算をしたことがあった。

　そんな施設を作ったら、今よりももっとホームレスの人数が増えるだろう。大勢が、その施設に押し寄せることになるかもしれない。

　ある意味で、それは理想の社会の一部といえるだろう。

　刑務所に入れば、もっと安楽な生活ができる。食事も定期的に過不足なくできるし、充分な睡眠をとることもできるはず。病気になっても、治療してもらえる。それでも、大勢がそれを望まないのは、この世間、この自由な社会に未練があるからか。

彼には、実はそういった未練はない。

たまたま、少額の金を持っているから、まだそうなっていない、というだけだった。金が切れたら、万引きでもして逮捕され、一度刑務所に入ろうと考えているくらいだ。きっと、自分には向いている環境だろう。規則正しい生活が好きだし、人と揉めるような心配もない。模範的な囚人になれる自信があった。

昨日とは打って変わって、暖かい晴天になり、少し暑いくらいだったが、自分たちのような生活をしている者には、これくらいの気温の方が安全である。ただ、蚊《か》に刺されることが、この頃の悩みの一つだった。肌が露出しないように気をつけることしか、防御のしようがない。

幸い、昨夜は久しぶりにご馳走《ちそう》にありつくことができ、今日はなにも食べないでも大丈夫だろう、と考えていた。あの女が奢《おご》ってくれたのだ。これは、天から降って湧《わ》いた幸運としかいいようがない。三日分の食事だった、と評価できる。

ついこのまえ、絶食を試してみて、十日ほど耐えたのだが、最後は幻覚を見るほど衰弱した。また、その後に食事をしたら、胃が拒否するというのか、吐き出してしまった。あれは辛《つら》い経験だった。二度とああはなりたくない。本当にもう死んでしまおうかと考えるほどだった。

わかったことは、いくら精神をコントロールできても、躰はいうことをきかない、という事実だった。動物は、本能的に苦しみを嫌う。苦痛からの回避は、第一優先されるのだ。

食べたものに中《あた》って、下痢《げり》になったことが何度かあったけれど、それとはレベルが違う苦しさだった。

動物というのは、食べていないと生きられない、そういう仕組みになっているのだ。自分も動物である以上、自然の摂理に逆《さか》らうのは得策ではないな、と学習した。

池のある公園まで歩き、ボートが浮かんでいるのを眺めつつ、木陰《こかげ》で読書をした。読みかけだった本を、一時間ほどで最後まで読みきった。この本は、どうしようか、と考える。飯山に返すのが良いだろうか。しかし、彼はいらないと言いそうだ。あの書店に戻すのも、どうかと思う。持っていると荷物になるし、再読するほどの内容でもない。

ゴミ箱に捨てよう、と考えた。幸い、すぐ近くに設置されたゴミ箱が目についた。

どこからか、救急車のサイレンが聞こえてきた。

近づいているようだ。しかし、しばらく待ったが、見えるところには現れない。音は途中で止まった。

自分が今、ここで倒れたら、救急車で運ばれるのだろうか。近くにいる誰かが、連絡をしてくれるかもしれない。そういう意味では、最低限の保護は受けられる。なんとか、苦しまず、簡単に病気になれないものか、としばらくベンチに座って考えた。

途中で立ち上がり、ゴミ箱まで本を捨てにいくと、またサイレンが鳴り始め、今度は遠ざかっているのか、だんだん音が小さくなった。

病気や医療のことについて、一般的な内容の本を読んでみたい、と彼は考えた。そういえば、小さかった頃には、医者になろうと思いついたことがあった。漫画でヒーロ的な医者の物語を読んだせいだった。だが、家の状況から、大学まで進学できる可能性はゼロに近く、大学に行かなければ、医者になれないのではないか、ということも、友達との話からだいたいわかっていた。

社会というのは、一部の仲間のことだ。それに貢献するためには、まず個人の金を投資して、仲間になる必要がある、という理不尽な仕来《しきた》りがある。

中学に上がると、ますます社会に絶望していた。自分は、高校へも上がることが許されなかった。家族は崩壊し、両親は既に彼の近くにはいなかった。祖母が中学に通わせてくれたけれど、いつまでこの状況が続くのかも心配だった。進学の話など、まったく出ない。そんな話ができるような雰囲気ではなかった。

彼は、学校では成績が良い方だった。それは、クラスメイトを観察していれば容易に想像できた。両親はいないし、貧乏だったけれど、目立って苛《いじ》められることがなかったのは、勉強がそこそこできたおかげだろう、と自分では解釈した。

もちろん、細かい苛めならば、かずかずあったかもしれない。けれど、彼はそれらのほとんどを無視できた。馬鹿馬鹿しいと笑うことができた。その場では笑わなかったが、あとで思い出すと本当に、吹き出すほど笑えてきた。虐めている連中は、自分よりも明らかに頭が悪いとわかったからだ。

そういった馬鹿な連中が、しかし社会に出ていけば、出世をするのかもしれない。そういう馬鹿によって社会が回っているのだろう、きっと。自分は才能はあっても、社会では拒絶されるはずだ。周囲の大人たちの態度で、そういったことを、いやというほど感じた。

中学三年生のときの担任は、彼のことを親身になって扱ってくれた。高校へ進学した方が良いと強く勧められた。しかし、彼は首をふった。祖母にこれ以上負担をかけるわけにはいかない、という綺麗事《きれいごと》を、教師に語った。あれは、台本どおりに演じる役者だった。

本当は、もうとっくに社会というものに絶望していて、それほど長く自分がこの世に留まるとは考えていなかったからだ。勉強したところで、なにも見返りはない、と計算していたからだ。

彼の理想は、一年間ほど、この日本の社会というものを眺めて回り、そのあと、どこかで死ぬことだった。絶食を試してみたのも、その準備の一環だったのだが、残念ながら苦痛が多すぎることがわかった。自殺の中で最も簡単だと考えていたのに、自分はやはり動物であり、精神で肉体を完全にコントロールできない、と思い知った。

こんなことでは、自殺は無理かもしれない。高所から飛び降りようとしても、いざというときに尻込《しりご》みしてしまうかもしれない。もう少し考えて、しっかりとした思想を持つことが大事だ、と思えた。

医療の勉強をすれば、楽に死ねる方法が見つかるかもしれない、という期待もあった。

とはいえ、まだこの放浪生活には飽きていない。非常に希釈《きしやく》された微かな面白さだが、毎日が全然面白くない、ということはなかった。本を読めば、知識が得られて、それなりの満足感を抱いたし、初めて見る虫や植物にも興味があった。落ちている新聞を読めば、日本の社会のことを部分的にだが垣間見る《かいまみ》ことができた。自分の知らないことがまだ沢山《たくさん》ある、という状況は、たしかに幸せなことなのかもしれない。

ただ、政治には興味が持てなかった。なにしろ、自分はそれをどうすることもできないからだ。政治だけではない。経済だって、自分とはずいぶん遠いところの現象である。そういうものは、大学へ進める人間が牛耳《ぎゅうじ》っている仕組みであって、ようは自分たちの富を守ろうとする意思が集まったシステムでしかないのだろう。

現代において、個人の富はかつてないほど蓄積されている。誰もが、自分の生活を守りたい。スタートラインに戻って、平等な社会の再構築を望んでいる者は、極めて少ないし、そういう人たちは、自分と同様、どん底の生活をしているはずだ。なにを主張しても、誰も見向きもしないだろう。

革命が起きるには、日本の社会は成熟しすぎた、ということだ。戦争にでもなって社会や個人が極限状態に陥《おちい》らないかぎり、今のシステムは覆《くつがえ》らないだろう。

最近は、大雨や大風の被害が増えているようだった。温暖化による環境破壊が原因だといわれている。それ以外にも、地震や火山活動も不気味に多い。もしかしたら、戦争以外に、今の社会をリセットするような天の力が加えられるかもしれない。その期待を彼は、僅かにだけれど持っていた。

3

空が暗くなった頃、小川と交代するために、加部谷恵美は昨日と同じ軽自動車で公園の駐車場に入った。レンタカー屋へ行ったら、同じ車が最前列に駐車されていたから、それを借りた。本当は、ワゴン車の方が目立たないのだが、その種の車は人気があるらしく、出払っていることも多い。数日まえから予約する必要があるようだ。

車から降りて、公園の中を歩いた。小川から、柚原がいる大まかな位置は聞いていた。彼は、移動するようなことは滅多《めった》になく、同じ範囲を巡る場合が多い。この公園の中を歩いているか、あるいは繁華街へ近づくか、だいたいいずれかだ。今日も、繁華街へ行っているし、それ以外は公園で読書をしていたという。

小川からは、もう一つ別の話が伝えられていた。それは、柚原の知合いらしい飯山という老人のことだった。こちらは、加部谷はまだお目にかかれていない。加部谷は、夜の担当だったし、飯山は夜には現れていない人物だった。

飯山という名前は、今日判明した。彼が路上で倒れたところを、小川が目撃したため、彼の近くへ駆けつけ、すぐに救急車を呼んだからだった。そのときには、柚原は既に近くにはいなかったという。

加部谷は、柚原本人から、本をもらった話は聞いていたから、その相手が飯山という名だと理解した。

小川は、尾行を交代したあと、飯山が運ばれた病院へ寄っていく、と話していた。小川に病院から電話があったらしい。飯山の容態については不明だが、身寄りの人を探している、という内容だった。小川は当然、たまたま通りかかっただけで、まったく知らない、と答えたという。

公園では、柚原を見つけることができなかった。加部谷は、車には戻らず、そのまま近くの繁華街へ歩くことにした。彼が行きそうな店も既に判明している。それに、昨日レストランで話をしたことで、彼のことを少なからず信頼していた。いつでもメールや電話で連絡がつくのだから、慌てることはない、という気持ちが大きかった。今日も、食事を奢ると話せば、すぐにも会ってもらえるだろう、と考えた。

アーケードの中に入った。人の往来は多くはないものの、寂《さび》しいというほどではない。昼間と比較すれば、賑《にぎ》わっているといえる。

電話がかかってきた。ポケットから端末を取り出してモニタを見る。小川からだ。

「柚原さん、見つけた？」挨拶《あいさつ》もなく、小川がきいてきた。

「いいえ、まだです。今、アーケードを歩いています。食事をしているとは思えませんけれど。でも、見つかると思います。どうかしました？」

「それがね……」小川は溜息をついたようだ。「救急車で運ばれた飯山健一《けんいち》さん、亡くなったの」

「え？　本当に？」加部谷は驚いた。「風邪を拗《こじ》らせたのですか？」

「びっくりした、私も」小川は言った。「ちょっと、お見舞いをして、話でも聞こうかなって思っていたの。うん、詳しい話は全然聞いていない。知合いでもないから、ちょっと聞きにくいかなって……。でも、救急車を呼んだ者だって話したら、主治医の先生と会えることになったから、今、ロビィで待っているところ」

「そうですか。おいくつだったんでしょう？」

「わからない。救急車に乗るときには、まだ意識もしっかりあったのよ。七十はいっていないと思うんだけれど……。えっと、とにかく、柚原さんに会ったら、その話をしてみて。彼、飯山さんのことを、なにか知っているかもしれないから」

「わかりました。それじゃあ、メールを送ってみますね」加部谷は答えた。

電話は切れる。彼女は、アーケードの通りの真ん中で立ち止まっていたので、少し先の交差点の脇にあるベンチを目指して歩くことにした。

しかし、その途中で、路地《ろじ》に目を向けたとき、見慣れた服装を発見した。声を出して呼ぼうと思ったけれど、それはぐっと我慢して、そちらへ足を向ける。途中にラーメン屋があり、油っぽい匂《にお》いが立ち込めていた。

店を通り過ぎたところで、柚原に追いつくことができた。

「こんばんは」彼女は、頭を下げて挨拶をした。

「あ、こんばんは」柚原は表情を変えない。少しも嬉《うれ》しそうな顔をしない反応は、もちろん加部谷も予測している。「今日も、僕を見張る仕事ですか？」

「はい、それは、そうなんですけれど、でも、お知らせしたいことが……」

「何ですか？」

「飯山さんって、ご存知ですよね？　お知合いでしょう？」

「いえ、知りません」

「貴方に本を渡した人です。髭を生やしていて……」

「ああ、あの人ですか。知合いというほどでは……。話をしたことも、ほんの少しだけしか……。どこの誰なのかも知りません」

「病院で亡くなられたそうです」

「え？」柚原は立ち止まった。「いつですか？」

「えっと、何時に亡くなられたかは、まだ聞いていません。倒れたところを、私の事務所の者が目撃していました。それで、救急車で運ばれていったのですが、さきほど、その者が病院を訪ねたら、亡くなられていたそうです」

「そうですか。それは、残念です」

「どんな方だったのですか？」

「いいえ、全然知りません。ときどき見かけてはいましたが、本当に、話をしたのは、昨日が最初で、本をもらいました。その本について、今日、少しだけまた話をしたけれど、そう、咳をされていて、体調が悪そうでしたね。僕に会ったあとに、倒れられたのですね、きっと」

「おいくつだったのですか？」

「知りません。飯山、何というのですか？」彼は尋ねた。

「えっと、たしか、けんいちさん、とききました。私も、電話で聞いただけです」

「さきほど読み終えた本の最後に、著者以外の、あとがきというか、解説のようなものが載っていて、それが飯山健一という人でした。たぶん、あの方でしょう」

「本当ですか。その本、見せていただけませんか」

「読み終えたので、捨ててしまいましたよ。まだ、公園のゴミ箱の中にあると思いますけれど」

「え、そんな大事な本を、捨てちゃったんですか？」

「大事なのは、書かれている文章です。それは、もう読みましたから、メディアは必要なくなりました」

「メディア？　ああ、本のことですね」

「そうですか……、亡くなられたのか。警察に抗議をすべきだった。雨の中へ、彼を追いやったからです。きっと持病があったのでしょうけれど、それが原因で体調を崩したことは明らかでしょう」

「そうかもしれませんね」

「マスコミに、それを話した方が良いと思います。それとも、ネットで拡散するか」

「柚原さん、そうしたいのですか？」

「いいえ、僕はそんなことに関わりたくありません。亡くなった人が生き返るわけでもありませんしね。警察への恨みは正直、ありますけれど、でも、警官が個人的に憎いというわけでもありません。ただ、そうやって知らせてやれば、多少は反省してくれるかもしれませんね。それくらいの小さな希望は持ちます」

「冷静なんですね。立派だと思います」加部谷は言った。お世辞ではなく、感心したからだった。「あのぉ、お食事をされました？」

「いいえ」柚原は首をふった。彼の視線が、加部谷の背後へ一瞬向けられた。彼女は振り返る。そこにあるのはラーメン屋だった。

昨夜の台風の吹き返しなのか、一陣の風が細い路地を走り抜けた。ラーメン屋の暖簾《のれん》が捲れ上がって、おいで、と応えたように見えた。

「あ、じゃあ、そこに入りませんか？」彼女は誘った。「お話が伺えるのでしたら、食事代は当社持ちということで」

「ラーメンなんて、久しぶりです」柚原は言った。

「柚原さんは、お酒は飲まれないのですか？」

「はい、飲みません。飲んだことはありますけれど、無用なものだとわかりました」

店の引き戸を開けて、中を覗いた。幸い、席は空いている。客はカウンタに数人いるだけだった。彼女たちは、奥のテーブルに向いあって座った。カウンタからも離れていて、一番話がしやすそうな場所だった。

お盆に水をのせた店員がカウンタから出てきて、それをテーブルに置いた。二人ともスタンダードなラーメンを注文した。

「もっと、なにか食べたいものはありませんか？」加部谷は柚原に尋ねたが、彼は首を軽く横にふった。餃子《ギョウザ》くらい食べつつ、ビールが飲みたいところだ、と彼女は思ったが、仕事中である。

　警察に倉庫から追い出されたという話を、もう一度詳しく聞くことになった。昨日も聞いたのだが、穏やかな口調で語る柚原の冷静な表情を見ていると、立派な態度だと思えたし、加部谷も警察に対して腹が立ってくるのだった。

「僕と同じように、飯山さんも、あそこを追い出されたらしいんです。橋の下へでも行けと言われたのでしょう」柚原は言った。「でも、台風ですからね、川は増水する可能性があります。そういうことは、僕たちはよく理解している。どこへ行けば安全に過ごせるのか、ということを毎日、常に考えて生きているのです。食べるものだって、そうです。何が食べられるか。腐っていないか。とにかく、生きるために必死なのですよ」

「ホームレスの人たちどうしで、場所の取合いになることもありますか？」加部谷は尋ねた。

「僕は、経験がありませんけれど、たぶん、あるでしょうね。先住の人が優先なんじゃないかな」

「よく、沢山の人が集まっているような場所がありますよね。やっぱり、雨を防げるとか、条件が良い場所は少ないのですね？」

「一番大事なのは、水かな」柚原は言った。「水が自由に使える場所が近くにあることが条件です。でないと、重い水を持って歩かないといけませんから」

「なるほど」彼女は大きく頷いた。「生きるためには、水が必要なんですね」

「そもそも、都市というか、人間の集落は、必ず水がある場所でした。大都市になるほど、大きな河川が必要です。川は、かつては物資を運ぶためにも、大事な条件だったわけです」

「柚原さんは、そういうことを、本を読んで勉強しているのですか？」

「そうですね。本以外に、ありませんよね。学校へは行けなかったし、テレビもないし、ラジオも持っていません」

「あ、でも、電話をお持ちじゃないですか」

「はい。これは、祖母が買ってくれたものです。使用料も祖母が払ってくれています。彼女の口座から引き落とされているはずです。少なくとも、契約したときはそうでした。僕は、一度も払っていません。だから、できるだけ使わないようにしています。充電することも、なかなかできません。図書館などで、ときどき充電していますけれど……。でも、今時は、ホームレスの人でも、持っている人を見かけますよ」

「へえ、そうなんですか」加部谷は驚いた。小川に話したら、きっと驚くだろう、と想像した。

ラーメンがテーブルに届いた。加部谷は割箸《わりばし》を取り、一つを柚原に手渡した。

「加部谷さんは、おいくつですか？」柚原がきいた。

「いくつに見えます？」彼女はすぐにきき返した。

「すいません。そういうこと、僕、わからないので……。」とんちんかんなことを言いそうです。質問は撤回します」

「はい、それが良いと思います。まあ、柚原さんよりは、歳上ですけれど」

しばらく、ラーメンに取り組んだ。熱いので、なかなか食べられない。そういえば、自分もラーメンは久しぶりだな、と彼女は思い出した。それに、男性と二人きりでラーメンを食べたことがあっただろうか、と考えてしまった。そんな記憶はない。人生でこれが初めてかもしれない。

そうだ。友達の部屋で、ラーメンを食べたことはあった。自炊をしていた友達がいたのだ。否、友達というよりも、先輩だった。

「女性と二人で食事をしたことがありません」柚原は、冷静な口調で話した。「良い思い出になりそうです」

そういうときは、少し微笑んだ方が良いのよ、と彼女は教えたかった。そして、同じように過去を振り返っている彼に親近感を覚えた。

4

加部谷という人は、良い人のように見える。でも、油断はできない。馬鹿な振りをしているようでもある。どういった目的で、自分を監視しているのだろう、と彼は考えた。

祖母の依頼で、自分を探しているのだと最初は考えたけれど、どうもそうではなさそうである。それだったら、祖母のところへ戻れとか、連絡くらいしろとか、言いそうなものだ。それで仕事の目的が達成できるはず。しかし、どうも違う。目的がよくわからない。

時間をかけて説得をしよう、としているのかもしれないな、と彼は考えた。その可能性はある。就職をして、まっとうな生活をしろ、ということだ。

しかし、一人で放浪した短い期間に、彼は確かな考えを構築していた。自分が何のために生きているのか。自分の将来はどうあるべきか。そんな問題について、ぼんやりとではあるが、答を見出《みいだ》していたのだ。

一年まえだったら、簡単に説得されたかもしれないけれど、今はそうはいかない。あの頃は、まだ人の愛情のようなものに幻想を抱いていた。人に甘えたいとか、優しく接してもらいたいとか、そんなふうに考えていたはず。それは、自分の弱さに過ぎなかった、と気づいた。

人間は、基本的に一人で生きているのだ。それなのに、大勢で一緒になって、仲間意識を持たせ、絆《きずな》で縛りつけようとしている。そんな強制のシステムが、この社会の機能だ、と理解できた。騙《だま》されていることに大勢が気づかない。自由を奪われ、労働しても結局は搾取される結果となる。雁字搦《がんじがら》めの束縛の生活が、生きる道だと勘違いしているのだ。

大勢が騙されている。

自分は、少なくとも、それに気づくことができた。

今は、ほっとしている。自分を解き放とう、と考えている。

自由に生きていこう。たとえ、肉体は拘束されても、思考は自由だ。

そう信じられるようになったのは、とても喜ばしいことだった。きっと、学校では教えてもらえないだろう。集団生活を強《し》いて、自由に考える時間を奪うのが、教育という名の洗脳装置なのである。

そんなことを確かめながら、ラーメンを食べた。祖母が作ってくれたインスタントラーメンを思い出した。それよりも、はるかに美味《おい》しかった。いつかまた、一人で来よう。これくらいの金ならば、それほど無理ではない。

客が入ってきて、すぐ後ろのテーブルについた。男性の四人組だった。大きな声で話をするので、とても煩い。

彼女は、まだラーメンを全部食べていなかったが、箸《はし》をテーブルに置いていた。

「出ましょうか？」囁くように、そうきいてきた。

頷くと、彼女は立ち上がった。それで、彼も席を立った。彼女がレジで支払っているのを、さきに外に出て待った。また次の客が店に入っていく。これからが混《こ》む時間帯のようである。

店から出てきた彼女と並んで、ゆっくりと歩いた。表通りの方角で、車の走行音が夜を包み込んでいた。

「もう、みんな酔っ払っていますね」彼女が呟《つぶや》くように言った。「だいぶまえから飲んでいたみたい」

「お酒というのは、結局は、庶民を拘束するためのシステムの一環なんですよ。あれで、小さな幸せを一時だけ感じさせて、不満が集まらないように制御しているわけです」彼は話した。しかしそこで、話したことを後悔した。躰が温まって、精神が高揚《こうよう》したのか、つい余計なことまで言葉にしてしまった。「申し訳ありません。こんな話、聞きたくないですよね」

「そんなことはありません」彼女は微笑んだ。「柚原さんみたいに、社会を俯瞰《ふかん》して語る友人が、昔いました。ちょっと思い出してしまいました」

「そうですか……。それは、良い思い出なのですか？」彼は尋ねた。

「はい、良い思い出です」

「悪い思い出だったら、謝らないといけない、と思いました」

「良い思い出ですから……、どうもありがとう」

大通りの歩道を歩き、信号が変わったので、横断歩道を渡った。昼間にいた公園の入口を通り過ぎる。まだちらほらと人が歩いているが、ほとんどはカップルのようだった。そういう場所だということを、彼はよく知っていた。まさか、自分がそんなカップルの一員になろうとは、想像していなかったけれど。

ゴミ箱まで来た。彼は、中を覗き込んだ。暗くてよく見えなかった。でも、手を突っ込んで、手探りをしてみた。書籍らしきものが見つかったので、摑《つか》み出《だ》す。

「ゴミを漁《あさ》っている、と思いましたか？」彼は、黙って横に立っている加部谷にきいた。

「違うのですか？」

取り出したものを、彼は見せた。カバーが折れ曲がっていたので、それを直した。汚れている様子はなかった。

「柚原さんが読み終えて、捨てたとおっしゃった本ですね？」

「はい」

常夜灯の方へ十メートルほど歩いたところで、本のタイトルが読める明るさになった。二人はベンチに腰掛けた。

「飯山さんが、解説を書かれています。彼からもらった本ですけれど、自分が解説を書いているなんて、一言もおっしゃらなかった」

彼は、その本を加部谷に手渡した。彼女は、本を開き、後ろの方を見た。飯山の名前を確かめたようだ。

「もし、良かったら、どうぞ」彼は言った。「ゴミ箱から出てきた本ですけれど」

「ありがとうございます。読んでみます」彼女はそう答えたあと、溜息をつき、空を見上げた。「ああ、そういえば、ラーメン、美味しかったですね」

全部食べられなかったのに、美味しいと言うのは、少食だということだろうか、と彼は思った。もしかしたら、既に夕食を済ませていて、ラーメンは自分を誘うために言い出したことかもしれない、と考えが及んだ。たぶん、そんなところだろう。

「僕を見張るように依頼してきた人は、何が目的なんでしょうか？」彼はきいた。この質問は昨日もレストランでしたものだったが、彼女は言葉を濁《にご》すだけで、明確な返答を避けたようだったからだ。

「それが……」加部谷は、本をバッグに仕舞《しま》ってから、膝に手を置いた。「実は、私も想像するばかりで、わからないんです。依頼人に会ったことはありません。どんな人物が依頼してきたのかも、私は知りません」

「誰が知っているのですか？」彼はきいた。「昼間に、僕を尾行している人ですか？」

「いいえ、あの人も知らないと思います。今は、依頼人に直接会わなくても、調査依頼をネットでできます。契約もネットで成立しますから」

「祖母だと考えていましたが、どうも違うようですね」彼は話した。

「どうして、違うと思うのですか？」彼女がすぐにきいた。

「まず、経済的に……、探偵事務所に仕事を依頼するような余裕はないはずです。それから、祖母がネットで仕事を依頼したとは思えない。そんな器用なことはできない人です」

「お祖母様は、どんな方なのですか？」

「田舎《いなか》の普通の老人です。一人暮らしです。僕とは血のつながりはありません」

「え、どうしてですか？」

「祖父と祖母はお互いに再婚でした。僕の母は、祖父の連子だったからです。祖父のことは、僕は知りません。物心がついた頃には、亡くなっていました」

「お母様は、今はどちらに？」

「さあ、わかりません。生きているとは思いますけれど……。それは、父も同じです。父の方は、死んでいる確率が高い」

「何故、高いのですか？」

「生きる能力に欠けている、生活力のない人だし、危ないことばかりしていそうだからです。もちろん、僕は父の顔を知らないし、母や祖母から聞いた話からの勝手な推測です。知らないので、恨みもありません。それは、母に対しても、まったく同じですね。母の思い出とか、印象とか、そういうものはありません。はっきり言って、なにもない。知らないのと同じです」

「でも、お祖母様とは、長く一緒に暮らしていたのでは？」

「八年間くらいですね。小学校と中学校に通わせてくれたので、恩人といっても良いでしょう。今も、毎月一万円を振り込んでくれます。僕は、それで食いつないでる。頼みの綱というわけです」

「感謝している、ということですか？」

「それは、よくわからない。感謝しているのかな……」彼はそこで、珍しく笑ってしまった。自分でも、驚いた。照れ笑いなのか、苦笑いなのか、どんなメカニズムで笑ったのだろう。「うーん、まあ、でも、恩返しをしたい、というような気持ちは全然ありませんね。最低限のことですが、彼女はたしかに僕を生かしてくれた。祖母のおかげで、今の命があることはまちがいありません。だけど、それって、感謝するようなことでしょうか？　このくらいのことは、人間として基本的なもの、つまり人権ではないのかな、と考えています。もしかしたら、僕がもっと良い子で、可愛い振舞いができたら、ペットのように可愛がられたかもしれませんけれどね」

「そんなことは……」彼女は、眉を顰《ひそ》めた。目が潤《うる》んでいるようにも見えた。常夜灯の光を反射しているため、そう錯覚したのかもしれない。

「気分を悪くされたのなら、謝ります」彼は、軽く頭を下げた。「どうも、こういう話をしてしまうから、社会に不適合な人間だと烙印《らくいん》を押されてしまうようです。だんだん、そういうことがわかってきました。もう少し、自分を抑えて、上手《うま》く立ち回らないといけませんね」

自分に対する発言だった。こうして、感情を抑えることを、幾分は覚えたようだ、と自分でも評価していた。我慢をすれば、仕事もできるかもしれない。人からなにを言われても気にしないほど、強い精神を持つこと、それが当面の課題だろう。

「探偵という仕事は、面白いですか?」彼は話題を変えた。「どうして、今の仕事を始めることになったのですか?」

「えっと、たまたま……、ですね」彼女は少し困った顔になった。「いろいろなことがあって、なんとなく、こうなってしまったというか……」

5

小川令子は、医師の部屋を出た。今聞いた話をすぐにも加部谷に伝えよう、と思ったが、電話で話すよりも、彼女のところへ今から行く方が良い、と判断をした。慌てるようなことでもない。少し自分でも考えて、情報を整理したうえでの方が、今後のためにも効果的だと思えた。

飯山健一は、一年半まえまで私立大学の教授だった。そのまえは国立大学の教授だった。一流の学者といえるだろう。そんな人物がどうしてホームレスなどしていたのか、という疑問がまずある。

医師によれば、死因は肺炎による衰弱と、脳梗塞《のうこうそく》の発作《ほっさ》が重なったものだろう、とのことだった。不審な点はない。警察もいちおう事情を聞きにきたそうだが、それは飯山が行方不明になっていて、行方不明者届が出ていたためだった。

飯山健一は、東京都内のマンションで一人暮らし。年齢は七十四歳。夫人は、一年ほどまえに癌《がん》で亡くなっている。夫婦に子供はなかった。

大学を辞めてからの飯山は、二社の出版社で僅かな執筆活動をした程度だった。大学での専門は社会学であり、数冊の著作もあったが、どれも現在は絶版になっている。連絡が取れなくなり、行方不明者届を警察に提出したのは、彼の妹だった。二人兄妹《きょうだい》であり、身寄りは彼女だけだという。

この飯山の妹から病院にかかってきた電話で、小川は一分ほど話をすることができた。救急車を呼んでくれたことに、一言礼をいいたい、ということで、電話が回ってきた。

小川は、まったく別の人物を追跡していた、と経緯を正直に話した。探偵事務所の代表をしていると聞いた飯山の妹は、飯山が最後はどんな生活をしていたのか、周辺を少し調べてもらえないか、と小川に依頼した。最初は、社交辞令だろう、と小川は受け止めたが、調査費がいくらくらいかかるのか、と質問された。場合によります、でも、数日の調査ならば、数十万円程度です、とこれまた正直に答えたところ、ではお願いします、と言われてしまった。

相手の電話番号と住所を聞いて、まずは、承知しました、と返事をしたものの、正式には契約書を交《か》わす必要がある、とも付け加えておいた。住まいは大阪《おおさか》で、明日にも上京する、とのことだった。話し方は上品で、大学教授の妹であるから、いい加減な人物ではないだろう。仕事として受けることになる可能性は高い、と小川は思った。

病院を出て、タクシーに乗った。

本来は帰宅する予定だったが、まだ九時まえである。もう少しだけ、仕事をするか、と思い立ち、加部谷がいるアーケードの方へ向かうことにした。

タクシーの中で加部谷にメールを送ったところ、公園にいる、と返事があった。商店街の向かいにある市民公園らしい。昼間に小川がいた場所である。

大通りの交差点でタクシーを降り、公園の方へ向かった。昼間に吹いていた風も止み、湿度のある夜の空気に溶け込むように、常夜灯の光がぼんやりと膨《ふく》らんでいた。加部谷に電話をかけようと思ったが、そのまえに彼女を発見した。ベンチに座っていて、隣には柚原典之がいる。昨日はレストランで食事をしたようだ。親しくなっているのだろうか。調査対象の人物に感情移入することは、百害あって一利なし、と小川は考えているので、少々心配になった。後日、そのことは念を押した方が良いかもしれない。

近づくと、加部谷がこちらに気づき、驚いた顔で立ち上がった。

「あれ、どうしたんですか？　忘れ物ですか？」

「なわけないでしょ」小川は返す。「病院から、帰ってきたところ。けっこう時間がかかってしまって……」

柚原は、ベンチに座ったままで、こちらを盗み見るように、ちらちらと視線を向けた。自分には関係がない、という態度に見える。

「私は、小川といいます」柚原に近づいて言った。「加部谷と同じ事務所の者です。今日、飯山さんが倒れたときに、救急車を呼んだのは私です。それで、病院にいました。飯山さんのご家族の方とも電話で話をしました」

「死因は、何ですか？」柚原は、ようやく顔を上げて、小川の視線を真《ま》っ直《す》ぐに受け止めた。

「肺炎と脳梗塞」小川は答える。「七十四歳だそうです」

「昨夜、雨の中を歩いたのがいけなかったのではありませんか？」

「それは、聞いていません。彼は都内にマンションを持っていて、そこで一人暮らしをしていたそうです」

「え？」加部谷が驚いた顔で声を上げる。「じゃあ、どうして、あんな生活をしていたんですか？」

「さあね……」小川は、柚原に視線を戻して言った。「そのあたりの事情を、私の方が聞きたいのですけれど、飯山さんとは、親しかったのですか？」

「いいえ、全然」柚原は首をふった。「話をしたことは、ほとんどありません。でも、ときどき顔は見かけました。だいたい、同じ場所をうろついていたから」

「誰か、飯山さんと親しそうな人はいませんか？」小川はさらにきいた。

「いえ、知りません」無表情のまま、柚原は繰り返し首をふる。しかし、そこでしばらく視線を遠くへ向けた。そして、小さく溜息をついたあと、話を続けた。「飯山さんは、荷物が少なかった。持ち歩くのが、嫌いだったのでしょう。持ち物を、どこに置いているのかは、だいたいわかりますよ」

「え、どういうことですか？」小川はきく。

「ただ、大したものはないと思いますけれどね」

「いえ、興味があります。場所を教えて下さい」

「夜は、どこで寝ていたのか、ということです」

「どこですか？」

「高架下の駐車場の近辺ですよ。だけど、台風のときは、風が吹き込んで、あそこでは濡れてしまうから、神社へやってきたのだと思います」

「高架下というと、駅の方ですか？」小川は尋ねた。

「私、知っています」加部谷が答えた。「柚原さんを探しているとき、行ったことがあります。そこでホームレスの人が集まっていると聞いたので」

「僕は、あそこは苦手ですね」柚原が呟いた。

どういう意味なのか、小川にはわからなかった。

とりあえず、そちらへ向かうことにした。歩いて三十分ほどらしい。二キロはないだろう、とのことだった。しかし、時間がもったいないので、タクシーに乗ることにした。大通りへ戻り、商店街の入口近くでタクシーを拾った。助手席に加部谷が乗り込み、小川と柚原が後ろのシートに座った。加部谷は端末の地図を見ながら、道順を運転手に指示した。

工場や低層のビルが多い場所だった。駅からはだいぶ離れている。住宅は少なく、道路の街路灯と看板以外には、明かりは少ない。真っ黒なアスファルトが闇の一部となった細い道が多く、車も人も往来がないような場所だった。ただ、高架を頻繁《ひんぱん》に電車が通り過ぎるので、そのときだけ、音と光が降り注ぐ。

タクシーから降りて、高架脇の暗い道路をしばらく歩き、途中で駐車場を横断し、高架の反対側へ出た。そちらは、人か自転車だけが通ることができる細い道で、片側は長い塀《へい》が続いていた。工場のようだ。照明が三十メートルほどの間隔で点々と続いているが、人影はどこにもない。

三人は、黙ってそこを歩いた。高架下は、金網が連続している。その中には、何があるのかよくわからなかった。その金網が途切れる一角が近づくと、柚原は立ち止まり、指を差した。そこが目的地らしい。

「一緒に行きたくありません」彼はそう言った。「案内してきたと思われたくありませんので」

小川は、加部谷が頷くのを見た。無言のまま、二人で先へ進んだ。

太い柱を過ぎた頃、二十メートルくらい先に、赤い光が見えた。さらに近づくと、なにかを燃やしている炎だとわかった。ほかに、近くには明かりはない。

また電車が上を通った。轟音《ごうおん》が十秒ほど続く。その間も、二人は小さな炎に向かってゆっくりと歩いた。焚《た》き火《び》ではなく、小型のガスコンロのようだった。キャンプで使うタイプのものかもしれない。その脇に、麦わら帽子を被った人物が背中を丸めて座っていた。

五メートルほどまで近づいたところで、「こんばんは」と小川は挨拶をした。しかし、相手は顔を上げない。

さらに近づき、三メートルの距離で立ち止まった。

「飯山さんを探しています」小川は言った。「この近くにいらっしゃると聞いたのですが、ご存知ではありませんか?」

三秒ほどそのままだったものの、やがて麦わら帽子の顔が上がった。火に照らされて赤く見える。日焼けした男で、無精髭《ぶしょうひげ》が伸び、髪の毛も長かった。作業着のような服装だが、ビーチサンダルを履《は》いている。

ガスコンロの上には、小さな鍋《なべ》がのっていて、今は蓋《ふた》が閉じられていた。男は片手に弁当を持ち、右手に箸を持っていた。弁当は、コンビニかスーパで売られているようなタイプで、既に半分以上がなかった。

「すみません、お食事中でしたか」加部谷が言った。可愛らしい少女のようなしゃべり方で、小川には出せない音域である。

「飯山？　ああ、博士のことかな」男は一度後ろを振り返ってから、またこちらを向いた。「そういえば、今夜は帰ってきていないね。どこかで飯でも食っているんだろう」

「いいえ、病院に運ばれたのです。倒れられたところに居合わせたので、私が救急車を呼びました」

「へえ……、じゃあ、綺麗なベッドで寝られるな」

「あの、飯山さんとは、よく話をされるのですか？」

「いやいや、話をしたことはない。でも、名前は知っている。ここへ来たとき、最初に、名前を言った。名乗る必要なんかないよ、と答えた。それだけだね。あとは、味噌汁《みそしる》を分けてやったことがあるくらいだ。話なんて、しない」

「飯山さんの持ち物がありませんか？　病院へ持っていきたいのですが」

「持ち物？　そんな大層なものがあるかね」男は、また後ろを振り返った。「その、壁際の近辺だよ」

大きな段ボール箱と数本の傘があった。箱の中をハンドライトで照らすと、本が三冊入っているだけだった。文庫本が二冊と単行本だった。加部谷がそれらを手に取って調べた。

「飯山さんとは、関係がありませんね」彼女は言った。

箱の横に毛布が綺麗に畳《たた》まれていて、使っていないブルーシートがその下にあった。ビニル袋に入ったままの新品だった。壁際にも雑然とものが置かれていて、団扇《うちわ》、紐《ひも》、ロープ、空のペットボトルが二本、サンダルが一足。食べるものなどはない。

少し離れたところには、段ボールで作られた囲いがあって、中に入れるようになっている。そちらは、別の人の住まいのようだった。周辺には沢山の物品が集められていて、ストーブのような器具から、工事の三角コーンまである。飯山の場所よりも、物品が十倍以上多い。

小川は、麦わら帽の男のところへ戻って、膝を折った。彼は、鍋の蓋を持ち上げ、中身を箸でかき回していたが、小川の方へ顔を向けた。

「飯山さんと親しい方は、ほかにいませんか？」

「さあ、どうだろうね」老人は答える。

「昨日、台風の夜、飯山さんはこちらへ帰ってきましたか？」それをきいたのは、加部谷だった。

「え？　昨日？　さあ、知らんよ、そんなこと。覚えているわけがないだろ」

「ここも、風や雨で大変だったのでは？」小川は尋ねた。

老人は、そこでふっと息を吐いた。笑ったようだ。当たり前のことをきくな、という顔である。

風が吹き込んだら、団扇など飛ばされそうなものが多い。つまり、飯山は嵐のあと、一度はここへ戻ったのだろう、と小川は考えた。

「あの、この人をご存知ですか？」加部谷が近づいてきて、男に尋ねた。彼女は写真を老人の前に差し出し、ライトをそれに当てた。柚原の写真だ。

「メガネがないと、見えないんだ。まあ、見なくてもわかるよ。知らないね」

「メガネはどこですか？」加部谷がきいた。

老人は舌打ちし、胸のポケットからメガネを取り出した。加部谷の顔を睨みつけたあと、彼はメガネをかけた。麦わら帽子が後方へ落ちたので、小川はそれを拾った。彼は、写真に顔を近づける。髪はほとんどなく、七十代か、あるいはそれ以上の老人の顔だった。

「知らん」一言吐き捨てると、老人はメガネを外し、ポケットに戻した。小川が手渡した帽子を、彼は被り直した。「知らないね。会ったことはない」

「そうですか。ありがとうございました」加部谷は言った。

小川は立ち上がった。加部谷も写真とライトをバッグに仕舞ったようだ。老人がガスコンロを消したので、辺りは一気に闇に戻った。そこへ、また電車が近づいてくる。

轟音とともに軽い振動を感じた。これでは、終電になるまで、ここでは眠れないのではないか、と小川は思った。

電車が通り過ぎたので、立ち去ろうとしたとき、男が咳払いして、小声でなにか呟いた。小川は振り返って、彼のところへ戻った。

「何ですか？　聞こえませんでした」

「会ったことはないが、写真を見るのは二度めだ」

6

来た道を戻ったが、柚原はいなかった。待っています、と彼が言った場所に、しばらく二人は留まったが、道を通りかかる人間も、動物もいなかった。

「どうしたんでしょうか？」加部谷が呟いた。「どこかへ行ってしまったんですね。メールをした方が良いでしょうか？」

「それは、君の判断」小川は答える。「私は、帰ります。でも、そうだね、無理に見つけなくても良いかも。見つからなかったら、諦《あきら》めて帰っても良し」

「え、そうなんですか。うーん、どうしようかなぁ」

「四六時中見張られていたら、嫌にもなるんじゃない？　若いんだから」

「若いのは、関係ないような……」

「この近くの、どこかにはいるんじゃないかな」

「見つけたら、動向を逐一《ちくいち》報告、という依頼だったのでは？」

「そこまで完璧《かんぺき》にはできないのが普通だしね」小川は歩きながら言った。「もう、彼のこと、だいぶわかってきたでしょう？　報告書は書けると思う」

「依頼者が、それで満足するでしょうか？」

「どうしたら満足するのかを、もう少し丁寧に教えてもらえないと、これ以上の仕事はできませんってところかな」小川は言った。

「なるほどぉ、強気ですね。もしかして、新しい仕事が入ったとかですか？」加部谷が尋ねた。

「あ、そうそう。飯山さんの妹という人から、飯山さんが最近どんな風だったかを調べてほしいって、頼まれたよ。まだ正式に契約していないけれど、明日会うことになっている」

「そうですか。だったら、もう一度、今のところへ行って、ほかのホームレスの人たちにもインタビューしないと」

「うん、まあ、そんなところから始めるか……。あとは、飯山さんの自宅を調べるとか。許可が下りるかどうか、わからないけれど。その妹さんがOKしてくれれば、マンションの鍵《かぎ》は、本人が所持していたんじゃないかな。警察と話をしないと。それも、明日の仕事だね」

二人は、高架の下を潜り、反対側に出た。ひっそりとしたアスファルトの道路を歩いていく。誰にも出会わない。やはり、柚原は近くにはもういないようだった。

「柚原さんは、特に問題のある人物には見えません。とても常識的で、穏やかで冷静で、理知的な人だと思います」加部谷は話した。

「いきなり何の話をしているの？　もしかして、惚《ほ》れちゃった？」小川は笑った。

「いいえ、そうではなくて、少なくとも、監視が必要なほど危険な人物ではない、という意味です」

「危険な人物だから監視しろ、とは言われていない」小川は首をふった。「ただ、見つけてほしい、何をしているのか調べてほしい、というだけの依頼。監視をしろとも言われていないから、とりあえずは、報告書を作って、相手が次にどんな依頼をしてくるかで、今後のことは決めようと思う。これで終わりかもしれないしね」

「そうですね……。仕送りをしているお祖母さんは、依頼人ではない、と彼は言っていました」

「でも、お祖母さんの知合いとか、ほかに親戚《しんせき》で、安否《あんぴ》を知りたい人がいるのかもしれない」

「あるいは、実の母親か父親か」加部谷が言った。「行方不明だとか、亡くなったとか、話は出ていますけれど、それは昔のことで、今は商売に成功して、お金持ちになっているのかも」

「ありえないことではないかな」

「だけど、それだったら、探偵に依頼しないで、直接連絡しますよね、たぶん。お祖母さんは、彼にメールを送っているわけですから、お祖母さんから彼のアドレスを教えてもらえば、連絡はできます」

「していても、柚原さんが無視しているかも」

「あ、そうですね。それは、そのとおりです」

自動車が行き交っている道路に出た。

「どうする？　帰る？」

「えっと、じゃあ、帰ります」加部谷は言った。「車を返してから」

「私、まだ食事をしていないんだけれど、つき合う気はない？」

「あります、あります」加部谷は高い声で即答した。

タクシーが通りかかったので、小川は素早く手を挙げた。

最寄りの駅まで出て、駅前の居酒屋に入ることにした。

「経費で落としましょう」席に着いたとき、小川は言った。

加部谷は、両手を顔の前で合わせ、お辞儀をした。目を見開いた表情が面白かった。人を和《なご》ませる才能がある、といつも小川は彼女のことを評価している。店員には、ビールと、料理を幾つかオーダした。

「さっきの話の続きだけどさ」小川は、話を始める。「今回の依頼者は、柚原さんに対して、何を望んでいると思う？」

「望んでいるんでしょうか？」加部谷は答えた。「むしろ、望まない方向へ近づいていないかを、見張って欲しい。もし、そういった危険があったら、事前に手を打ちたい、といった感じかなって、私は想像していました」

「そう、私も、最初はそう思った」小川は頷く。「でも、なんか、普通の感じだし、いえ、どちらかというと、素直な好青年じゃない？」

「そうそう、そうなんですよ。一見した感じは、たしかに……」加部谷は、そこで顔を顰《しか》めた。「普通に働いて、生活できるんじゃないかなって、思いました」

「そうだよね。なんで、あの子、ホームレスなんかしているわけ？」小川は言った。

自分が一番言いたいこと、最初から感じていたこと、現在彼女の喉《のど》の一番浅いところに引っかかっている、大きなフォントの言葉だった。

ビールが届いたので、そこで二人は静かに乾杯をした。小川が探偵事務所の社長になって、同時に加部谷がそこの社員になって、この乾杯は二回めである。半年まえに、就任祝いと就職祝いをしたが、その後、ずっと仕事が忙しく、二人で一緒に食事をする機会さえなかった。なにしろ、二人しかいないので、仕事があれば交代になるため、二人が揃《そろ》うことがないからだ。

それくらい、仕事が絶え間なく入った。これは、偶然とはいえ、とてもラッキィなことで、小川が予想もしていなかった事態だった。短期の調査ばかりだが、それでも売り上げはまずまず。毎回、この仕事が最後だ、と思って臨《のぞ》むのだが、続けてまた依頼が入るのだ。

「なんだったら、柚原さん、うちで働いてもらっても良いと思うくらい」小川は言ってみた。「どう思う？」

「ええっ……」加部谷は驚いたようだ。彼女はそこでビールをまた飲んだ。「どうでしょう。うーん、なんともいえませんけれど、まあ、八十パーセントは、断られると思います」

「残りの二十パーセントは？」

「え？　どういう意味ですか？　残りは、承諾《しょうだく》して、バイトをする、という意味ですけれど……、あっ……」加部谷はそこで手を叩いた。「違いますね。あとの二十パーセントは、小川さんが不採用という決断を下す。そうなのでは？」

「うーん、まあ、そもそも、人員を増やすような余裕はないから」小川は微笑んだ。

「仮定の話ではあるけれど、たしかに、そう言われると、そうかもしれない」

「なんだぁ、やっぱり、そうなんですね」加部谷は肩を竦《すく》めた。「ちょっと本気にしちゃいました」

「でも、それくらい信頼できる、と君は思っているわけだ」

「いえ、そう言われても……、なんというのか、ちょっと、はっきりとはわからないんですけど、そこまでもないかなぁ、とも……」加部谷は額に片手を当てる。自分の体温を気にしている、というジェスチャに見えた。

店員が、料理を二皿運んできた。さっそく、小川は箸を取った。自分は、空腹だったようだ。加部谷は、自宅で夕食をとってから家を出て、しかも柚原と一緒にラーメンを食べたことを明かしていた。したがって、そんなに食べられないはずである。

「うーん、冷静になって、つるつると考えてみると……」加部谷は、また片手を額に当てていて、目を細めている。

「つらつらでしょう？」

「どことなく、危ない感じは、たしかにありますか……。柔らかい物腰も、あの年齢にしては、ちょっと出来過ぎというか、まあ、頭は切れるのでしょうね。ときどき、持論みたいなものを語るのですが、いちいち筋が通っていて、なかなか考えているのだな、この人はって、思わせる。ですけれど、なんか今ひとつ、なんというのか、バランスが取れていないみたいな、今は成り立っていても、あるとき一気に崩れそうな、いわば、砂上《さじょう》の楼閣《ろうかく》？　そんな儚《はかな》そうな、あるいは危険な香りっていうんでしょうか、漂っているわけですよ」

小川は笑っていた。素直に面白かった。加部谷恵美という人物は、最初は大人しい地味な女性に見えたのだが、親しくなるにつれて、しだいに本性を現し、最初の印象とはかなり違うキャラクタだとわかってきた。だが、悪い方向ではない。否、明らかにプラスの方向だと感じられた。

「どうしたんですか？」加部谷が、目を開けて、小川を見つめる。「思い出し笑いですか？」

「いいえ、なんでもない。続けて」小川は答える。

「何を続けるんです？　あ、もしかして、私の分析に感心したとかですか？　うーん、かなりシビアな観察による結論で、自信はありますよ。言語化するのが、少々難しかったのですが、今まさにここで、自分でも、そうだそうだ、と納得しました。自分の理屈にハートを鷲摑《わしづか》みにされた気持ちです」

「ハートを鷲摑みにされた？」小川は、そこでまた笑った。もしかして、加部谷は既に酔っているのではないか、と思い始めた。でも、面白いので、全然悪くはない。

「私が何を言いたいのか、わかりました？」加部谷がきいてきた。

「よくわからない。もっと、まとめてみて」小川は要求する。

「つまりですね、信用できそうで、できない、といったところでしょうか」加部谷はそう言うと、またビールを飲んだ。既にグラスが空きそうな勢いである。

また料理を持った店員がやってきた。小川は、指を一本立ててビールの追加を注文した。

「あ、私も」加部谷が言った。

「違う。君の分を頼んだの」小川は言った。店員にも、再び指を一本示した。店員は笑って頷き、店の奥へ去った。「車、運転しちゃ駄目だよ」

「はい。明日返します。小川さんは、飲まないんですか？」

「私は、今は食べたい人だから」

「どことなく、陰がありますよね」加部谷は言った。

「え、私？」小川はきいた。

「いえいえ、違いますよぅ」加部谷はそこで声を上げて笑った。「あ、ごめんなさい。私、酔っ払っていますか？」

「明らかに」小川は微笑んだ。

「すいません。違います、えっと、その、陰があるのは、柚原さんですよ、そうそう」

「そりゃあ、ホームレスなんだから、それだけでも充分な陰があるでしょう」

「いえ、それを差し引いても、普通の若い男子として見ても、陰があると感じます」

「そう？　まあ、私は、まだそんなに話をしていないから、わからないのかな。どういうところで、それを感じるの？」

「うーん、まずは、幸せな家庭ではなかったという点ですね」加部谷は答える。「普通、そういった境遇は隠しますよね。逆に、明るく振る舞う人が多いと思うんです。暗いものを見せないようにする。そういう人が普通だと思います。でも、彼は素直に、それを表に出してくる。まあ、不幸が許容量を超えているから、当然なのかもしれませんけれど。それで、社会とか人間とかを憎んでいるというのか、自分はみんなと一緒にはいられない。自分だけは特別だという、厭世《えんせい》的っていうんですか？　合っています？」

「合っていると思う」小川は微笑んで頷く。「厭世的ね……」

「そんな感じですね。私、若いときに、厭世的な友人が身近にいたんですけれど、簡単にふられました。だから、印象としては悪くないんですよ。ニヒルな人は好きです」

「わかるかも」小川はまた頷いた。

「陰がある人って、いいですよね」

「そうね。そうそう、うちのまえの所長がそうだったな。もの凄《すご》く濃い陰があったんだから」

「あ、椙田《すぎた》さんですか。ちらっとお会いしましたけれど、ええ、なんか、わかりますよ。小川さん、好きだったんでしょう？」

「え？　私が？　そんな話、した？」

「いいえ」

「じゃあ、誰がしたの？」

「誰もしていません。でも、やっぱりそうなんですね」加部谷はにっこりと微笑んだ。

「君って、案外抜け目がないな」

「憎めないでしょう？　だいたい、みんなから言われます」

「違うって、抜け目がないって言ったの」

「抜け目がないっていうのは、抜けているところがないのだから、賢いっていう意味じゃありません？」

「ちょっと違うかも」小川は、また吹き出してしまった。

7

翌日は日曜日だった。小川令子は、十一時に起床した。九時に起きるつもりだったのに、昨日、調子に乗って飲み過ぎたことが原因だった。加部谷は、どうしているだろう。もしかして、出社しただろうか、と少し考えたが、端末に連絡は入っていなかった。

日曜日でも仕事はある。ただ、午後からでも間に合うものばかりだったので、まずはシャワーを浴びることにした。

午後は、病院へ出向いて、飯山健一の妹に会うこと、それから、柚原典之の調査レポートを書くこと、そんなスケジュールだった。警察とも話がしたいところだが、それは明日になるだろう。柚原の調査の依頼者には、レポートの第一弾を月曜日送ることになっている。加部谷恵美から、今日中に彼女の担当分のレポートが届く予定だった。日曜日返上で宿題というわけである。

それにしても、昨夜の加部谷は面白かった。あんなに明るい彼女に驚いた。それくらい傷が癒《い》えてきた、ということだろうか。それは、望ましい方向だと思う。

家を出て、まず事務所へ向かった。すると、鍵が開いていて、加部谷が出勤していた。

「おや、どうしたの？」小川はドアを開けて言った。

「いえ、朝いちで車を返却してきました」加部谷は椅子《いす》に座ったまま振り返った。デスクの上には、開かれたノートパソコンと、湯呑《ゆの》みがのっていた。小川は、自分のデスクまで歩く。「ここの方がレポートを書くのに適しているので」

「同じだね」腰を下ろしてから、小川は言った。「何を飲んでいるの？」

「梅味の昆布茶《こぶちゃ》です」

「縁起《えんぎ》が良さそう」小川は微笑んだ。「二日酔い？」

「それもあります。昨日のこと、よく覚えていないんですけれど、かずかずの失言をしたような気がして、心が苛《さいな》まれているところです」

「面白い表現」

「失礼なこと、言いませんでした？」

「うーん、特になかったように思うけれど」小川は、軽く首を傾《かし》げた。「私もよく覚えていないんだな。なんか、恋の傷跡の自慢大会だったみたいな記憶しかない」

「ああ、危ない方向ですね。気をつけなくちゃ」

「そうだね、私も」

加部谷は、失恋の話をしたし、自分は死別の話をしたような気がする。それとも、学生時代のあれを話したんだっけ、と少し思い出して、端末のように身震いした。

梅味昆布茶を、加部谷が淹《い》れてくれた。インスタントのようだった。一口飲んでみたら、なかなか美味《うま》い。ただ、あまりにも予想したとおりの味だった。こういうのは、安心できる味、と表現するのだろう。悪くいえば、インパクトがない、となる。

同じことが、柚原典之の調査結果にもいえた。だいたい、最初に想像したとおりで、それ以下でも、それ以上でもない結果といえる。彼が、このさきどんな人生を送るのか、個人的には心配になるものの、それは彼がまだ若いから、というのが主な理由だった。ホームレスとしては、若すぎる。働けない事情がよく理解できない。だが、そのような主観的な印象をレポートに書くわけにはいかない。

加部谷は、柚原にメールを送ったそうだ。当《あ》たり障《さわ》りのない内容で、なにかを求めたものではない。彼からのリプラィはまだないという。柚原は端末を滅多に見ないそうなので、不自然では全然ない。

小川は、事務所を出て、飯山の遺体がある病院へ向かった。彼の妹が、身元の確認に訪れ、その後、彼女が依頼した葬儀屋によって搬出される予定になっている。電車を乗り継ぎ、最後はタクシーで病院に到着した。受付に尋ねたところ、まだ関係者は到着していない、とのことだった。関係者というのは、遺族という意味だろうか、と小川は思った。

ロビイのベンチに腰掛けて待つ。日曜日なので、カウンタの中にも、また通路や待合スペースにも、人は疎《まば》らだった。通路に立っていたスーツ姿の男性が、小川の方へ近づいてきた。見ただけで警察だろう、とわかった。

「失礼。小川さんですね？」声をかけられる。

「はい」と笑顔をつくって返事。

「ちょっと、お話を聞かせて下さい」そう言いながら、警察手帳を開いて見せた。警部とあった。「飯山さんが倒れたときのことです。近くに、誰かいませんでしたか？」

「私が一番近くにいました」小川は答える。「十五メートルくらい離れていましたけれど」

「なにかの調査をされていたのだそうですね？」

「はい。依頼を受けて、ある人を尾行していました。詳しくはお話しできませんが」

「その尾行している人と、飯山さんの関係は？」

「私は、無関係だと認識しています。ただ、たまたま、近くを通りかかったので、私が飯山さんが倒れたことに気づいただけです」

「でも、貴女は、その尾行の仕事よりも、救急車を呼んで、飯山さんを助けることを優先したわけですよね。通りすがりにしては、多少、その、不自然に思うのですが、いかがですか？」

「尾行といっても、それほど緊迫したものではなく、それに、もう一人と組んでいるので、そちらに任せることができたからです。ちょうど、交代するところでした」

この後半は、少々誇張《こちょう》になる。まだ、加部谷は来ていなかった。しかし、彼女は柚原とメールで連絡ができるようになっていた。その安心感が、尾行の余裕となっていたのは事実だ。

「そうですか。飯山さんのことで、なにかご存知のことはありませんか？」

「いえ。ほとんど知りませんでしたが、昨日、少しだけ調べました」小川は正直に話した。「飯山さんが暮らしていた、高架下の場所へ行ってきました。ホームレスをして半年くらいだったらしい、とも聞きました」

「どうして、調べようと思ったのですか？」

「はい、まだ正式ではないので、話せることなのですが、飯山さんについて、調べてほしいという方がいらっしゃったので」

「ああ、遺族の方ですね。飯山さんの妹さんですか？　電話で話されたとか」

「はい、そうです。正式に依頼された場合、職業上、これもお答えできないことになりますけれど」

「もうすぐ、こちらへいらっしゃるはずです。依頼を受けますか？」

「わかりません。簡単には、お答えできません。いろいろ条件がありますので」

「しっかりしていますね」男は微笑んだ。

「あの、何を調べているのですか？　刑事さん、どこの課ですか？」小川は尋ねた。

「なにか、不審なことがあるのでしょうか？」

「今のところ、目立った事件性は認められませんが、社会的地位もあり、経済的にも不安はなかった人が失踪していたこと、自ら身を隠していたこと、それに、不審な死。まあ、材料は揃っているように見受けられます」

「でも、病死ですよね？」

「まだ、正式な結果は出ておりません。外傷はないようですが」

「殺されたわけではありませんから」小川は言った。

「言い切れません。たとえば、毒殺だったかもしれない」

「まさか……」

「そのあたりを、確認したい、というわけです」

「ああ、そうか……、命を狙《ねら》われていた。だから、身を隠していた。そういう兆候があったわけですね？」小川は尋ねた。

「あ、いらっしゃいました」刑事は顔を上げた。

玄関前のロータリィにタクシーが停車し、白い服装の女性が一人降りた。入口の二重ドアを抜けて、ロビィへ入ってきた。

刑事がそちらへ近づき、話しかけた。小川は、立ち上がって頭だけ下げた。だが、今は控《ひか》えているしかないだろう。

刑事と女性は、通路を奥へ歩いていく、エレベータには乗らなかった。遺体は一階のどこかに安置されているようだ。小川は、引き続き待合スペースで待つことにした。加部谷には、病院にいるとメールを送った。彼女からは、レポートが書けたので、帰宅します、とのリプライがあった。

三十分ほど経過して、ロビィに女性が戻ってきた。小川は立ち上がり、名刺を渡して挨拶をした。相手は、菅野《すがの》と名乗った。飯山健一の妹。年齢は六十代か七十代だろう。髪はグレイで、上品なファッションだった。

遺体を確認した、と彼女は話した。葬儀の手配も既にしたらしいが、遺体の搬送は、警察に任せることになったという。普通ならば、葬儀屋が搬出するところだが、警察が遺体を検査することになったのだろう。やはり、刑事が言ったとおり、なんらかの事件性があると疑っているのか。したがって、葬儀の日にちはまだ決められない、と菅野は語った。

菅野は、悲壮な表情はまったく見せなかった。手にハンカチは持ってはいたけれど、化粧の乱れもなく、涙を大量に流した跡もない。

「昨日の電話のことですが、どういたしましょうか?」小川は、きいてみた。

「はい。警察にも、ある程度のことは調べてもらえると思いますが、むこうは、なにかしらの証拠がないかぎり、動かないものと思います。ですから、小川さんに、やはり、お願いしたいと考えております。兄の最後の半年間の行動について、わかる範囲でけっこうですから、調べていただけないでしょうか?」

「ご遺体になんらかの不審点があれば、警察が人間関係などを調べると思います。その可能性があるのですか? なにか、ご存知のこと、気になることがあったのでしょうか?」

「いいえ、そんなことは……」菅野は首をふった。「二人だけの兄妹なのです。行方不明者届を出したのも私です。兄とは、もう少し話がしたかった。それだけです。よくわからない人でしたから……。兄のマンションへ、これから行きます。鍵を兄が所持していて、それを渡されました。なんだか、気が滅入りますね」

「ご不安があるのでしたら、一緒に参りましょうか？」

「ああ、いえ、大丈夫。けっこうです」菅野は片手を広げた。「それには及びません」

「あの、どんな点を調べればよろしいでしょうか？」小川は質問した。「昨夜、飯山さんが寝泊りしていた場所を見てきました。あったのは、毛布と段ボール箱、それから本が三冊くらいでした。なにか、お探しのものがありますか？」

「いいえ、特には……。本当にホームレスをずっとしていたのでしょうか？　私、どこかに愛人でもいるのかしらって、疑っていましたけれど」菅野は、そこで少し笑ったようだった。「何が不満で、そんな生活をしていたのでしょうね？」

「周辺の人たちの話を聞いてみます」小川は答えた。「あの、最初に、契約書にサインをいただく必要があります。調査を開始するのは、それからになります。どうしましょうか？」

「面倒ですけれど、しかたがありません。今、ここでサインをしましょうか？」

「簡易な書類ならば、今持っています。仮契約になりますが……」

「わかりました。サインします」

「料金のご説明もしなければ……」

「それは……、いくらでもけっこうです。請求していただければ、お支払いします」

「ありがとうございます」

小川は、いつも持ち歩いている書類を取り出し、彼女にサインをしてもらった。着手金などのことが記されている。振込み先や期限なども ある。それらを説明した。具体的な日付を書き加えて、サインをしてもらう。写しをバッグに入れ、菅野には原本を渡した。

「では、明日から調査を始めます」小川はお辞儀をする。

「よろしくお願いします」菅野も頭を下げた。

ここで話が終わったような雰囲気になった。小川はもう一度無言で頭を下げ、菅野も軽く頷くような仕草《しぐさ》を見せたので、では、今日はこれで失礼します、と告げて、小川はその場を離れた。

「あ、そうそう……」菅野に呼び止められる。振り返ると、彼女は肘にかけていたバッグを持ち上げた。「兄のポケットに、入っていたものが……」

菅野は、折り畳まれた紙をバッグから取り出した。小川は、数歩引き返して、沢山の皺《しわ》が寄り、丸められたことがありそうな紙を見た。広げると写真のコピィのようだった。

　それは、小川のところへ送られてきた柚原典之の写真である。

「この人をご存知ですか？」菅野は首を傾げた。

「いいえ」小川は、咄嗟《とっさ》に答えた。嘘をついてしまった理由は、探偵としての条件反射だった。「それについても、調べましょうか？」

「そうして下さい」菅野は、それを小川に手渡した。「警察は、コピィを取ったと言っていました」

「わかりました」

　菅野と一緒に病院の出口へ向かった。警察が、柚原のことを調べるかもしれない、そうなると、尾行をしている小川たちのことを知られる可能性がある。少し気をつけた方が良いだろう。

　菅野が乗ったタクシーを見送ったあと、小川は駅まで歩くことにした。病院前に、もうタクシーがいなかったからだ。

　歩きながら、昨日の夜のことを思い出す。

　高架下でコンロに鍋をのせていた老人も、柚原の写真を見たことがある、と話した。それは、飯山が見せた、という意味だったのだろうか。その可能性が高い。

あるいは、複数の人間が柚原典之をマークしている、ということだろうか。

彼には、いったいどんな秘密、あるいは価値があるのか？

とりあえず、柚原の観察結果を明日、依頼者にメールで送ることになっている。どんな反応があるのか、それとも調査がこれっきりになるのか、気になるところである。

第２章　偽りの声

彼女はバラを見つめたまま、肩の上に彼の頭をのせてやった。上院議員は彼女の腰を抱きしめると、野生動物のような香りのする脇のところに顔を埋めた。彼は死の恐怖に打ちのめされていた。六カ月と十一日後に、彼は今と同じ姿勢で死ぬはずだった。ラウラ・ファリナとのスキャンダルが表沙汰になり、人びとからののしられ見放され、彼女とも別れてひとり死ななくてはならない。そのとき、彼は自らの運命に怒りを覚え、涙を流すことだろう。

（「愛の彼方の変わることなき死」）

1

月曜日、小川令子が出勤すると、また梅昆布茶の香りがした。加部谷恵美は、自分の椅子に座って、こちらを振り返ったが、ラッコのように両手で湯呑みを持っていた。蒸《む》し暑《あつ》い日になりそうだったが、既にクーラが効いていたので、室内は快適だった。

加部谷が書いたレポートを読み、少々添削してから、自分が書いた文章を加えて、メールで発送した。この作業に一時間。それが終わったところで、加部谷が淹れてくれた梅昆布茶を飲んだ。時刻は十時半である。

一仕事終わった、という達成感で、両手を伸ばして深呼吸した。

「新しい依頼は、どうだったのですか？」加部谷がきいてきた。

「仮契約した」小川は答える。「飯山健一さんについて調べてくれって」

「飯山さんの何を調べるんですか？」

「この半年間の動向」小川はそう答えて、お茶を啜《すす》った。

昨日、飯山の妹、菅野彩子《あやこ》とのやり取りを、簡単に説明した。

「へえ、なんか、よくわかりませんね。奥様だったら、そういうのもありかも、と思いますけれど、親戚ですよね、何を知りたいんでしょうか？　近くに住んでいたわけでもありませんから、もともと飯山さんの動向なんて、詳しく把握していなかったと思いますけれど」

「そうだね、うん」小川は頷く。「私も、それを一番に思った。あ、それからね……」思い出したので、つけ加える。「飯山さんのポケットに、柚原さんの写真が入っていたらしいの。実物を預かってきたけれど、しわくちゃになっていた。私たちが持っているのと同じ写真」

小川は、クリアファイルに入れた現物を、バッグから取り出して、加部谷に見せた。

「えっと……」加部谷は首を傾ける。「つまり、どういうことですか？」

「わからない。でも、柚原さんを探し出してほしい、見張ってほしい、という依頼者は、私たち以外にも、誰かを雇った、ということなのかも」

「飯山さんが、雇われていたということですか？」

「それは、可能性が低いな」小川は首をふる。「そんな依頼を受ける人物じゃないと思う。元大学教授だよ。うーん、誰かが、飯山さんに、この人物を見かけたら教えてほしいとか、この人物と接触してくれないかとか、それくらいなら、ありかもしれないけれどね。それで、飯山さんは、柚原さんに接近したとか」

「接触って、自分が解説を書いた本を渡したことですか？」加部谷はきいた。彼女のデスクの上に、ゴミ箱から復帰したその本が置かれている。

加部谷の質問に、小川は頷いた。「まあ、そんなことを、あれこれ想像してもしかたがないか……」

「それにしても、つぎつぎと仕事が入りますね。どういう風の吹き回しでしょうか？」

「それって、言葉が違うと思う」小川は指差した。「そうね、まあ、ホームページを新しくしたのが効いたのかも。スタッフは全員女性ですっていう文言も、効果があったような気がする。依頼者がだいたい女性じゃない」

「そうですね。全員って、二人しかいませんけれどね」

「虚偽ではないから」小川は微笑んだ。「いちおう、もう一人、プロのモデルがいます。バイトとして控えている。本人にも承諾を得ている。彼女の写真を載せたら、もっと繁盛するんじゃないかな」

「顔写真なんか載せたら、彼女の本業に支障を来《きた》すかもしれませんよ。だから、そうですね、仮面をつけた写真にしたらどうでしょうか？」

「面白い冗談だこと」小川は軽く受け流した。加部谷は首を傾げていた。もしかして、本気で提案したのだろうか。

「もう一度、あの高架下へ行って、写真を撮ってきましょうか？」加部谷が言った。

「あの三冊あった本も、持ってきても良いのかも。誰かの承諾を得ないと駄目でしょうか？」

「飯山さんの遺族から依頼を受けている、と説明すれば通るんじゃない？」小川は言った。「実際、菅野さんに手渡せば良いわけだし」

「じゃあ、今から行ってきます」加部谷が立ち上がった。

「柚原さんは、どうしているの？」小川はきいた。「メールのやり取りは？」

「いえ、その後ありません。必要であれば、言って下さい。連絡を取ります」

「そうだね。レポートを読んで、依頼人が、何と言ってくるか、それによる」

加部谷は事務所から出ていった。

小川は、音楽をかけることにした。加部谷がいるときは、我慢するか、イヤフォンで聴くことにしているのだが、一人のときは、スピーカを鳴らす。彼女の数少ない趣味である。

音楽のリズムに軽く躰をスイングさせながら、デスクに戻った。梅昆布茶を飲んで、パソコンのモニタを見たら、メールが届いていた。音楽のためにビープ音が聞こえなかったようだ。

調査の依頼主からだった。内容を読んで、小川は少々驚いた。

今回のレポートには満足している。引き続き、柚原典之の調査を続行してほしい。そう書かれていたのだ。調査費も振り込んだ、とあったので、確認すると、そのとおり入金があった。

小川は椅子にもたれ、溜息をついた。これは、商売繁盛なので、喜ぶべきことだが、どうも腑《ふ》に落ちない。目的がよくわからないからだ。そして、依頼者になにか質問をしてみようか、と考えた。

特にどのような情報を得たいのか、という点が知りたい。真正面から、調査の目的を尋ねるのは、賢いやり方ではないだろう。加部谷に相談し、議論をしたいところだったけれど、自分はここの代表者である。決断をしなければならない。

さっそく、調査の方法、あるいは観察事項に問題はないか、希望する情報はどんな方面のものか、と問い合わせるメールを書いた。

思い切って、これを送信したところで、冷めたお茶を飲んだ。それから、二つの調査を同時に行うには、人員不足であることに気づいた。そうだ、飯山の調査がある。上手く時間をシェアするしかないか。幸い、地理的には近い。ほぼ同じ場所に二人はいた。どちらも、フルタイムで取り組むような緊急度はないと思われる点が救いではある。

湯呑みを洗っていると、パソコンのビープ音が鳴った。今度は、ちょうどかけている曲が変わるときだったため聞こえた。

依頼主からのリプライで、偶然、近くにいるので、そちらの事務所へ伺いたいが、都合はどうか、という内容だった。

非常に驚いた。

匿名の依頼主だと認識していたからだ。小川は、すぐにメールでリプライした。すると、即座に、では十五分後に、というメールが届いた。

急展開である。

いちおう、万が一のことがあるといけないので、加部谷にメールで伝えておく。それから、音楽を止め、コーヒーも紅茶も出せる準備をした。

どんな人物が現れるのか、と想像をした。おそらくは女性だろう、その確率が五十パーセント以上だ、と思われる。

時計を見ると、既に十分以上時間が経過していた。

2

待ちきれなくなって、通路に出て、窓から道路を見下ろした。建物の前の道路は、一方通行の細い路地である。車が通ることは滅多にない。おそらく、タクシーでやってくるのだろう、と小川はそちらを見ていた。

そこへ黒いセダンが入ってきた。タクシーではない。しかし、正面で停車した。小川は、慌てて階段を下りていった。住所には、ビルの名前までしか書かれていないし、外に探偵事務所の看板も出していないからだ。

セダンの運転席から出てきた紳士が、後部へ回り、ドアを開けるところが見えた。白い手袋をしている。運転手のようだ。

車から降りてきたのは、杖《つえ》を持った老人だった。グレィのスーツを着ている。小川は彼の前に立って、お辞儀をした。

「えっと、小川さんですか?」老人が尋ねる。

「はい」彼女は頷く。「事務所は、この二階になります」

老人は、振り返って、運転手を見た。顎を少し上げただけだったが、運転手は頷き、車のむこうへ回った。車は動きだす。どうやら、別のところへ駐車しにいくつもりのようだ。ここに停車していると、通行の迷惑になるからだ。セダンは、ゆっくりと道を奥へ進んでいった。

「すいません、エレベータはありません。階段なのですが」小川は言った。

老人が杖を持っていたからである。手摺《てす》りに摑まってもらい、彼を二階へ導いた。ドアを開けて、事務所の中に招き、ソファをすすめる。飲みものを尋ねると、いらない、とのことだったので、彼女は対面の椅子に座った。

「わざわざ、御足労《ごそくろう》いただき、ありがとうございます」改めてお辞儀をした。

「どうも……」老人はそう言って、少しだけ口許《くちもと》を緩《ゆる》めた。「お若いですね」

何と答えて良いものか。小川は言葉に詰まった。貴方よりは若いだろう、と思っただけである。

「あの、なにか今回の調査でご不満な点がありましたでしょうか？」そう尋ねるのがやっとだった。

至らないところがあったのは若いからだ。そういう意味なのかな、と思えたからだった。また、柚原の写真が出回っていることから、自分たち以外のどこかへ調査を依頼した可能性がある、という連想もあったので、その点をそれとなくきいてみるべきか、などと考えていた。このように緊張すると、頭がフル回転して、つぎつぎと断片的に思いつくものである。

「いえ、短い時間でよくあそこまで調べたものだ、と感心しました。だから、お会いして、そのお礼を言いたいと思ったのです。すぐ近くのホテルでパーティがあって、そこに招かれていました。途中で抜け出してきた……」老人はそこで、はっはっと笑った。「良かった、ここへ来た方が、ずっと面白い経験ができます」

「え？　どんな経験ができるのでしょうか？」

「久し振りに階段を上りました」

「はい、大変申し訳ありませんでした」小川は、膝につくほど頭を下げた。嫌味を言われているのだ、と思った。

「いや、貴女は悪くはない。それに、私も、まだ階段くらい上れます」

「はい」頷くしかない。「あのぉ、それで、どのようなご用件でいらっしゃったのでしょうか。伺わせていただいてもよろしいでしょうか？」できるだけ丁寧な言葉を選んだが、自分でしゃべっていて意味が合っているのか、自信がなかった。

「いや、何でしたっけ……、ああ、そうだ、メールで質問をされたでしょう？」老人がきいた。

「はい。あの、調査のことで、特に注意して観察すべき点、特に取得したい情報などをお伺いしたい、と思っております。柚原さんを見つけることができ、接触して話もできるようになりました。もっと突っ込んだことを聞き出すことも可能とは思います。そうなると、だいたいの目的といいますか、方針をお聞きしておいた方が良いのではないかと考えました次第です」

「うん、合理的ですな」老人は微笑んだ。開いた脚の間で、杖を立て、そこに両手をのせている。見たところ七十代、あるいは八十代だが、背筋は伸び、姿勢も良い。髪は少ないものの、顔には艶《つや》があった。老人は、一呼吸置いたあと、話を続けた。「そう、特にこちらも、方針といったものはありません。ここが知りたいというものもない。ただ、対象の人物を観察したい。純粋にそれだけを希望しております」

「たとえば、柚原典之さんの過去を調べたい、ということではないのですね？」小川は尋ねた。

「ああ、そうではない。今現在の姿、毎日の行動、あるいは話した内容などを知りたい。どのような人物なのかを見極めたい。そういうことです」

「どうしたら、そのような動機が生まれるのか、ということを、つい、その、考えてしまうのですが……」小川は素直に気持ちを打ち明けた。「なんというのか、目的がしっかりとわかっていれば、大変にやりやすい、どこをどう見ていれば良いのかがわかるからです」

「しかし、それでは逆に見逃すものがあるかもしれません」老人は微笑んだ。「下手な先入観を持たない方が、客観的な観察につながるのではありませんか？」

「はい、それはそうかもしれません」小川は頷いた。「でも、たとえばですね。彼は、なにか危険な人物なのでしょうか？　それとも、なにか見所がある優秀な人物なのでしょうか？　それも、先入観を持たない方が良い、ということですか？」

「まさに、そのとおり。実のところ、この私も、そういった先入観を持たないように努力をしております。しかしながら、興味は持っている。彼の将来について、大いに興味を抱いている、ということ。それが私の動機です」

「そうですか。わかりました。あのぉ……」小川は、そこで二秒ほど考えて、言葉を選んだ。「失礼なことをお尋ねしますけれど、柚原さんの調査を、私ども以外にも依頼されていますか？」

「いや……、私はしていません。どうしてですか？」老人はそこで咳払いをした。

「はい、レポートにも登場した飯山健一という人、元大学教授なのにホームレスだった人です。先日、亡くなったのですが、彼が柚原さんの写真を持っていました。それも、お送りいただいた写真と同一のものです。あの写真は、もともとどこにあったものでしょうか?」

「ああ、あの写真はね、半年ほどまえに、私のところへ送られてきたものです。誰が撮ったものかは、私は知らない。そうですか、それは、なにか裏がありそうですね」

「写真が送られてきて、柚原さんという人を認識された。それで、調査をしたいと思った、と解釈してもよろしいでしょうか?」

「そのとおりです」老人は頷いた。「さすがに、勘が良い。しかし、その飯山という人は、どんな人物なのですか? 本を渡した、とレポートにありましたね」

「はい。柚原さんとは、さほど深い関係がないように思っていました。単なる通りすがりの一人だろうと。ところが、写真のことが、つい最近になってわかりました。レポートを作成したあとのことです。この関連については、追加調査で詰めていきたいと思います」

老人は、腕時計を見た。杖にのせていた左手にあって、彼はずっとそれが見えるようにしていたようだ。そして、「では、そろそろ」と言って立ち上がった。

小川は、老人が階段を下りるところをサポートした。普通の倍ほど時間がかかったものの、ほぼ一人で階段を最後まで下りた。道路に出ると、少し手前に停《と》まっていたセダンがすぐに近づいてきた。ぐるりと周囲を巡って、タイミングを合わせて戻ってきたようだった。運転手が降りてきて、後部のドアを開け、老人はそこに乗り込んだ。

「では、小川さん、また……」老人はドアが閉まるまえに、片手を軽く上げた。

「またメールでご連絡させていただきます。失礼いたします」小川はお辞儀をした。

3

夕方、加部谷と連絡を取りつつ、小川は現場へ向かった。今日は、夜中の張込みをするつもりはない。加部谷と二人で高架下のあの場所へ、もう一度行くことになった。

加部谷と待ち合わせた。彼女は、今日は柚原を数時間つけただけで、直接話をしていない、と報告した。彼は、多くの時間を図書館で過ごしたそうだ。彼女は館内には入らず、道路の反対側から見張っていたという。

その後、繁華街の方へ向かったので、どこかで食事をしているのか、あるいは弁当を手に入れたのではないか、と話した。柚原の行動は、毎日ほぼ同じパターンで、幾通りかあるものの中から、一定のインターバルで繰り返されているのだ。

「あそこ、暗くなってから一人では行きたくないですよね」歩きながら、加部谷は言った。高架下の住処《すみか》のことだ。

明るい時間なので、このまえとはだいぶ違った印象だった。近所の子供たちが、すぐ近くで遊んでいたし、塀と高架の間の道路も、人や自転車が行き交っていた。そこを通る人たちには、ホームレスのブルーシートが目につくはずだ。つまり、その手の人たちがここにいることを、近所の人間ならば知っていることになる。

現場に到着したが、人気《ひとけ》がなかった。鍋をコンロにのせていた老人もいない。その場所にはコンロもなかった。だが、奥の段ボールとブルーシートはほとんどそのままである。まだ、この時間帯はどこかへ出向いている、ということだろう。

柚原の写真を見たのは二度めだと語った老人に話を聞きたかったのだが、残念ながら、いなかった。明るいところで全体を見て回ったところ、四人分の住居、つまりホームレス四人の寝床があることがわかった。一番簡素なものが、飯山健一のものらしい。毛布はブルーシートの上に畳まれたまま。段ボール箱の中には三冊の本がまだあった。誰も動かしていないようだった。

その三冊の本は、箱から取り出して、持ってきた袋の中に仕舞った。これは、菅野彩子からの調査依頼があったので、その証拠品の一つになる。所有権は、菅野にあるといえるだろう。ほかには、持ち帰るほどのものは見当たらない。飯山は、ほかのホームレスたちよりも、持ち物が少なかった。圧倒的な差がある、といえる。彼のホームレス生活が、仮のものであったためだろうか。それほど長く続けるつもりはなかったのかもしれない。

「たとえば、社会学の研究の一環で、フィールドワークみたいなことをしていたのではないでしょうか」加部谷が言った。

「何よ、フィールドワークって」小川は尋ねた。

「えっと、現地調査くらいの意味ですけれど」

「へえ……」少し感心した。

加部谷は、見かけや言動に似合わず、インテリなのである。元は地方公務員だったのだから、少なくとも公務員試験に合格するだけの学力はあったことになる。

とりあえず、長居をするのはまずいので、その場を離れ、来た方向とは逆へ、二人は歩いた。

「現地調査ね……」小川は呟いた。「もしかして、飯山さんは、柚原さんを調査していたのかも。彼に近づくために、ホームレスになったのかも」

「柚原さんって、一匹狼《いっぴきおおかみ》というか、さっきの場所へは近づきませんでしたよね。彼は、寝る場所も、みんなとは離れていました。普通のホームレスとは、少しスタイルが異なります」

「それは、お金を持っているから。彼には収入があったからじゃない？」小川は言った。

祖母からの仕送りがあった。このため、ぎりぎりだが食べるものを買える。また、店に入ることもできた。それに、年齢がぐんと若い。体力があり、どこでも眠れた、ということも差異の一つではないか。

「どうする？　もう帰る？」小川は、加部谷にきいた。

「いえ、私は、これといって予定はありません。どこかでお食事をしましょうか」

「そうだね。でも、今日は飲まないつもり」

「あ、はい、それは私もです」

しばらく歩いたところで、コンビニと蕎麦屋《そばや》を見つけた。片側一車線だが、交通量が多い道路沿いの店だった。

「弁当にする？　それともお蕎麦？」小川が尋ねると、加部谷は蕎麦屋の方へ指を向ける。

暖簾を潜ったところ、まだ客はいなかった。早すぎたようだ。しかし、営業時間ではある。小川は山菜蕎麦を、加部谷は山掛け蕎麦を注文した。お飲みものは、ときかれたので、いりません、と返事をする。しかし、まもなく温かいお茶が運ばれてきた。これは飲みものではないのか、と小川は思った。

「一カ月一万円というと、一日約三百三十円ですね」加部谷が言った。「お蕎麦を食べたら、あと二日は、我慢しないといけないわけです」

「食べるものだけに使うわけではないでしょう?」小川は指摘する。「たとえば、怪我をしたり、お腹《なか》が痛くなったりしたら、困るんじゃない?」

「そういうのは、我慢をするしかありませんよ。医療品にはお金は使えないと思います。うーん、電池くらいは買うのかな」加部谷が言った。

「電池? ああ、ライトを持っているのか」

「はい。端末も持っています。そちらは、公共施設で充電ができるところがあるとか。必要なとき以外、ずっと電源を切っているそうです」

「何に使っているの? 写真を撮るとか? 連絡ではないでしょう?」

「たぶん、ネットでときどき、必要なことを検索するのではないでしょうか。たとえば、地図を見るとか」

「そんなことするホームレスっているか？」小川は首を捻《ひね》った。「若いから、だいぶ違うんだね、そこらへんが」

「違うと思います。彼と話をしていると、私も、ああいう生活をしてみたいなって、少し思っちゃいました」

「してみたら？」小川は言った。

「男だったら、していたかも」

「あ、そうね、そうだよね。女は、やりにくいよ。変な目で見られそう」

「ですよね」

「こんなところへも、女性は進出できないんだな」小川は舌を打った。

「気の持ちようかもしれませんけれどね」加部谷が微笑んだ。

小川は、事務所を訪ねてきた老人の話を加部谷にした。あまり情報量は多くなく、一分もかからなかったが、その人物像に関しては、一分ほど優にかかった。

「へえ、お金持ちそうですね」加部谷は言った。

「まあ、ある程度の地位にはある、という感じかな。なにしろ、運転手付きの車なんだから」

「その人が、自分の財産を相続する人物を調べている、というのでは？」加部谷が言った。

「うん、そういうテレビドラマだったら、ありきたりもいいとこだけれど、実際には、ちょっと苦しくない？」小川は、頭の中でドラマの情景を想像した。

「苦しいですか？」加部谷はそう反応したが、そこで蕎麦がテーブルに届いたので、会話は中断することになった。

二人は割箸を手にして、まずは一口食べた。お互いに、味の感想を発表し合い、またしばらく食べ続けた。

「だけど、絶対どこかでは行われている現実だと思いますよ」加部谷が突然言った。

だいぶまえの話を引きずっている。彼女はずっと考えていたのだ、と小川は理解した。自分は、それはないだろう、ととっくに離脱し、今後のこと、明日の仕事について思いを巡らせていた。歳を重ねるほど人間は現実的になる、というのは、真実に近いようだ。

蕎麦を半分ほど食べたところで、小川は加部谷に仕事の指示をした。それは、明日にでも、柚原典之の祖母に会って、話をしてきてほしい、というものだった。加部谷も、その必要性を感じていたようで、わかりました、と返答した。

店を出て、二人は別れた。加部谷は駅まで歩いていく、と話した。小川は、隣のコンビニに寄って、少々買いものをしてから、高架脇の道路の方向へ戻った。既に、すっかり暗くなっていた。

しかし、例の場所まで来ても、やはり誰もいなかった。奥の暗闇まで足を踏み入れる気にはならなかったので、そのまま通り過ぎた。途中で高架下を潜り、反対側に出る場所がある。自動車が通る道路になるが、それでも車も人も少なかった。

少し先の街路灯の下を、こちらへ歩いてくる人影があった。さらに近づくと、麦わら帽子の老人だとわかった。

「こんばんは」小川は、挨拶をした。

相手は無反応である。もう少し近づいた。こちらの顔がよく見えないのかもしれない。

「先日、お話を伺った者です。飯山さんのことで、あちらのお住まいを見せていただきました」

老人は立ち止まっているが、黙っていた。小川の顔を見ているのは確かだ。ただ、表情はよくわからなかった。

「あの、もしよろしければ、これを……」小川は片手に持っていたビニル袋を差し出した。コンビニで購入したもので、弁当と飲みもの、菓子などが入っていた。彼に会えない場合には、自分で消費しようと考えて買ったものだった。

老人はポケットから手を出して、それを摑んだ。中を確かめている。

「施《ほどこ》しかね？」そうきいた。

「いえ、このまえのお礼です」小川は答える。

「ふうん」老人は喉を鳴らした。

「あの、一つだけ、おききしたいことがあるのですが……」小川は話した。ちょうど、道路を一台のトラックが通過し、一瞬だけ老人の無表情の顔を照らした。髭と皺、それに染《し》みが目立つ顔だった。「先日お見せした写真を覚えていらっしゃいますか？　もう一度、見てもらえますか？」

「いや、覚えている」

「あのとき、同じ写真をまえにも見たというようなお話をされましたね。見るのが二度めだ、とおっしゃいました。あれは、同じ人物だという意味ですか？　それとも、写真が同じだという意味でおっしゃったのですか？」

「同じ写真」老人は答える。

「一度めは、飯山さんが持っていた写真ですね？」

「ああ」老人は頷いた。

「それを、いつ頃ご覧になりましたか？　飯山さんは、そのとき何と言っていましたか？」

「うーん、先月くらいかな。この男を知らないか、と尋ねられた」

「それで？」

「知っていると答えたよ。この近辺で、ときどき見かける若者だ」

「そうお答えになったのですか？」

「ああ」

「そのほかには、どんな話をされましたか？」

「いや、うーん、商店街か公園か、そのあたりをうろついている、と話しただけだ」

「飯山さんは、何故、写真の人を探していたのでしょうか？」

「そんなことは聞いていない」

「誰かから頼まれていたとか、でしょうか？」

「わからんね」老人は首をふった。

4

加部谷恵美は、駅まで歩く途中、柚原に電話をかけた。しかし、彼は出なかった。そこで、彼の祖母と連絡を取りたい、というメールを書いて送った。駅に到着しても、そのリプライがなかったので、諦めて電車に乗った。

帰宅しても、電話もメールも柚原からはなかった。実は、最初にこの調査依頼があったときに、彼の実家、すなわち祖母の家の住所だけは、依頼者から知らされていた。ただ、本人は現在、東京近郊のある町にいるようだ、との情報も伝えられたので、現地で捜索を始めることにした。ほどなく彼を見つけたため、実家へは連絡をしたことはなかった。

翌日、目覚ましの音で飛び起きてから、端末を手にすると、柚原からメールのリプライが届いていた。そこには、彼の祖母の電話番号が書かれていた。ほかに、言葉は添えられていなかった。番号を知らせてきたということは、電話をかけても良い、と受け取ることができるだろう、と加部谷は思った。

目を覚ますために、コーヒーを淹れつつ身支度をしてから、その電話番号にかけてみた。時刻はまもなく七時半である。多少早すぎるかもしれない、と思ったが、かえってつながる可能性が高いだろう、とも考えた。三回コールがあったあと、相手が電話に出た。

「はい、深谷《ふかや》ですが」という女性の声だった。しっかりとした発音である。

「あ、もしもし、初めてお電話をいたします、私は加部谷という者です。あの、柚原典之さんの知合いといいますか、そちらの電話番号も、柚原さんから伺いました。朝早くから、申し訳ありません」

「典之になにか、あったのですか？」

「いえ、そのようなことはありません。あの、深谷様に一度お目にかかって、お話を伺いたいと思って、電話をさせていただきました。突然で大変失礼とは思いますが、そちらへ伺ってもよろしいでしょうか？」

「ああ、ええ、べつに、かまいませんよ。えっと、かぶのさんですか？」

「いえ、加部谷です。か、べ、や」

「壁屋さん？　壁を作るお仕事ですか？」

「違います。名前が、加部谷なのです」

「ああ、そうなんですか」

「あの、今日はいかがでしょうか？　そちらへ伺っても、よろしいですか？」

「ええ、いいですよ、べつに……、かまいませんけれど、でも、どこから来るの？」

「東京からです。何時頃なら、ご都合がよろしいでしょうか？」

「何時でもかまいません。あの、典之は元気なのでしょうか？」

「あ、はい。私が直接お会いしたのは、数日まえになりますけれど、お元気です。メールは今朝もらいました。あの、ごく普通というか、はい、お元気だと思います」

「そう……。ちっとも連絡をくれないから、心配しているんですよ」

「はい、そういったお話も、お会いしたときにお願いいたします。えっと、では、お昼過ぎには、そちらへ到着できるかと思います」

「はいはい、わかりました」

電車などを乗り継いで、どれくらいの時間がかかるのかは、昨日のうちに調べておいた。私鉄を二本乗り継ぎ、その先はバスかタクシーになる。三時間以上かかる田舎だった。

そのあと、トーストを焼いてジャムを塗って食べつつ、小川にメールを書いた。柚原の祖母と電話で話ができた、事務所には行かず、直接栃木へ向かう、という内容を送信した。

いつもと変わらない時刻に自宅を出た。端末のモニタを確認したが、その後、柚原からのメールはなかった。小川からのリプライもない。

長距離を走る特急列車では、ゆったりと風景を楽しもうと考えていたのだが、八十パーセントは車窓に頭をつけて眠っていた。ローカル線に乗り換えるときに、なにか手土産を持っていくべきだ、と思いつき、二千円の和菓子のセットを購入して、レシートをもらった。経費として落とすつもりである。

列車は二両編成で、谷沿いに走っている。ほどなく山が迫り、谷も深くなった。温泉街のような駅で下車して、駅前のロータリィでバスの時刻表を見たが、三十分以上待たなければならないことがわかった。どこかで食事をして時間を潰《つぶ》そうかと、辺りを見回したものの、入りたくなるような店は皆無《かいむ》だった。

タクシーに乗り、とにかく近くまで行ってみよう、と思った。駅前には二台のタクシーが駐車していて、運転手は外で煙草《たばこ》を吸っていた。行き先を告げて、タクシーに乗る。

二十分ほど走ったところで、目的地よりも手前になるが、道路沿いにある公民館の前で降ろしてもらった。そこからは、登り坂を一キロほど歩くことになる。天気も良く、しかも都会に比べて、ずいぶん涼しい。時間に余裕があるので、ゆっくり綺麗な空気を楽しもう、と考えた。

端末でマップを見ながら、道を歩いていく。道路は舗装されているが、車は通らなかった。公民館のすぐ裏には、火《ひ》の見櫓《みやぐら》があった。高いところに鐘がぶら下がっている。緊急のときに、あそこまで梯子《はしご》を上らないといけないなんて、なんと不合理なシステムだろう、と彼女は思った。少なくとも、鐘を鳴らすためのロープを下まで垂らしておくべきだ。でも、そんなことをしたら、子供が悪戯《いたずら》で鳴らすかもしれない。

石を積み上げた垣が多かった。傾斜地に段々になって家屋や小さな畑が連なっている。坂道を上り切ると、開けたより大きな畑が広がっていた。家屋は数えるほどしか見当たらない。途中で分かれ道もなく、迷うようなこともなかった。そこを突っ切ったあと、森林が近づく。目的地は近いはずだが、まったく見通せない。道は傾斜を避けて迂回《うかい》していて、何度か向きを変えて登らなければならなかった。

後ろから軽トラックが登ってきた。彼女のすぐ横で停車して、運転手がじろりと彼女を見た。日焼けした老人だった。頭にタオルを巻いている。

「こんにちは」加部谷は頭を下げた。「深谷さんのお宅へ行くつもりなんですけれど、この道で合っていますか？」

「深谷さんは、この道を行って、川のむこう側。まだだいぶあるで。乗っていきなさい」

「え、よろしいですか。ありがとうございます」

坂道で、少し息が上がっていたところだった。彼女は助手席へ回り、トラックに乗り込んだ。加部谷がシートベルトをするより早く、トラックは走りだした。

五分もしないうちに、道路は下り坂になり、林の中を下っていった。そして、谷に架かる鉄橋を渡ったところで、一軒の建物の近くで停まった。

運転手が、ここだと言うので、加部谷はトラックから降りて、礼を言った。トラックは、すぐに道路の奥へ走り去った。荷台にはシートがかかっていた。農業ではなく、なにかの工事関係の業者だったのだろうか。

深谷という表札を確かめてから、玄関に近づいた。窓からこちらを見ている人影が見えたが、こちらが開けるまえに玄関から老婆が出てきた。

「すみません、早く着いてしまいました」加部谷は謝った。予定よりも三十分近く早い。まだ十二時半だった。食事もしなかったし、トラックに乗せてもらったための誤差である。

玄関の前で名刺を渡し、自己紹介をした。老婆は、深谷雅子《まさこ》、その人だった。この家には一人で暮らしている、と話した。

「警察ではないの？」深谷はきいた。

「いいえ、警察ではありません。探偵事務所です。依頼されて調査を行います」

「何の調査をしているの？」

「いえ、それは、詳しくはお話しできませんけれど、その調査の関係で、柚原典之さんと知り合いました。それで、こちらの電話番号を教えていただいたのです」

「まあ、中に入りなさい」

玄関から上がり、縁側のある部屋に通された。テレビとテーブルがあり、一脚だけ座椅子があった。沢山のものがその周囲に置かれている。老婆がそこに座っていたようだ。壁際にも、沢山のものが積み上げられていた。一人暮らしであれば、自然にこうなるはず、と思われる様相である。おそらく、客が訪れるような機会は稀《まれ》なのだろう。

「お昼は食べたの？」深谷が尋ねた。

「あ、いえ、まだですけれど、あの、どうか、お気遣《きづか》いなく、終わってから食べるつもりでした」

「ちょっと待ってなさい」そう言うと、深谷はつながっている奥の部屋へ入っていく。そちらは狭いがキッチンのようだ。こちらよりも数倍散らかっていて、足の踏み場がないほどだった。

「芋を蒸《ふか》したで。一つ食べていって」深谷が言った。「芋は好きか?」

「あ、はい。大好きです」加部谷は答える。

お茶と薩摩芋《さつまいも》をまず食べることになった。一つといっても、かなり大きかった。加部谷は、テーブルの手前に座っていたが、深谷はキッチン側に座った。座椅子は加部谷の反対側である。

農家ではない。普通の民家、つまり住宅である。仏壇のようなものもなく、写真も飾られていなかった。

「典之は、どんな具合だね?」深谷がきいた。「東京だな?」

「はい、東京で生活しています」

「仕事はしている?」

「えっと、私はそこまでは知りません」加部谷は、嘘をついた。ホームレスだとは言いにくい。「でも、バイト程度というか、そんな感じでした。お祖母様の仕送りが、とても助かると話していました」

「そう……、子供の頃からのお小遣いでね、あれ以上は、私も無理だで、ずっと同じ額なんだ」

「こちらへ帰ってくるようなことは？」

「ないね」深谷は首をふった。「もう、三年くらい、一度もない」

「電話で話をすることは？」

「一年くらいまえまでは、ときどき話ができたの。でも、メールにしてくれって、言われて、そのやり方を教えてもらって。だが、ちゃんと届いているのか、わからんでしょ、あれは」

「届いていると思います。彼は、メールを読んでいます」

「返事はない。読んだよ、だけでも返事をくれたらいいのに」

「あのぉ、典之さんのことを、少し詳しく伺いたいのです。あ、忘れていました」加部谷は、紙袋から土産の箱を取り出した。「駅で買ったもので、つまらないものですが……」

「ああ、どうもありがとうね。私はね、典之がなにか悪いことをしたんじゃないかって、心配で」深谷が言った。

「典之さんは、こちらで暮らしていたのですよね？　小学校と中学校は、こちらから通ったと聞きました」

「その頃は、大人しくて、頭が良くて、いい子だった」

「そのあとは？」

「仕事をするからって、街へ出ていって、夜は帰ってきましたけれど、なんか、人が変わったようになって。私は、ほら、なにか悪い薬でも飲んだのかって」

「薬？　悪い薬っていうと、どんなものですか？」加部谷は尋ねた。

「テレビでやっているじゃない。麻薬？」

「ああ、なるほど。いや、お祖母様、それはないと思いますけれど」

「大丈夫でした？　貴女、典之を見て、変だと思わなかった？」

「いいえ」加部谷は首をふった。「全然そんな、変ではありません。普通の、好青年というか。礼儀正しいし、穏やかだし、そう、頭が良いですよね、彼」

「学校へ行きたかったでしょうね。高校も大学も行けなかったから、恨んでいるんじゃないですか」

「本をよく読まれていますよ」

「そう……」深谷は、大きく溜息をついた。「帰ってきたら、お寿司《すし》を食べさせてあげたい」

「お寿司が好きなのですか？」

「うん、わからないけど、そう、沢山食べたことがあるから……。そんな美味しいもの、私が作れないから、お寿司くらいですよ。お祭りのときにね」

典之の両親の話を聞いた。父親が家を出ていき、行方不明になった。母子家庭では暮らせなかったので、彼は母方の実家、つまりこの深谷家に預けられた、まもなく、母も連絡が取れなくなった。深谷雅子の夫は、十八年まえ、典之がまだ小さいときに亡くなった。大工《だいく》だったというが、工事中の怪我が元だったという。その後、典之が来て、雅子が一人で育てることになった。彼は、この田舎で成長し、しばらく街へ出て、いろいろなバイトをしていたようだが、そのうちに東京へ出ると言い残して、帰らなくなったという。その後は、数回だけ、ここへ帰ってきたそうだ。最初はそんな機会に小遣いを渡していたが、銀行口座に振り込んでほしい、と言われたそうだ。その口座は、彼が小学生のときに雅子が作ったものだった。

しかし、最近では連絡もつかなくなった。彼が家を出て四年半ほどになる。その間も、深谷は毎月欠かさず、郵便局から彼の口座に一万円を振り込んでいるのだった。

「もう、年金だけの生活ですし、いろいろ躰も悪いところがあってね、街の郵便局へもなかなか行けない」深谷は語った。一万円を送り続けることさえ難しくなった、ということのようだ。

「柚原さんは、もう立派な大人ですから、本来なら、お祖母様にお金を送らないといけませんよね」加部谷は言った。「今度会ったら、そう話しておきます」

「駄目、そんなこと言ったら、あの子、怒るから」深谷は片手を振った。

「あのぉ、柚原さんの親戚で、お金持ちの家はありませんか？」加部谷は尋ねた。

それは、小川から聞いた依頼人の話が思い浮かんだからだった。

「お金持ちなんか、いないよ。いたら、その家に典之はもらわれていったでしょう、きっと」深谷は笑った。「うちは、こんなふうだし、典之の父親も、もうどうしようもない奴《やつ》だったからね」

「でも、その父方の家は、どうですか？」

「聞いたこともない。お金持ちだったら、息子があんなふうにはならないんじゃない。行方知れずで、どこかの現場で死んだって話も聞きましたよ。なんかの建設現場ですよ。事故ではなくて、病気かもしれない。倒れて亡くなったってね」

「それは、誰からお聞きになったのですか？」

「私の夫が、同業者から、そんな電話があったって言っていた。でも、娘には内緒にしておけって」

「内緒にしておいたのですか？」

「話そうにも、その娘も、どこで何をしているのか、わからないんだから。なんか、大阪じゃないかって……、それは、同級生が、一度、大阪で顔を見たっていう話をしていて、その噂《うわさ》が流れてきただけ。本当かどうかはわからない」

「典之さんのお母様は、いくつになられるのですか？」

「もうすぐ、五十かな。私の子じゃないの。私の夫が連れてきた子なんです」

深谷雅子は、七十三歳だという。まだ元気そうではあるものの、足か腰が悪いらしく、立ち上がったりするときの動作でわかった。

柚原典之が子供の頃の写真を見せてもらった。今とあまり変わっていない、という印象だった。現在の彼が、子供っぽい顔つきだともいえる。また、典之の母親、つまり、深谷家の娘の写真はあったが、典之の父親の写真は一枚もなかった。

典之の母は、柚原みゆきという名だった。写真は三十代くらいのものが最も新しく、実家で撮影されたスナップのようだった。黒髪が長く、ほっそりとした美人である。典之は母親似だ、と加部谷は思った。

深谷がお茶を変えるためキッチンへ行ったとき、加部谷はこっそり、柚原みゆきの写真を端末で撮影した。

一時間ほどいただろうか。加部谷は、深谷の家を辞去した。電話でタクシーを呼んでもらった。鉄橋を渡って、谷底を眺めていると、タクシーがやってきた。

5

小川令子は、飯山が勤めていた大学へ出向き、その事務長から、飯山健一のことを聞いた。学者肌の人物で、その業績から学部長に推す声もあったが、本人が固辞した、という話だった。控えめな人物で、誰にも丁寧に接する。学生にも慕《した》われていたのではないか。また、退官記念パーティも、本人の希望で開催されなかった。それは珍しいことだ、と事務長は語った。

専門の著作はあるが、一般向けの文章は、どれも短文で、依頼されたら書く、という程度の執筆活動だったそうだ。それらをまとめて本にしてはどうか、と退官記念の実行委員会が企画したが、これも本人が辞退したため実現しなかった。

「まえの大学を退官されたときも、大きな行事は行われなかったそうです。本学でも、結局、記念品を贈っただけでした。退官記念の実行委員会は、なにも実行できずに終わりました」事務長は微笑んだ。「飯山先生のことを悪く言う者はいませんよ。立派な方でした。お亡くなりになったと聞いて、本当に驚いておりますし、とても残念に思います」

飯山が行方不明になっていたことは、知らないようだった。もちろん、ホームレスをしていたことも、公にはなっていない。小川もそのつもりで話した。ただ、遺族から、記録としてまとめてほしいとの依頼があった、と脚色して話しただけである。

最も専門が近く、ゼミも共同で行っていたという准教授を、事務長から紹介された。小川は、その乃木純也《のぎじゅんや》准教授の研究室へ向かった。飯山健一が国立大学の教授だった頃の教え子だそうだ。

「私の研究分野は、ほとんど飯山先生と同じです」乃木は語った。「というよりも、先生の研究を受け継いだ、といった方がわかりやすいかもしれません。私が書いた論文は、ほとんど飯山先生との連名です」

「社会学ですよね？　恥ずかしながら、社会学がどんな学問なのか、よく理解しておりません。先生のご専門は、だいたい、その、社会学の中で、どんな分野なのですか？」

「社会学の社会学といいますか、社会学の発展の歴史的な位置づけですね。社会学というのは、新しい学問ですから、そういった考察が始まったのが、つい最近のことなのです」

「はあ、新しいのですね。社会って、ずっと昔からあったように思いますけれど」

「社会というものを考える人がいなかった、ということですね」

乃木は、まだ三十代前半だろう。学生でも通るほど若々しい。トレーナにジーンズという服装も、また肩に届く長髪も、とても学者とは思えなかった。

「その分野では、研究対象というのは、つまり文献ですか？」小川はきいてみた。

「そうです。現代社会の有り様については、ほとんど考えません」乃木は笑った。

「でも、このさき、どんな方向へ社会が向かうのか、という点には興味を持っています」

「フィールドワークなどは、されないのですか？」小川は尋ねた。そのタームは加部谷からの受売りに近い。

「しませんね。実験も調査も私たちはしません。まあ、卒論のテーマ程度で、稀に検証的なもので、やったことはありますけれど、本筋ではない」

「飯山先生は、大学を辞められたあと、こちらの研究室へいらっしゃることがありましたか？」

「いいえ。一度もありません。辞められて、一年半になりますが、一度も」

「お会いしたことは？」

「ありません。メールで相談をしたことは何度もあります。でも、この半年くらいは、ありませんね。電話をかけたこともありません」

「そういうものなのですか？　師弟関係として普通か、という意味でしょうか？」

「どういうことですか？」

「ええ、そんな感じです」

「まあ、飯山先生が、想像ですが、きっぱりと大学からも、研究からも離れたいとお考えだったと思います。そうでなければ、論文が出れば、それについて意見をおっしゃるでしょうし、現に、いろいろ口を出す先生方は多くいらっしゃいます。飯山先生はそうではなかった、ということです。ですから、私もできるだけ、先生の負担にならないように、どうしてもという場合以外は、連絡を取りませんでした。最初の一年は、研究の引継ぎや継続のテーマがあったので、ご相談をしましたが、今年度になってからは、それもなくなりました。私もできるかぎり、自力で進めていかないといけない、と考えています」

「メールを送っても、リプライがなかった、というようなことがありましたか？」

「ああ、そうですね。それはありました。答える必要がないときは答えない、というのが、先生らしいところです」

その後、飯山の人となりやエピソードを乃木は語った。ずいぶん以前の話のようだった。

「ところで、柚原という人をご存知でしょうか？」

「ゆはら？　いいえ、聞いたことがない名前です」

小川はバッグから写真を取り出した。柚原典之の写真である。三秒ほど、乃木はそれを見ていたが、首をふった。

「知りません。この人が、どうかしたのですか？」

「飯山先生が亡くなったときに、この写真を持っておられたそうです。先生の教え子なのでは、と思いました。若い方を沢山指導されていますよね」

「飯山先生の講座の学生ではありませんね。それだったら、私が顔を覚えているはずです。ただし、学部のときに講義に出たという者なら、もっと多数、それこそ何百人といますから、そうなるとわかりませんけれど」

小川は、乃木の研究室を出て、階段を下りた。建物は新しい。飯山が退官したあとに完成した新館だという。建物に囲まれた中庭を歩き、事務棟の下のピロティを抜けていくと、明るい雰囲気のゲートが見えてくる。

ここで働いていた教授が、何故ホームレスになったのか？

もちろん、本人にはそれをする理由があったのだろう。おそらく、後ろ向きなものではなく、前向きな指向、だったのではないか。趣味的なもの、つまり、面白いから、楽しいから、経験してみたかったから、といったところだろうか。

それでも、暴風雨の夜に躰を冷やし、体調を崩したことが、死への引き金になったかもしれない。いつでも、自宅のマンションへ帰ることができたはずなのに、どうしてそうしなかったのか？

不思議だ。

だが、考えてみれば、柚原典之も同じだといえる。少額だが、仕送りがある。健康で頭脳も明晰《めいせき》。仕事を選《え》り好《ごの》みしなければ、いくらでも働く場は見つかるだろう。それをしないで、やはり放浪生活を続けている。

何故、その生活に拘《こだわ》るのか？

想像だが、おそらくは自由というものが、彼らの中にあった。そう解釈をするしかない。逆に、自分を含め、社会の多くの人間には自由がない、ということか。

加部谷から聞いた話では、柚原はそのあたりに拘りがある、彼なりの理想がありそうだ、ということだった。彼らは、どんな自由を手に入れているのだろう。

加部谷が、あんな生活をしてみたい、と話していたのを思い出した。小川自身は、そんな考えを持ったことは一度もない。常に、仕事をすることが生きるための前提だったからだ。仕事をしなければ、仕事がなくなれば、それは生きられない、すなわち死に直結するもの、そう理解している。

だが、はたしてそうだろうか？

自分の考え方は、少々古いのかも知れない。実際に、死に直結していないことは、ホームレスの人たちが大勢いることで証明されている、ともいえる。働かないで生きていけることを実証している、そうすることで自由が獲得できる、という道理だ。なんとなく、それもありなのではないか、と仄《ほの》かに感じるのだった。

6

加部谷は、特急電車に乗っていた。初めは風景を眺めていたが、今は窓の外は暗闇である。トンネルなのではなく、日が落ちたためだ。日が短くなっているし、西に山脈が迫っていたせいかもしれない。

明日は、もう一度、柚原に会おうと考えた。しかし、会っても、新しい情報は得られないだろう。彼は、自分の過去をあまり話したがらない。自分以外のこと、自分を排除した社会についてはときどき雄弁になる。そんな傾向が認められる。

しかし、社会が彼を排除したわけではないはずだ。彼が、社会に入ろうとしていない。加部谷にはそう見える。自由意志で社会から離れているのではないかと。

今日の調査は、結局収穫がなかった。深谷雅子は、孫の帰郷を望んでいる、というだけだった。いちおう、柚原に伝えるつもりだ。お祖母様とお話をしました、とだけメールで送っておいたが、彼からの反応はない。端末を見ていないのか、見ても関心がないのか。わざわざ栃木の田舎まで行った、とは思わないだろう。そうは取れないようにメールを書いたつもりである。

いったい、この依頼の目的は何だろう？

事務所に来た依頼人は、柚原の血縁者なのではないだろうか。たとえば、行方不明になったとか、あるいは死亡したともいわれている典之の父。その父親が、事務所に現れた紳士なのでは。自分の跡取りとして、孫の行方を調べさせている、というのが筋書きとしては順当なところだ。

しかし、そんな金持ちならば、柚原を呼び出せば良いだけだ。直接会いにいって、話ができるだろう。柚原は、資産が相続できるならば、それを拒否するようなことはないはずだ。それこそ、働かずに一生安泰の生活が送れるのではないか。

怠け者の人間では、お眼鏡《めがね》に適《かな》わない、ということもあるかもしれない。だから、どんな人物なのかを探っているのだろうか。それは、ドラマかアニメの世界にしかないストーリィか。

小川からの連絡は入っていないが、飯山健一の調査の方はどんな具合だろう、と加部谷は想像した。飯山が倒れたのは、病気が原因だったのか。それも、まだ正式には発表されていない。事件性があれば、警察が公表するはずである。

今のところ、飯山のポケットに柚原の写真が入っていたことが、最も明確で際立った謎《なぞ》といえるかもしれない。

柚原を探している人物がほかにいた。それは飯山本人だったのか、彼も誰かから頼まれて探していたのか。そもそも、写真を持っているのは、探す以外にどんな理由があるだろうか。

たいていは、この顔を見かけたら連絡してほしい、という場合に写真を配るものだ。しかし、飯山は、柚原に書店の前で話しかけ、本を渡している。探している、というのとは少し違うように思われる。探して、見つけ出したあとだったのだろうか。この人かどうか、本人かどうかを確かめたい、という理由だったかもしれない。どんな場合にそうなるのか。しばらく考えを巡らせたが、そんなシチュエーションを思いつかない。写真が丸められたように皺が寄っていたのは何故か。つまり、一度はくしゃくしゃにした。でも、そのあと再び広げて確かめる機会があった。それとも、本人を発見したから、もう写真がいらなくなって丸めたのか。

誰かが飯山にその写真を渡したのだとしたら、どんな意味があったのだろうか？　それは、飯山がホームレス生活を始めたことと、なにか関係がありそうな気がする。飯山は、柚原に会うために、ホームレスになった？

それで、彼に近づこうとしたのか。

本を渡したことに、どんな意味があっただろう？

例の本をきちんと読むべきかもしれない、と加部谷は思った。あまり得意な分野ではないため、自分には読めないだろう、とも感じた。ただ、飯山が書いたという解説だけは、いちおう文字を追った。ほとんど意味がわからなかった。実生活や周辺のこと、たとえば、ホームレスとか、あるいは柚原に直接関係がありそうな文言は、見つからなかった。

それに、柚原も、あの本のことをなにも語っていない。飯山の文章についても、感想を語ったわけではない。本はゴミ箱に捨てられたのだ。それは、今回に限ったことではない、と彼は話した。読んだ本はすべて捨てることにしているらしい。

電車の後半は、眠っていた。よく眠れて気持ちが良かった。

　今の仕事は、面白い。自分に合っているな、と加部谷は改めて思った。多少危険な場面もあるものの、どきどき感が得られる、と考えることもできる。良い刺激になっている、という意味では、むしろ健康的だ。それに、上司から説教されたり、つまらない事務処理に時間を潰したり、誰かの機嫌を取ったりするようなことも、ほぼないといえる。多くは、自分一人で歩くこと、具体的にはそんな時間が多いから、運動不足にもならない。

　小川令子という人は、一言で表現すれば、真っ直ぐで正直、誠実な人だ。まるで天使ではないかと思えるほど純粋で、善人だ。そのまま博物館に展示しても良いくらいである。彼女以上に良い上司はいないのではないか、と加部谷は感じていて、それが今の職場の最大の魅力であることは確実だった。

　ここ数年、彼女は自分は不幸だ、と判定していたけれど、今は上向きである。ようやくチャンスというのか、幸せが巡ってきたような予感もしている。

　まもなく東京に到着する。乗車券や持ち物をチェックした。ポケットからは、柚原典之の写真が出てきた。プリントしたものを折り畳んであった。

　柚原は、どことなく、学生時代の友人に似ている。

　今まで、それを考えないようにしていたけれど、写真をじっくりと見ると、そうか、目つきが似ているのだ、と気づいた。こちらをじっと睨んでいるような鋭い視線だった。実際、本人と話をすると、ときとしてそんな強い眼差《まなざ》しに出合う。普段は、人と目を合わせない柚原であるから、視線を向けられると、強さのような輝きを感じてしまうのだ。

淡々と自分の意見を述べる、そして最後に、君にそれがわかるかな、という視線を送られるのだ。

かつての友人も同じだった。無口で、滅多に話をしないのに、一旦《いったん》話し始めると、滑《なめ》らかに言葉が繋《つな》がり、理屈の中へ導かれる。そんな理性の力強さに、彼女は憧れた。

彼のことが好きだった。

しかし、その好意は一方的だった。彼はあっさり去っていった。もっといろいろと話してほしかった、もっと導いてほしかった、という思いだけが、長く残った。

柚原典之の写真を見て、過去の人物を思い出すなんて、自分でも少々異常だと感じた。アルコールも飲んでいないのに、熱っぽく、鼓動が早くなっているように感じる。風邪でもひいたのではないか、と心配になるほどだった。

しかしもう一度、柚原の顔をじっくりと見て、やっぱり全然違っているじゃないか、と自分に言い聞かせた。何を見ていたのか、と自分を叱《しか》った。きっとなにかに縋《すが》ろうとする弱さが、自分の目を狂わせたのにちがいない。

それにしても、この写真は誰が撮ったのだろう？

ほぼ、顔のアップである。しかも、真っ直ぐにレンズを見ている。柚原が、このように正面を向くという場面は、あまりないはず。どんな場面なのか？　そして、撮影した人物との関係は？

今まで、それを考えなかった自分に腹が立った。同じ写真のコピィを、飯山健一も持っていた。調査を依頼してきた金持ちも、この写真を持っていて、小川宛《あ》てのメールで送ってきたのだ。彼らのいずれも、撮影した本人ではないのか？　写真を撮った人物が、二人にコピィを渡したのだろうか？

今まで、この写真を柚原本人に見せたことはなかった。思い切って、彼に見せてみよう、と加部谷は考えた。つまり、柚原は、自分が写真を撮られたことを覚えているはずだ。誰が撮影したのかを知っているはずだ。そんなに以前のものとは思えない。今とほとんど同じだ。顔つきは変わっていない。あの年齢だったら、二年も同じということはないだろう。古い写真なら、現在との差がもっと顕著に現れるはずだ。最近撮られたものなら、誰が撮影したのか、柚原本人が覚えているだろう。

7

一週間ほど、柚原典之と連絡が取れなくなった。メールを送ってもリプライがない。以前に出没していた付近を探したが姿を見つけることはできなかった。彼を見かけたという人間もいなかった。

一方、飯山健一については、まず遺体の検査結果が出て、事件性がないことが明らかとなった。つまり、脳梗塞の発作で倒れ、そのまま亡くなったということである。

小川たちは、ホームレスの数人と会って、生前の飯山の話を聞くことができたが、情報は僅かだった。彼が何をしていたのか、と尋ねると、たいていは本を読んでいた、と答が返ってくる。特にトラブルもなく、躰が悪いようにも見えなかった、という。

妹の菅野彩子とは、正式な契約を結んだので、一カ月間、飯山についての調査を行うことになったが、自宅を出てからの半年間の行動が対象だった。ただ、それ以前の人間関係がわからないと、何故ホームレスになったのか、という点が解明できないと思われた。どうも、菅野は、その点については、それほど疑問を持っていないようだった。

「兄は、そういう突飛《とっぴ》なことをする人でした」と彼女は簡単に語った。

それでも、彼女が知りたいのは、放浪生活を始めるようなきっかけというか、なにか具体的な目的があったのではないか、という点だった。そうだとすれば、それは、彼が放浪していた半年間の行動から明らかになるはずだ、と考えたようである。

飯山は、一人で旅に出ることはよくあったので、菅野は、そのうちに帰ってくる、と考えていたらしい。それが、一カ月ほど経過したところで、どうもこれは変だ、と気づき、警察に届け出た。

小川たちが少し調べた結果では、彼は半年間、ほぼホームレスとして生活していたようだった。どうして、一人旅ではなく、ホームレスだったのか、そこが知りたい、というのが、菅野の言葉であり、調査依頼のポイントといえる。

それ以前にどのような生活をしていたかは調べなくて良い、と菅野は言った。依頼者の都合も、調査対象とはならない、ということだ。そこに原因というか、彼の決断の大部分の理由があったはずなのに、指示された範囲だけを、とにかく探し回る、それが小川と加部谷に与えられた課題だった。これは、ある意味で、やりやすいというのか、気楽である。深く考える必要がないからだ。

飯山の自宅からは、ホームレス生活の動機となるような情報は得られなかったらしい。飯山が暮らしていた部屋は、見せてもらっていない。すべて、菅野彩子が語ったことを信じるしかない。彼は日記も書かなかったようだし、遺書のようなものも一切なかった。マンションの部屋は綺麗に整理され、いつでも帰ってこられる状況だったそうだ。もちろん、最近使われた様子はなく、あらゆるところに均等に埃《ほこり》が溜《た》まっていたという。

郵便物などもチェックされたが、ほとんどが宣伝の類《たぐい》のもので、飯山宛ての手紙などにも不審なものはなかった。また、銀行口座を確認したところ、この半年間で、引き出されたのは二回だけで、いずれも十万円程度だった。キャッシュカードは、飯山本人が倒れたときに所持しており、彼が生活のために引き出したものと考えられる。

飯山は大学からの退職金をはじめ、年金も受け取っていた。口座には、多額の預金があったそうだ。これらの遺産がどうなるのかについては、話は伝わってきていない。

探偵事務所に持ち込まれる調査依頼は、えてしてこんな様相であり、何が入っているかわからない箱に手を突っ込んでほしい、というのと同じだ、と小川は加部谷に話した。

「つまり、なにか問題を抱えていて、自分だけでは解決できなくなる。でも、その問題の原因に、自分自身が関わっている場合がほとんどだから、調べてほしいところと調べてほしくないところがある。ライトを照らして、その明るいところだけを見て、と頼まれるわけ。暗いところは見なくても良いってね」

「そうなると、全体像がどうしてもぼやけてきますよね」加部谷は言った。「不自然なものがあっても、それをほじくり返してはいけないってことになっちゃいます」

「そうそう。そのとおり。お客様からお金をいただいているんだからね。お客様を怒らせたら駄目。商売ってものは、みんなそう」小川は言った。「あ、そうそう、依頼主に、写真のことをきいてみたんだけれど……」

「え、何て?」加部谷は椅子を回転させて、こちらを向いた。

「知らない。少なくとも私ではない」小川は言う。「だそうです」

「依頼主って、面倒ですね。仮の名前でも考えましょう」加部谷が言った。「武者小路《むしゃのこう》路《じ》とか、勅使河原《てしがわら》じゃないでしょうか」

「うん、まあ、そんな感じだね。それじゃあ、二人の間だけで、武者小路にしよう」

「飯山さんと武者小路さんになにか共通点はないでしょうか。柚原さんの写真を誰かからもらったとしたら、共通の知合いがいることになります」

「飯山さんは、だいたいどんな人物で、どんな範囲に生息していたかわかるけれど、武者小路さんは、どこの誰なのか、皆目《かいもく》わからないから」

「でも、このまえ、近くのホテルのパーティに来ていたんでしょう？」

「そうか」小川は立ち上がった。「それだ……。近くのホテルって、どこだろう？」

「メールがあって、何分くらいでここへ来たんですか？」加部谷がきく。

「えっと、十五分もかからなかった」

「パーティ会場から、駐車場まで移動するだけでも五分はかかりますよ。十分以内でここへ来られる距離で、うーん、なんか名士が集まるようなパーティをしそうなホテルといえば……」

「オリエンタルか、メイヒルかな」小川は言った。「えっと、いつだったっけ？」

「武者小路さんの写真を撮らなかったのですか？」

「盗撮になるでしょ、それ」小川は、そう言いながら、パソコンのモニタを見つめている。カレンダで過去のスケジュールを調べた。

小川は時計を見た。午前十一時である。「ちょっと、出かけましょうか」

「え、ホテルへですか？　教えてくれますかね？」

「会場に落とし物をしたって言うの」小川は言った。

「ああ、なるほど。こちらの名前を言わずに？」

「そこは、上手く立ち回るのよ。頭を使ってね」

外に出て、駅前まで二人で歩いた。戦略的なことを、いろいろ話し合った。日にちと時間がだいたいわかっている。事務所の秘書だと話して、フロントで調べてもらう。大勢が出席したパーティなら、忘れ物の一つや二つは必ずあるはず。封筒に入った資料だというのが適当なのではないか、という話になった。中身は知らないし、名前が書いてあるわけでもない。色もだいたい決まっている、茶色か白だろう。

マップで調べても、二つのホテル以外には候補はなさそうだった。まず、その日にパーティがあったかどうかだ。あまりその種の会合が行われない時間帯だから、絞れるのではないか。

「こういうとき、警察だったら、捜査が簡単だよね」小川は呟いた。「手帳見せるだけだもんね」

「税務署の関係の者だ、と言ったらどうでしょうか？」

「ちょっと筋違いじゃないかなぁ。ばれたとき、危ないよ」

「正確な開催時間だけでも、わかれば検索もできるかもしれませんね。時間と場所、それから、何の会合だったか、それでキーワードで探せるのでは？」加部谷が言った。

「武者小路さんの顔を撮っておけば、今頃検索で見つけられたかな……」小川は呟いた。あのときは、そこまで頭が回らなかった。思いついたとしても、依頼主に対して失礼だろう、と控えたはずだ。

「結婚式という可能性は？」加部谷が言った。「あれも、パーティですよね」

「でも、パーティって言うかな」小川は言った。「服装が、少し違うイメージだった」

加部谷は端末を指で操作している。

「違いますね。その日は仏滅でした。ネクタイの色を覚えていませんか？」

「白じゃなかったと思う。着ているスーツからして、業界の会合だったんじゃないかな。そんな雰囲気だった。お祝いではない、宴会でもない、なにかの式典くらいじゃないかしら」

歩道を渡ったところで、二人は別れることになった。近い方は小川が担当、遠い方は加部谷である。あとで、落ち合うカフェも決めた。ちょうどランチに良い時間だったからだ。

8

小川は、溜息をついてエレベータに乗ることになった。メイヒルタワーホテルでは、それらしいパーティがその時間に行われていなかったからだ。生け花の展覧会が開かれていたのと、IT関係の二社が、やはり会議室を借りて、説明会を開いていたらしい。前者は三日間連続の開催、後者は当日の午前中のみのものだった。パーティとはいえないだろう、と思えたし、招かれるような場とも思えない。

もっとも、花道《かどう》の家元なのでは、と少しだけ想像した。これは、いちおう検索してみよう、と心に留めた。

予定のカフェに到着したが、加部谷の姿はなく、自分の方が早かった。コーヒーだけを注文して待つことにする。既にランチタイムだが、それほど混雑していない。この頃は不況だからなのか、食費を切り詰め、弁当にしているビジネスマンが増えている、というニュースを見た覚えがある。

そのコーヒーがなくなった頃、ようやく加部谷が現れた。小川を見つけて、ぱっと表情が明るくなった。成果があったようだ。

「どうだった？」小川は、期待の声できいた。

「これを見て下さい」加部谷はシートに座り、端末を指で操作した。「武者小路さんは、たぶん、この、えっと、柳瀬玄爾《やなせげんじ》さんじゃないでしょうか」

彼女は端末を持った手を小川に向けて伸ばした。モニタには写真が表示されていた。それは、まちがいなく、先日事務所に現れた杖の老人だった。

「そうそう、この人だ」小川は頷いた。「ばっちりじゃん」

「難しい字ですよね、見たことないでしょう？　雨みたいですけど」

「何のパーティだったの？」

「それが、パーティの方ではわからなくて、諦めて帰ろうとしたとき、気づいたんです。黒のハイヤですか、運転手がいたんですよね？　だから、ドアボーイの人たちにインタビューしたんです。あの日のお昼まえに、杖の老人が黒い車で出ていったはずだって」

「ああ、なるほどね。地下駐車場へは下りないタイプの車だ」小川は言った。

「そうなんです。それで、すぐわかりました。なんと、あのホテルの系列会社の会長さんだそうです」

「うわ、本当に？」

「ですから、パーティといっても、ホテル内で、なんかサービスのコンテストかな、そんなのをやったそうで、そこへ来ていたというわけです。帰ってくる途中、オリエンタルリゾートの会長で検索したら、この写真がヒットしました」

「そうか、でも、どうして身分を隠しているのかな。普通に依頼すれば良いだけなのに」小川は呟いた。

店員が、加部谷のために水を持ってきた。二人ともランチセットを注文する。サンドイッチとサラダとデザートのセットである。

「ちょっと、その人について、いろいろ調べてみないと」小川は言った。「何だろう、なにか、人に知られたくないプライベートな事情なんだね、きっと。ビジネスに関係があることじゃなくてね。本業関係の調査だったら、うちみたいな弱小事務所に依頼するわけないから」

「そうですよね。人事関係でもないでしょうし」加部谷は言った。「まず気になるのは、飯山健一先生との関係です。なにか、接点があったのではないでしょうか」

「そうだね」小川は頷いた。「まずは、えっと、菅野さんにきいてみる」

「私は、柚原さんのお祖母さんに当たってみます」

「あ、柚原さん本人にも、メールできいてみて」小川は指示した。

ランチがテーブルに届き、二人はそれを食べ始めた。加部谷はテーブルに置いた端末を指で操作しながら、サンドイッチを頬張《ほおば》った。

「そういえば、これって、まだ見せていませんでしたね」加部谷は端末を小川に向ける。「柚原さんのお母さんです」

「え、若すぎる」小川が言った。「昔の写真か……」

「そうです。二十年くらいまえでしょうか」

「びっくりした。そういえば、そんなファッションだったよ、当時はね」

「小川さんも、こんなふうでした？」

「そうだね、髪がそれくらいのときがあったかな……」小川は咳払いをする。「そんな話はどうでも良くて、そのお母さんは今は、どこにいるの？　何をしているの？」

「いえ、連絡が取れないそうです。でも、大阪じゃないかって、聞きました」

「お父さんは、本当に亡くなっているの？」

「確かなことはいえませんが、深谷さんの話では、そうみたいでした。深谷さんの旦《だん》那《な》さんは、大工さんだったそうで、娘婿《むすめむこ》が工事現場で事故で亡くなった、という話を聞いたそうです」

「なるほど、信憑性《しんぴょうせい》はありそう。どうして離婚したのかな？」

「その話は聞いていません。柚原さんも、ご両親のことは話してくれません。まだ小さいときだったから、記憶もないのかも」

「その写真の頃には、もう離婚していたわけ？」

「たぶん、そうだと思います。実家に一人で帰ってきている感じですよね。家族で写っているわけではありません。柚原さんも写っていないし」

「普通、小さい子がいたら、一緒に写すものだよね」

「それは、一概にいえないのでは？」加部谷は言った。こういったあたりが、彼女の冷静さである。妙に客観的な指摘をときどきしてくるので、小川にはそれが新鮮だった。以前にバイトをしていた芸大生が、同じような物言いをしたことを思い出す。

「だいたいの年齢と名前がわかっていて、大阪にいるらしい、くらいの情報から、本人を見つけ出すことって……、無理ですよね？」加部谷が呟いた。

「ネットで検索をするか……、あとは、この人を探していますって、公開するか」小川は言った。「まあ、あとで何を言われるか、わからないけれど……。その写真、許可を得てもらってきたの？」

「いいえ」加部谷は首をふった。「あ、典之さんの写真も、そんなふうに、写真を盗み撮りした可能性がありますね」

「この頃は、アルバムで写真を整理するような人っていないよね」小川は言った。

「その場合でも、その元の写真を誰が撮ったのか、という問題は同じ」

「そうか……」加部谷は、サラダをフォークで食べている。「もしかして、自撮りとか」

「自撮り？　柚原さんが、自分を撮ったってこと？」小川は少し驚いた。その可能性は今まで思いつかなかった。

　バッグから、写真のコピィを取り出して、テーブルの上に広げる。アイスコーヒーをストローで飲みながら、じっとそれを睨んだ。

「たしかに、そう言われてみると、片腕を伸ばして、撮ったのかも。首の傾き方が……。あと、片方の肩が少し下がっているのが、そんな感じだ。右手で端末を使って、撮ったのかも」

「自分で撮ったとしたら、誰かから、送れって言われたからですよ」加部谷が言った。「そうじゃなきゃ、自分からそんなことをするとは思えません。そういう人なんです」

「どういう人なの？」

「写真なんか撮っているところ見たことがありません。あります？」

「いいえ、一度も」小川は首をふる。「端末を持っているところだって、見たことないわよ」

「誰かが、自分の写真を撮って送れと、柚原さんに頼んだんです。でも、そんな指示に素直に従う人じゃないように思います」

「じゃあ、違うってこと？」

「いいえ、もし、心配しているから元気なところ見せて、と言ってきたら、送るかもしれません。その場合、お祖母さんか、あるいは、お母さんってことかなぁ」

「お祖母さんのメールは、無視されているんでしょう？」小川は指摘した。

「はい。それに、もし、そんな写真を彼が送っていたら、お祖母さん、私に見せてくれたと思います。アルバムを見せてくれたくらいなんですから」

「プリンタがないから、出力できなかったんじゃない？」

「あ、それはあるかもしれない」加部谷は頷いた。「だけど、可能性としては、やっぱり、大阪のお母さんじゃないでしょうか。長く会えないでいるわけですから」

「電話番号を知っているんだ」

「お祖母さんが、仲介したのかもしれません」

「お母様は、今いくつくらい？」

「小川さんと同じくらいだと思います」

「そうかぁ……」小川は顔を上げて、加部谷を睨んだ。「私よりは、上だよね？」

「ですかねぇ……」加部谷は頷く。「一人で暮らしている。子供を実家に預けたということは、仕事が忙しいのか、あるいは、男ができたのか、どちらにしても、子供が邪魔だったわけですね」

「まあ、綺麗な人だから、その可能性は高そう」小川は言った。「あまり言いたくないことだけれど、世間というのは、だいたい予想どおりになるものだから」

「小川さんは、予想外ですよ」

「やかましいわね」

「いえ、今のは良い方向に取ってもらわないと」

「ちょっと待って。話を逸《そ》らさないで、うーん、その先、どんな想像ができる？」

「まあ……、そうですね……」加部谷は宙を見つめてから、一度目をぐるりと回した。「柳瀬さんと飯山さんが、大阪へ、ときどき出張していなかったかを調べるべきではないでしょうか？」

「おお……。凄いね、飛躍しているようで、飛躍していないかも」小川は加部谷を指差した。「君って、そういうの、ピンと来る人なの？　なんか霊感とか、あったりしない？」

「はい、ときどき言われます。いえ、嘘ですけれど」加部谷は笑った。

「今の仮説というのは……、うん、柳瀬会長も、飯山先生も、両方ともが、その、えっと、大阪の柚原さん……」

「みゆきさんです」

「みゆきさんと関係があった。それで、えっと……、どうなるのかな？」小川はきいた。

「みゆきさんが、息子の写真を、二人に送ったわけです」加部谷は言った。「それは、意味深《いみしん》ですよねぇ。そういえば、柚原さんは、お母さん似ですけれど、柳瀬さんにも、飯山さんにも、全然似ていないとはいえません。お二方とも、若いときは、ダンディな感じだったのではないでしょうか。あまり、極端な特徴がありませんよね」

「柚原典之さんが、どちらかの子供だ、ということ？」小川が言った。

「そうまでは、言わなかったかもしれませんけれど、可能性を匂わせたとしたら、どうでしょうか？」

「そうだね、柳瀬さんは、自分の息子だとしたら、動向を探ろうとするかも、しかも内密のうちに……」

「飯山先生も、奥様が亡くなって、退職もして、自由の身なんですから、息子がどんな人間なのか、こっそり見たいと思ったのかも」

「うんうん、ありえそう」小川は腕組みをした。「奇《く》しくも、その両方から、私たちは調査依頼を受けたってことになる？」

「いいえ、飯山さんからは受けていません。飯山さんの場合は、飯山さん本人についての調査ですから」加部谷が冷静な指摘をした。

「でも、まあ、それに近い状況じゃない」小川は言った。

食事が途中だったので、小川はサンドイッチを手に取った。

「なるほどねぇ、なんか、もやもやが多少は晴れたって感じ。ずいぶん見通しが良くなった感じ」

「全然間違っている可能性もありますよ」加部谷は言った。「でも、とりあえず仮説を構築すれば、それに沿って調べることができます。仮説が崩れるような事柄《ことがら》が出てきたら、そのときは、再考するのみってことで……」

「だけど、柳瀬さんは、調査の依頼者本人なんだから、下手に動けないよ。注意しないと。そんなことは調べてもらいたくないって、考えているはず」

「それはそうでしょうね。ですけど、案外、あっさり大阪のみゆきさんのことを教えてくれるかもしれませんよ。よくそこまで調べたなって感心される可能性だってあります。もう一度、一対一で会うことがもしあったら、思い切って話してみる手もあるのでは？」

「うーん、それは、まあ、もう少し証拠を集めてから考えましょう」

「とりあえず、柚原さんに会わないと駄目ですね、このところ、ちょっと音信不通ですから」

「私は、菅野彩子さんと会ってみようかな。彼女も、大阪の人なんだ、そういえば」

「あ、そうですね。だったら、飯山先生が大阪にはよくいらっしゃったのかって、ききやすいじゃないですか」加部谷が言った。「あと、私は、深谷雅子さんにも一度電話をかけてみます」

9

翌日、加部谷は柚原を見つけた。神社の境内《けいだい》で、彼は石段に腰掛けていた。そこから五十メートルほど入ったところに倉庫があって、かつて彼や飯山が、警官に追い出されたことがある場所だった。午前中から、近辺を探していたので、加部谷は嬉しくなって彼の名を呼び、手を振った。

だが、柚原は顔を上げただけで、表情も変えなかった。加部谷が近づいていくと、少し俯《うつむ》き気味に視線を落とした。

「お久しぶりです」加部谷は挨拶をする。彼が座っていたのは、階段の下から五段めくらいだった。彼女は階段の手前に立った。

「メールを送ったんですけれど……」

「読んでいないから」柚原は口をきいた。

「そうですか。あの、お祖母様と話をしました。柚原さんに会いたいとおっしゃっていました」

彼は軽く頷いた。

「帰るのには、お金がいりますから、大変だとは思います。せめて、メールの返事だけでも……」

「金の問題ではありません。あそこへ帰ること、祖母と会うことは、今の僕にはメリットがない」

「でも、大きなマイナスではありませんよね？　お祖母様のために、少しはお返しをなさっても良いのでは、と私は思いますけれど」

「はい、貴女の意見は、常識的だと評価できます」

「いえ、評価していただきたくて言ったのではありません」加部谷は言った。まるで反論したように、つい言葉が強くなってしまったと感じたので、小声で「ごめんなさい」とつけ加えた。

「では、何のためにおっしゃったのですか？」柚原は顔を上げた。

「何のためというか……、お祖母様、深谷雅子さんのためです」

「何故、あの人のために尽くそうと思われたのですか？」

「いえ、だって、孫に会いたいというのは、お年寄りにはごく普通の感情というか、そう願われているのが、よくわかりましたから」

「勝手な想像ではないでしょうか？　あるいは幻想かもしれない」

「それは、そうかもしれませんけれど」

「いえ、貴女を責めているのではありません。ただ、僕の気持ちには影響を与えない、ということは理解して下さい。彼女には感謝をしています。仕送りをもらっている。その気持ちはあります。でも、会うこと、会話をする価値は、お互いにもうないと考えられます」

「そうでしょうか。そんなことはないと思いますけれど……」

会話はそこで途切れた。柚原は、黙って座っている。加部谷の顔を見ない。しかし、立ち去ることもなかった。加部谷はしばらく、じっと待った。

三分ほど沈黙が続いた。加部谷は、境内の大きな樹木を見上げ、何を話せば良いのか、と考えた。そうだ、写真を見せることになっていた、と思い出す。

それから、母親のことを尋ねようか、柳瀬を知っているか、ときこうか、とも考えたが、調査のためにここへきたことを、今は意識させない方が良いかもしれない、と直感したので、もう少し黙っていようと思った。

「どこかで、なにか食べませんか？　それともコーヒーくらい……」加部谷は言った。午後二時であるから、食事の時間ではない。

柚原は返事をしなかったが、彼女の顔を見た。

「駄目ですか？」加部谷はきいた。

「何をききたいのですか？」柚原がきき返した。

「はい、それは、いろいろです。沢山あります。私も、これが仕事なんです。人のことを詮索して、内緒にしていることを聞き出して、それを報告書に書く、という仕事なんです」

「いつから、探偵の仕事をしているのですか？　大学を出て、すぐに就職したのですか？」柚原がきいた。

「いいえ。最初は、公務員になりました。県庁に勤めていました」

「どうして、その仕事を辞めたのですか？」

「はい、あまり話したくありませんけれど、それは、ここでは、ちょっと……。あの、コーヒーを飲みながら、お話ししましょう。このまえのファミレスは、いかがですか？」

返事はなかったものの、加部谷が少し歩くと、柚原は立ち上がった。彼女は振り返って、ほっとした。並んで歩くことはなく、彼女のあとを柚原はついてきた。三メートルほど離れていた。

その距離の意味を、彼女は考えた。嫌われたのか、それとも、警戒されているのか、あるいは、単に機嫌が悪いだけなのか。ときどき振り返って短い言葉をかけたが、彼は無言だった。

二十分ほど歩いて、ファミリィレストランに到着した。店内は空いていて、このまえと同じシートに着くことができた。

二人ともホットコーヒーを注文した。食事をされては、と促《うなが》したが、柚原は首をふった。まえに会ったときよりも、少し窶《やつ》れて見える。食事をとっていないのではないか、と加部谷は心配になった。

「仕事を辞めたのは、ある人と結婚するためでした」コーヒーが来たので、それを一口飲んでから、加部谷は約束の話をした。「でも、その人は亡くなってしまったので、結婚できなくなりました。それで、東京へ出てきて、新しい仕事に就いた。それが、はい、今の仕事です。まだ、半年くらいです。新人ですね」

「どうして、探偵事務所に？」柚原がきいた。

「いえ……、スーパのレジなんかのバイトをしましたけれど、それよりは、面白そうだったから。たまたまです。偶然、求人があったから」

「どうもありがとう」柚原が言った。

「何のお礼ですか？」

「話を聞かせてくれたから」柚原は答えた。「じゃあ、お返しに、質問があったら、答えますよ」

「そうですか、助かります」加部谷は姿勢を正した。「柚原さんは、本当に誠実な方ですね」

「お世辞はけっこうです」

「いいえ、本心です。尊敬できる人だと思います」

「質問をどうぞ」

「あの、この写真を見て下さい」加部谷はポケットに入れていたものを取り出した。テーブルの上にそれを広げ、彼の方へ差し出した。

「どんな質問ですか？」柚原は、その写真を見たままきいた。

「これは、誰が撮った写真でしょうか？」

「僕です。自分で撮りました」

「そうですか。私もそう思っていました。いつ頃のことですか？」

「えっと、一年にはなりませんね。寒いときだったから、半年くらいまえかな」

「誰に、この写真を渡しましたか？　えっと、それが答えられない場合は、写真を撮った目的でも、かまいません」

「持って回った質問ですね。大したことではありません。母が元気かと電話をかけてきて、写真が欲しいとお願いされたので、送っただけです」

「やっぱりそうですよね」加部谷は嬉しくなった。「そうなんじゃないかなって、思っていたんです」

「だったら、質問しなくても……」

「それは、いえ……、自信が持てなくて、しっかりと確かめたいことって、あるじゃないですか」

「今度は、僕から質問して良いですか？」柚原は視線を上げて、加部谷を見据えた。

「え、何ですか？　答えられることなら、答えます、もちろん……」

「当然の疑問です。どうして、貴女がこの写真を持っているのですか？」

「それは、えっと……、なんというのか、この仕事の倫理上問題になります。守秘義務というものがありまして、言えないことがあるんです。警察から質問されても、裁判で問われても、お答えできないのです」

「そうですか」柚原は、口許を緩めた。「話せない理由は、わかりました。調査の依頼者が、その写真を貴女の事務所へ持ってきた。それで、柚原典之のことを調べてほしい、となったわけですね？」

「えっとぉ……、まあ……、そんなところでしょうか。はっきりとはお答えできませんが、それ以外にないでしょうね」加部谷は肩を竦めた。

「となると、僕の写真を誰に渡したのか、と母に問い質《ただ》せば、その依頼者が判明しますね」

「そう……、ですよね、きっと。でも、お母様は、ハンサムな息子を自慢したくて、沢山の人に写真をばらまいたかもしれません。そこから、また次の人に渡って、という場合も、可能性としてはあります」

「その場合、柚原典之という名で、この近辺をうろついているはずだ、ということまでは伝わらないと思います」

「いえ、そんな情報があったわけでは……」

「ゼロからスタートしたとは思えない。このまえの貴女の話と一致しません。すぐに僕を見つけたみたいな話でした。僕の名前も最初から知っていた」

「うーん、そうでしたっけ」加部谷は首を傾げた。

「わかりました。もうけっこうです。今度は、加部谷さんが質問する番です」

「え？　あ、わかりました」頭を抱えたくなった。何をきくんだっけ。「そうだ、その写真をお母様が渡すとしたら、どなただと思いますか？　お心当たりはありませんか？」

「的確な質問です。貴女は、見かけ以上に頭が切れますね」

「は、はい、ありがとうございます。あまり、そんなふうに言われたことがありません。有頂天《うちょうてん》になりますよ、私」

「残念ながら、母のことをほとんど知りません。幼《おさな》いときに別れました。彼女の交友関係もまったく知らないので、想像もつきません。だから、お答えできません」

「でも、柚原さんのことに興味を持った人ですよね」

「そのとおり」柚原は、一瞬だったが微笑んだ。珍しい表情だった。「ということは、どうなります？」

「どうなるって、私には皆目わかりません。お母様にお会いして、きくしかありませんが、どちらにいらっしゃるのか、ご存知ですか？」

「知りません」柚原は首を一度だけふった。「わかっているのは、電話番号だけですが、これは本人の承諾を得ないと、教えるわけにはいきませんよね」

「そうですね、ええ、それはそうです。無理にとはいえません」加部谷は頷く。「えっと、誰かが、柚原さんの動向を調べたい、と考えたわけですが、その理由としてどんなことが考えられるでしょうか？」

「さあ……、それは、その人に尋ねるのが一番早いし、精確なのでは？」

「まあ、それはそうなんですけれど」加部谷は困った。柳瀬や飯山の名前を出すべきかどうか、と迷っていた。出しても、おそらく柚原は知らないだろう、と予測できるし、無闇《むやみ》に情報を拡散するのも危険だ。

「そういえば、飯山さんの死因は、特定されましたか？　葬儀は行われたのでしょうか？」柚原が質問した。

「はい。事件性はなかった、という検査結果でした。死因は脳梗塞です。葬儀のことは私は知りません。どうしてですか？　なにか気になることでも？」

「いいえ、そういうわけではありませんが、今になって思い出すと、彼は僕に意図的に近づいてきたのでは、と考えられるのです。なんというのか、偶然にしては、少し不自然だったなと」

「どうして、そう思われたのですか？」

「わかりませんが、会って話したときの、飯山さんの視線です。強い視線を感じました。見ず知らずの者をぼんやりと捉《とら》える視線じゃなかった。あの本を手渡したのも、話をするきっかけを作りたかったからではないか、と考えました。というのも、あの本は出版されてまだ間もないものです。古本屋が無料で並べるのは、たいてい十年以上古い本ですから」

「まだ、値段をつけても売れる需要があった、ということですね？」

「そうです。オビがありませんでしたが、あの手の新書は、装丁なんか価値には関係がない。読みたい人はタイトルや著者で選ぶものです」

「なるほど」加部谷は頷いた。

「飯山さんが、加部谷さんに調査を依頼したのですか？」柚原が質問した。

「いいえ、違います」と答えてから、思わず加部谷は自分の口に手を当てた。しまった、と思い、顔が赤くなるのを感じた。答えてはいけない質問だったからだ。

柚原は、また少しだけ笑った顔になった。

飯山も、写真を持っていたとは、もう言えなくなった。しばらく沈黙が続いたので、しだいに息苦しくなってきた。

「あのぉ、お母様の電話番号か住所を教えてもらえませんか?」思い切って正面突破を狙ってみた。

「母は、今は結婚をして、幸せに暮らしているようです。本当かどうかは、わかりませんけれどね。でも、それらしい雰囲気でした。だから、僕のことが少し気になった。ようするに、それだけ余裕ができたということでしょう。でも、家族には、過去のことは内緒にしておきたい。少なくとも詳しく話してはいない。僕のことは、やはり彼女には仕舞っておきたい秘密なのです。ですから、息子の写真を大勢に配るようなことは、ありえないと思います。それに、僕も、いちおう血のつながった関係ですから、彼女のために、秘密を守ろうと考えています」

「そうですか……」加部谷は頷くしかなかった。あまりにも正当な理由だ、と感じたからだった。

レストランを出たとき、柚原は、「このあとも尾行しますか？」と彼女にきいた。

加部谷は無言で首をふった。その予定だったけれど、とてもできない、と思ったからだ。

そして、彼から離れる方向へ歩くときに、何故か涙が流れ始めた。

自分がどうして泣いているのか、わからなかった。

ただ、人間って悲しいものだな、くらいの茫洋《ぼうよう》としたイメージだけがあった。

その悲しみが、一部の人間を包んで、一生そこから抜け出すことはできないのだ。

それが、悲しい。

悲しいから、悲しい。理由なんてないのかもしれない。

そもそも、悲しい存在なのだ。

悲しくないように、錯覚し、誤解し、誤魔化《ごまか》して生きているだけなのだ。

深呼吸をして、空を見上げた。これ以上、涙が溢《あふ》れないように。

第3章　弓の叫び

こうしてエレンディラは、見習尼僧たちに贈られたレースの被りものに麻の服というういでたちで、しかも祖母に買われた新郎の名前さえ知らずに、修道院の中庭で式を挙げることになった。エレンディラは一縷の望みにすがって、膝に喰いこむ小石まじりの地面の苦しさや、お腹の突きでた二百名の新婦から発散する山羊皮のような臭いや、中天から動かぬ土用のお天道さまの下でラテン語で唱えられるパウロ書などの苦痛などに耐えた。結婚というこの奸計に対して取るべき手段を思いつかなかったが、彼女が修道院に留まれるよう最後まで努力してみようという約束を、伝道僧たちがしてくれたからである。

（「無垢なエレンディラと無情な祖母の信じがたい悲惨の物語」）

1

小川は、菅野彩子に会った。彼女の兄、飯山健一が生前に雇っていた税理士と打ち合わせるために上京したので、そのタイミングで、調査の途中報告をすることになった。正式のレポートではなく、紙一枚のメモを用意し、口頭で説明することにした。場所は、東京駅の近くのホテルのラウンジだった。午後四時のことで、菅野は一時間半後の新幹線の切符を買っている、と最初に話した。持ち時間は一時間だということだ。

飯山がポケットに持っていた写真の人物は、彼が倒れる直前に、書店の前で話をしていた青年で、柚原典之という人物だ、とまず話した。

「名前に、お心当たりはありませんか？」小川は質問した。

「柚原ね……」菅野は、メモに記された文字を見たようだ。「珍しい名字ね。いいえ、全然知りません。どんな方なんですか？」

「写真のとおりです。年齢は二十代前半、あの近辺の人です。何の仕事をしているかはわかりません。定職はないようです。母親は大阪にいますが、父親は亡くなっています」

「あら、大阪ですか。どちらでしょうか？」

「そこまでは調べておりません。必要ですか？」

「いいえ、関係ありませんね、きっと……」菅野はメガネに指を触れる。このままは、メガネをかけていなかった。今日は、文字を読むような目的があったから、メガネを持ってきたのだろう。「兄と、その人、親しかったのですか？」

「それが、周辺の人に尋ねても、誰も知りませんでした。それで、柚原さん本人にも尋ねましたが、特に親しくはなかったと話しています。偶然、本をもらったことがある、というだけです。もちろん、飯山さんが大学の先生だったことも知らなかったようでした」

「その、同じような境遇の方々の中に、兄と親しくしていた人は、いなかったのでしょうか？」

「はい、もちろん調べています。ただ、それも……、あまりそういった交流というのが、そもそもない界隈《かいわい》みたいなのです」小川は、自分が抱いていた印象を話した。

「もともと、なんというのでしょうか、そういった人間関係から離れたい人たちだからかもしれませんが」

「女性はいないのですか？」菅野がきいた。

「そうですね、非常に少ないと思います。ときどき見かけることはありますけれど、でも、飯山さんがいらっしゃった周辺では、見かけたことはありません。なにか、気になることでも？」

「いえ、私の勝手な想像だったんですけれど、もともと、家を出てどこかへ行ってしまったとき、きっと親しい女性がいるのだ、と思ったんです。だって、まさか放浪生活をしているなんて考えませんからね。かといって、一人で温泉とか旅館を渡り歩いているのなら、連絡があっても良さそうなものでしょう？　旅行でもない、病院でもない。病院だったら、連絡がありますよね。もう、そうなると、あとは内緒にしている人がいたのかなって、想像しましたの」

「調査の依頼は、そういった方面だったのでしょうか？」小川は尋ねた。冗談のように言ってはいたが、依頼するときに、もう少しはっきりと指示してもらいたかった、とは思った。「でも、どこから調べて良いのか、難しいですね。今回は、たまたまいらっしゃった場所が特定できましたし、彼の動向を周辺の人たちが見ていました。女性と一緒にいたというような話は聞きません」

「そうですか……」

「あの、失礼なことをおききしますが、飯山先生は、その、女性関係でなにか、そういった噂や、あるいは、過去に揉め事などがあったのでしょうか?」

「揉め事というのは、ないと思います。真面目《まじめ》な人でしたし、お酒もほとんど飲まないし……。少なくとも、そんな遊びには無縁な人でした。でも、それは、わかりませんよね。歳を取ってからは、もうさすがになかったとは思いますけれど、若いときのことは、特に、あまり私は知りません。義姉《あね》から、帰ってこないことがあった、という話は聞いたことがあります。きっと研究室に泊まっているんじゃない、と話した覚えがあります」

「奥様が亡くなられたあと、そういった関係のところへ行かれた、というようなことは? 可能性としては、ありえますか?」

「わかりません」菅野は首をふった。「私が近くにいれば、わかったかもしれませんけれど、遠く離れていますからね、ときどき電話をする程度です。私が東京へ出てきたときに会う程度でした。兄が大阪へ来るようなことは、ありませんでした」

「あの、もう一つ失礼なことをおききしますが、飯山先生の遺産は、どうなるのでしょうか? 当たり障りのない範囲でけっこうです。教えていただけませんか?」

飯山には子供がいない。二つの大学を退官したので、それぞれから退職金が出たはずである。贅沢《ぜいたく》な生活をしていたわけではない。相当な金額が遺《のこ》されたのではないか、と普通に想像できる。

「まだ、決まっておりません」菅野は答えた。「そんな大した額ではありませんが、調べてもらっていますし、遺書も遺言もありませんので、法律に則《のっと》って分配されます。兄の関係では遺族は私だけです。義姉の親戚筋も、手を出すような人はいらっしゃらないので、特に揉めないと考えています」

念のために、深谷雅子や柳瀬玄爾の名前を挙げて、それとなく尋ねたが、菅野は、まったく知らない、と答えた。

また、今後の調査については、継続してほしい、と頼まれた。期限などは設けず、新しい情報があったら知らせてほしい、と指示された。報酬についても、小川が提示したもので、簡単に了承された。新たな契約書は後日メールで送ることを確認し、菅野とはホテルの前で別れた。

翌日。小川は寝坊をしてしまい、事務所に出勤したのは十二時半を過ぎていた。自分は、どこか疲れているのだろうか。もしかして病気ではないか、と疑ったが、特に目立った不具合はない。年齢のせいなのかな、とも少し思った。

事務所には、誰もいなかった。加部谷は、食事に出かけているようだ。五分ほどして、加部谷が戻ってきた。コンビニにでも行ったのか、ビニル袋を持っていた。

「なにか、ご用事でした？」加部谷がきいた。

「いいえ、べつに……」小川は答える。

「メールしようと思っていました」加部谷は言った。「大阪の柚原みゆきさんの電話番号と住所がわかりました」

「柚原さんが、教えてくれたの？」小川はきいた。

「いいえ、深谷雅子さんから教えてもらいました。みゆきさんは、今は山本《やまもと》さんだそうです。山本みゆきさんです」

「それで、電話をかけてみた？」

「いいえ、まだ」加部谷は答えた。「どうしましょうか？」

電話番号は携帯のものだ。また、住所はマンションらしい。加部谷からきいた住所で、小川は、ネットのマップを調べ、周辺の風景を眺めた。住宅地ではなく、大通りに面した高層マンションだとわかった。

「お金持ちと結婚されたんですね」加部谷は呟いた。買ってきたパンとペットボトルを持って、小川のデスクの後ろに立っている。

「どうしようかなぁ」小川は椅子にもたれた。「大阪まで行くと経費がかかるなぁ」

「そうですね。しかも、依頼されている調査対象とは、少しずれている気もします」加部谷が補足した。

「それを決めるまえに、柳瀬さんに会うべきか」小川は言った。

「山本みゆきさんを知りませんか？　と尋ねるのですか？　メールできいてみたら、どうでしょうか？」

「メールでは反応が見えないじゃない」小川が言った。「どんな反応を示すか。一回だけのチャンスだと思う。でもなぁ……、柳瀬さんの浮気相手を調べても、叱られるだけかもしれないよ」

「全然関係ない可能性もありますし」

「え、関係ないって、柳瀬さんと山本みゆきさんが？　えっと」小川は振り返って、加部谷を見た。「それって、どんな可能性？」

「柳瀬さんには、立派な後継者がいます。ネットで調べても、二人の御子息が、会社の重役になっています」加部谷は言った。

「ええ、それは知っている」

「柳瀬玄爾さんの息子は、柚原典之さんではなくて、亡くなった典之さんのお父様なのではないでしょうか？」

「え？」小川は驚いた。年齢をまず考えた。そうか、これまで名前が出たことがない が、柚原典之の父親、つまり山本みゆきの前夫は、生きていれば五十代くらい。柳瀬 と血が繋がっていても、矛盾はしない。

「ということは、柚原典之さんがお孫さんになるわけだ」小川は呟いた。「大阪のみ ゆきさんが、自分と関係があった男性に、あなたの子供がこんなに大きくなった、と 写真を送ったのだと想像していたけれど……」

「いえ、その可能性が高いとは思います。父親がどちらか、わからなかったのかもし れません」加部谷が言った。「柳瀬さんが、元の旦那さんの実の父親だということ を、みゆきさんは聞いたことがあった。だから、孫の写真を送った。これも、筋は通 ります」

「写真を送った理由として、弱くない？」

「成長しましたよ、という報告なのか、それとも、少しくらい援助してやって下さ い、という依頼か……」加部谷が答える。「それとも、昔の秘密を蒸し返されたくな かったら、少々お小遣いを送ってやって下さい、とかですね」

「ちょっと待って、昔の秘密っていうと、柳瀬さんの方も、浮気をしたわけね？」

「それは、そうです。隠し子だったわけですよ。ただ、それが典之さんのお父さんだったということです」

「なるほどなるほど」小川は頷いた。

「かたや業界の名士、そして、大学の教授です。どちらからも、いくらかは請求できそうでしょう?」

「だけど、それだったら、お金を送って終わりになっているはずでしょう?」小川は言う。「典之さんのことを詳しく調べようなんて考えるかな?」

「そうですね。そこですよねぇ」加部谷は大きく頷いたあと、パンとボトルを持ったまま、自分のデスクへ戻った。「柳瀬さんの場合は、自分の孫ということで、あるいは後継者として、典之さんに興味を示した。優秀な人物ならば、引き上げよう、関連企業で採用しよう、と考えたのかもしれません。みゆきさんに、お金はもう送っていそうですね。一方、飯山さんは、少し対処が違います。たぶん、お金は払わなかった。既に奥様も亡くして一人ですし、勤めも辞めているから、強請《ゆす》られても困ることはありません。あとは、ご近所とか、ごく身近の関係だけです。それで、自分からそういった社会の柵《しがらみ》を捨てて、ホームレスになった。そうなれば、もう失うものもない。自分が行方不明になれば、これ以上悪い状況にはならないだろう、と考えたのかも。それに、やはり興味はあるから、自分の息子を一目見ておこうと……」

「才能だよね、君ってさ。物語をどんどん作れる人だったんだ」小川は言った。「いえ、嫌味じゃなくて、心底感心しているの」

「柳瀬さんのところへも、飯山さんのところへも、写真はメールで届いたと思います。柳瀬さんは、こっそり秘密を守ってくれそうな小さな探偵事務所へ写真を転送した。飯山さんは、自宅を出るときにプリンタで出力して、あとはデータをすべて消去したと思います。半年かかりましたけれど、偶然なのか、それとも努力の甲斐《かい》あってか、柚原さん本人にも会えて、満足していた。自分の息子と話をして、興奮したかもしれません。それで、血圧も上がってしまったのではないでしょうか」

「うーん、なるほどぉ」小川は拍手をしたくなった。「凄いじゃん」

「まあ、そんなところでしょうけれど、でも、私たちの調査には、あまり影響がありません。どちらも、依頼主が知りたい情報だとは思えません。むしろ、知りたくないはず。柳瀬さんの方は、好青年だと判明すれば、それで充分でしょうし、飯山さんの方は、相続人が増えることさえなければ、菅野さんは、それで充分、といったところでしょうか」

「飯山さんの実の息子だとなったら、相続の権利が生じるんじゃない？」

「でも、それは、本人は知りません。大阪のみゆきさんしか知らないことです」

「そうだよね。私たちが報告するようなことではない、ということかぁ……」小川は、そこで目を瞑った。頭の中でぐるぐると人間関係の相関図が巡っていた。

2

柚原典之の調査は、仕事としては継続しているが、この頃は、もう尾行をするようなことはなかった。加部谷は、彼とは完全に知合いになっていた。友人といっても良いかもしれない。彼女にしてみれば、典之は歳下で、素直な青年という印象だ。ホームレスとはいえないだろう、と彼女は解釈していた。身なりも汚くはない。大きな荷物を持っているわけでもない。どこの店にも普通に入れるし、電車に乗っても、誰も違和感を抱くようなことはないはずだ。

その日の午後にも、加部谷はメールで連絡して、柚原に会った。公園のベンチに並んで座り、一時間ほど話をすることができた。

加部谷はまず、典之の母の住所と電話番号がわかった、と話した。まだ連絡はしていない、とつけ加えた。電話番号は、彼は既に知っているはずだが、加部谷には教えてくれなかった情報だった。

「再婚されているみたいですね」彼女は、それとなく話した。

「彼女の自由だと思いますし、僕には無関係です」

「でも、柚原さんのことを気にかけていらっしゃるはずですよ」

「そうでしょうか。もう十五年にもなるわけですよ。赤の他人になるには、充分な時間だといえます。彼女にしてみれば、もう関わりたくない、思い出したくない過去なんだと思います」

「お父様のことは、あまり話されませんね。どんな方だったのですか？　どちらの出身だったのでしょうか？」

「いえ、知りません。母が話したがらなかった。僕もほとんど覚えていません。顔を知らない、といえるくらい」

「写真はなかったのですか？」

「母が持っているようでした。見たことはあると思いますが、忘れてしまいました。いつも酔っ払っていたそうです」

「どなたか、お父様の親戚とか、知合いとかで、柚原さんが会ったことがある人はいませんか？」

「一人も知りません。ようするに、父は、どこの馬の骨ともわからない人だった、ということです」

「なにか、買ってもらったり、もらったりしたものとか、ありませんか？」

「ありませんね。まったくない。それは、母の場合も、同じです。僕は両親の思い出の品は持っていない。思い出だって、どんどん薄れていく。もうないも同然だといって良い」

二人のすぐ近くに、鳩《はと》が数羽《わ》寄ってきた。ベンチに人がいると、餌《えさ》がもらえると思うのかもしれない。生憎《あいにく》、鳩にやれるものを、加部谷は持っていなかった。すると、柚原がリュックのジッパを開けて、中からパンを取り出した。食パンである。袋にも入れず、そのままリュックのポケットに収まっていたようだ。彼は、それをちぎって、鳩に向けて投げた。鳩たちは、それをクチバシで突《つつ》く。食べているようだ。さらに、二羽が、飛んできて加わり、同じことをした。しばらく、それを眺めることになった。

「以前、この公園で、短い矢が刺さった鳩がいて、ニュースになりましたね」柚原が言った。「犯人は見つかりましたけれど」

「そういうの、ときどき聞きますね。弓矢とか、吹矢でしょうか」加部谷は顔を顰《しか》めた。「聞いただけで、嫌な気分になります」

「そうですか。まあ、大勢の人がそう感じるのかな」柚原は無表情のまま言った。「でも、たぶん、少し昔だったら、普通のことだった。子供だって、そうやって動物を狩っていたでしょう。家に持って帰ったら、食べることになったかもしれません。今でも、魚を釣ることには、誰も抵抗がありませんよね？　鳥は駄目で、魚なら良いという理屈は何でしょうか？　どちらも動物ですが」

「そうですね。たしかに……」加部谷は頷いた。

「鳥類は、魚類よりも、哺乳類《ほにゅうるい》に近い、という生物学上の理由でしょうか？」柚原は続ける。「犬や猫になると、明らかに虐待だと解釈されますね。反対に、昆虫は捕まえて殺しても文句は言われない。鼠《ねずみ》を殺す薬はホームセンタで売っています。人間に害をなすものは、殺しても良いことになっているみたいです。ゴキブリを叩き殺しても、動物愛護協会は抗議をしない」

「しませんよね。蛇《へび》でもそうですね」加部谷は言った。「やっぱり、悪いことをするからじゃないですか？」

「悪いことをしても、殺すことはないのでは？」柚原は静かな口調で言った。「人間だって、悪いことをしても、少々では殺されませんよね」

「ゴキブリが突然出てきたら、叩くのは正当防衛じゃないかしら」加部谷は笑いながら話した。

「いや、成立しないと思います」柚原は、笑わない。相変わらず無表情だった。「ゴキブリは、人間を襲おうとはしていないし、その能力もありません」

「たしかに、そのとおりですね。そういうことを、いつも考えているのですか？」

「野生の動物は、自由に生きているというよりも、生きるために活動しています。人間の害になるのは、たまたま利害が一致しないというか、偶然にすぎない。野生動物が人間を襲うのは、ほとんどが正当防衛でしょう」

「そう、熊《くま》とか、猪《いのしし》とか、そうですよね」

「それから、これだけ社会が豊かになってきたのに、人間の場合は、働かないと生きていけない。これも、少し変だと思いませんか？」

「働かざるもの食うべからずっていいますね」加部谷は相槌《あいづち》を打った。

「売れ残った食品を廃棄している一方で、食べ物が買えなくて餓死する人も大勢います」

「日本の中には、あまりいないのでは？　誰かが助けてくれるような気がします」

「助けを求めればね。求めないと駄目ですね。プライドがあって、助けてくれと言えない人は、死ぬしかありません。これは、変ではありませんか？」

「えっと、どうしてですか？」加部谷は首を傾げた。

「持てる者は、頭を下げてひれ伏す者には与える。今の世の中はそういった仕組みのように見えます。しかし、本来の基本的人権というのは、そうではありません。持てる者も持たざる者も、人間として平等であり、同じだけ生きる権利を持っている、自由に振る舞う権利を持っている、という意味です。はたして、今の社会は、そうなっているでしょうか？　昔よりは、だいぶましになっているとは思いますけれど」

「どんなふうに改革すれば良いと思いますか？」加部谷は尋ねた。

「手っ取り早い方法としては、まずは、ベーシックインカムでしょうね」柚原は言った。「わかりますか？」

「はい、わかります」加部谷は頷く。「だけど、そんなことをしたら、誰も働かなくなっちゃいませんか？」

「その心配をするのは、少し頭が古い人たちなのではないか、と僕は思います。今だって、親の脛《すね》を齧《かじ》っている人は大勢います。反対に、働かなくても生活ができるのに、仕事に就《つ》く人は多い。以前のように、働かないと食べていけないという社会は、トータルの収支から考えれば、既に終わっているように観察できます。最低限の生活費を支給することで、仕事に対するストレスがなくなるし、そういった歪みから起こる犯罪も防ぐことができると考えられます。最低限の生活では嫌だ、という人だけが働けば良いでしょう。もう人間が働かなくても、社会は回っていくはずです。経済は成り立つと思います」

「機械やコンピュータが働くということですか？」

「そうです」

「そういう社会になったら、私は、働かないかも」加部谷は言った。きっと、柚原もそうなのだろう、と彼女は思った。

「怠け者ですね」柚原が言った。

「怠けるって、正直、楽しいと思います」加部谷は頷く。「でもそれは、仕事に縛られているからかも。ずっとフリーだったら、働きたくなるかもしれませんよ」

「そうなったら、働けば良い。働くことは、スポーツになります。レジャーになります。未来は、きっとそうなる」

3

その日の夕方、小川令子は、柳瀬の自宅を訪ねた。

思い切った行動だ、と自分でも思ったが、悪い方には取られないだろう、という不思議な自信があった。電話も住所も、少し調べたらすぐにわかった。隠していない、ということだ。昔の人なんだな、とも思った。

柳瀬の自宅は、都内の住宅地の高台にあった。なんと、タクシーの運転手が、柳瀬の家を知っていた。客が多いということだろう。門の前に立つと、門も塀も高く、中がほとんど見えない。とにかく、インターフォンを押してみた。

「どちら様でしょうか？」女性の声が聞こえた。

「お約束なく、突然参りました。小川と申します。柳瀬様にお会いしたいのですが、ご在宅でしょうか？」

「少々お待ち下さい」

カメラがあったので、小川はそちらに顔を向けてお辞儀をした。

一分間ほど待たされた。会ってもらえるかどうかは、フィフティ・フィフティだと予測していた。しかし、仕事関係の客は午前中か、午後の早い時間帯が多いはずだ、とも推測していた。まもなく五時になろうとしている。この時間に訪問する人は少ないはずだ。

「どうぞお入り下さい」という声が聞こえ、門が奥へ静かに開いた。電動ゲートなのだ。心の中で、やったぁ、と叫びながら、中に入った。

　玄関で待っていたのは、小川と同年代くらいの女性だった。インターフォンに応えたのは彼女だったようだ。靴を脱いで上がり、黒っぽい板張りの廊下を奥へ導かれた。中庭が見える通路を進んだところで、女性は膝を折り、襖《ふすま》を開けた。

　座敷《ざしき》だった。中央に重そうな天板のテーブルが置かれていた。誰もいない。広さは十二畳。小さな床の間が右にあって、通路側から障子《しょうじ》を通して光が入るようになっていた。案内してくれた女性は、襖を閉めて立ち去ったようだ。

　テーブルの脇には、座布団《ざぶとん》が二つ。一つは床の間側、もう一つは反対側である。客は床の間の反対側だが、座布団は挨拶まえに座ってはいけない。かといって、立って待つのも無作法なので、座布団を少し避けたところに膝をついた。こういうことは、加部谷の年代では知らないかもしれないな、と小川は思った。そんな発想自体が、もう年寄りの条件かもしれない。

　人が近づいてきた。緊張して待っていると、襖が開いて、さきほどの女性が通路に座って頭を下げた。なにか言うのかと思ったが無言だった。湯呑みをのせたお盆を持ってきただけのようだ。湯呑みは、小川の前のテーブルに置かれた。一つだけだった。主人の分はないのか、と思った。しばらく待たなければならない、というメッセージかもしれない。女性は、頭を下げたのち、なにも言わず、部屋から出ていった。

そういえば、若い頃に社長と一緒に、こういった雰囲気の場を訪れたことがある。政治家だったか、それとも金融関係の資産家だったか。あの頃は、マナーについても勉強して、しっかりと手順を頭に入れていたのだが、すっかり忘れてしまった。この頃、そういう機会がない。上流の人間とつき合いがなくなったからか、それとも世間が一般的にフランクな人間関係へシフトしているのか。

お茶には手をつけなかった。何の話をどんな順番で切り出そうか、と少し考えたけれど、絶対に予定どおりにはできないだろう、とも思った。

さらに十分ほど待つと、大きな足音が聞こえてきた。しかし、襖を開けたのは、やはり同じ女性だった。そのあと、柳瀬玄爾が入ってきて、テーブルの反対側に座った。今日は杖を持っていない。遅れて、女性がお盆を持って入室し、彼の前に湯呑みを置いた。最初に二人分持ってきたら、冷めてしまう、という配慮だろうか。

「よくいらっしゃった」柳瀬は笑顔で言った。

小川は、できるだけゆっくりとお辞儀をした。

女性が部屋から出て頭を下げて襖を閉めた。柳瀬は、湯呑みに手を伸ばし、お茶を飲んだ。どうして、名前や住所がわかったのか、とまず尋ねられるだろう、と小川は予測していた。

「それで、なにか、新しいことが？」柳瀬は尋ねた。

「調査は続けています。柚原典之さんは、まだ、あの近辺にいらっしゃいます。特に大きな動きはなく、遠くへ行かれるようなことも、目立った変化もありません」小川は報告した。「柚原さんに本を渡した飯山さんは、自然死だったと結論が出ました。飯山さんは、元K大学の教授でした。ホームレス生活を始めて半年でした」

「その人は、どうして柚原さんに近づいたのですか？」柳瀬がきいた。

「その疑問を私も持ちましたので、飯山さんのことを少々調べました。ただ、柚原さんとそれほど親しくなっていた様子は見受けられませんでした。会って話をしたのは二回だけ。飯山さんが亡くなった当日と、その前日の二回だけでした」

「あまり、関係があるとも思えんが……」

「はい、ただ、大きな問題が一つありました。亡くなった飯山さんが、ポケットに写真のコピィを持っていたのです。それは、柳瀬様が私に送って下さいました柚原典之さんの写真と同一のものでした」

小川は、正面の柳瀬の顔を見つめた。

柳瀬も、小川を睨んでいる。表情に変化はなかったが、視線が逸れたときに、彼は静かに息を吐いたようだった。溜息のような感じにも見えた。そのあと、三秒ほど無言で目を閉じた。顔は斜めになり、中庭の方へ向いた。ただ、中庭が見えるわけではない。襖は閉じられている。襖の鴨居《かもい》の上に明かり取りがある。鳥が囀《さえず》る声が聞こえた。小川は柳瀬から目を離さなかった。

「それは、どういう意味だね？」彼は目を開けて、小川に質問した。

「はい、あの写真を柳瀬様がどちらから入手されたか存じませんが、同じところから飯山さんも写真を手に入れた、ということです」小川は答えた。彼女は真っ直ぐに老人を見つめている。今にも彼は怒りだして、自分を部屋から追い出すのではないか、と想像した。「その写真は、誰が撮影し、誰から飯山さんに渡ったのかは、ほぼ判明しています」

「どんな経路だった？」柳瀬は、姿勢を変えた。テーブルに片方の肘をつき、身を乗り出した。

ここで、五秒間ほど、沈黙があった。小川は迷った。しかし、決心する。

「柳瀬様は、あの写真を、どこから入手されましたか？」小川は思い切って尋ねた。

「それは、言えない」彼は、少し微笑んだ。さすがに、落ち着いている、一角《ひとかど》の人物だ、と小川は思った。

「おそらく、それと同じ経路です」小川は答えた。「そもそも、あの写真を撮影したのが誰かがわかっていますので、誰から誰に渡ったのかは、特に複雑ではありません」

「そうか……」柳瀬は頷いた。「それで、君は、私に会いにきて、それを確かめようと思ったわけだ。そうだね？」

「はい。そのとおりです」小川は頷く。「調査依頼の対象からは逸脱しているかもしれませんが、どのような理由で調査の必要があったのかを考えなければ、何を調べて報告をすれば良いのかを見誤るかもしれません。需要がわからなければ、供給できないからです」

「なるほど。思った以上に、しっかりした人だ」柳瀬は微笑んだが、目は笑っていない。彼女を真っ直ぐに睨んでいた。

「柚原さんとのご関係を、教えていただくわけにはいきませんか？」小川は単刀直入に尋ねた。

「貴女を信用して話します」柳瀬は即答した。さきほどの沈黙で、その決断をしたのだろう。「このことは、余計なところへ知れると、波風が立つ。誰にも利のない、よろしくない結果を招かないともいえない。柚原典之というのは、私は会ったことがない。彼の父親にも会ったことがない。もう五十年以上まえの話になります。その女ももう亡くなっていて、誰も証明することはできない。典之の父親は、数年まえに亡くなった。それは、こっそりだが、確認をした。引き取り手がない遺体で、遺骨は公共の墓地に収まった。DNAの検査をすれば、明らかになることかもしれないが、しかし、そんな真実の解明を望んでいる者はいない。あとは、私があの世へ旅立てば、それですべてがお終《しま》いとなる。それが、典之だった。そういうことだった。ところが、一人だけ、まだ遺された者がいる。それが、典之だった。その子の母親が、私に写真を送ってきた。誰なのかは、調べましたか？」

「わかります。山本みゆきさんですね。お会いになったことは？」

「いや、一度も」柳瀬は答えた。「どんな人なのかも知らない。縁がなかった。彼女は、息子に、なにもしてやれない、と話していた。いや……、なんとかしてもらいたい、と要求されたわけではない。ただ、無言の訴えのようなものがあったということです。無視することはできたが、私も歳を取った。多少の責任は感じる。だから、調べて、なんとかできることがあれば、と考えた次第です」

「わかりました。それを聞いて、安心いたしました」小川は頷く。

「彼女の母親が、典之に仕送りをしていると聞いた。あとは、どの辺にいるのかとか、僅かな情報を聞いただけです」

「はい、山本さんのお母様は、深谷さんといいます。栃木の田舎にお住まいです。旦那様も亡くされ、一人で年金だけで暮している方です。毎月一万円を典之さんに送り続けています。彼にとっては、その一万円が命綱となっていると思います」

「月に一万円か」老人は、顔を顰めた。「私が、仕送りをしたいが、どうすれば良い？」

「それは、私が考えることではないと存じます」

「では、調査費から、一部を彼に渡してほしい。今後、毎月の調査費から、いくらかを……」

「あのぉ、僭越《せんえつ》ですが、それも、私たちの仕事とは思えません。どうして、そんなに難しくお考えになるのでしょうか？　簡単なことではありませんか？　お孫様に、お小遣いをあげる。それだけのことではありませんか？」

柳瀬は目を瞑った。

静かだった。庭先に鳥が集まるのか、小さな高い声が何種類か聞こえた。

足音が近づいてくる。

「失礼いたします」という声のあと、襖が開いた。「お客様がいらっしゃいました」

「わかった。待たせておきなさい」柳瀬は目を瞑ったまま答える。

「かしこまりました」

通路を戻っていく足音が消えて、静けさが戻ったが、もう鳥は鳴いていない。

「どうか、よろしくお願いします」老人は、頭を下げた。

「あの、何をですか？」小川は尋ねた。「まだ、素行調査が必要でしょうか？」

「もう少し、見守ってやって下さい」柳瀬は言った。

「見守るといっても、彼は、もう立派な大人です。保護が必要とは思えません」

「残念ながら、直接の援助はできない」老人は首をふった。「今さら、筋が通らない。ただ、私一人の気持ちの問題でしかない。いや、うん、わかりました。少し考えてみます。気持ちの整理がついたら、改めて、ご連絡しましょう」

「ありがとうございます」小川は頭を下げた。「不躾《ぶしつけ》なことを言いました。大変申し訳ありませんでした。まだ契約いただいた仕事の途中です。引き続き、調査をして、レポートをお送りいたします」

「どうか……、よろしくお願いします」

4

「あぁ……」小川は溜息を漏らした。深呼吸に近い、渾身《こんしん》の溜息だった。

「難しいものですねぇ」加部谷がしみじみと言った。

日が暮れて、窓の外のビルの間から覗くことができる小さな空は、紫色に染まっていた。日が短くなった。それに、ずいぶん涼しくなった。

結局、加部谷と話した仮説は、ほぼそのとおり、真実だった。柳瀬は、柚原典之の祖父になる。また、残された可能性として、飯山は、柚原典之の父親かもしれない。山本みゆきに直接話をきく以外に、確かめることはできない。DNA鑑定をすれば判明することではあるが、その真実よりも、山本みゆきや飯山健一の気持ちの問題の方が重要であり、彼らはそう信じている、あるいはそう信じていた、と推測できる。

「まあ、でも、謎は解けたわけじゃないですか」加部谷が言った。「あとは、だらだらとレポートのために調査を続行するだけですよ。ノルマをこなすだけだから、頭を使う必要はありません」

「さてと、じゃあ、打ち上げでもしますか」小川は立ち上がって言った。

「そう来るんじゃないかと思っていました」加部谷が手を叩いた。

「今回は、加部谷さん、冴《さ》えていたよね」小川は、ロッカへ行き、帰り支度をしながら言った。「えっと、あとは、飯山さんの遺産相続問題くらいか」

「どうなんでしょう、妹さんは、そんなことを調べて、藪蛇《やぶへび》だったわけじゃないですか？　放っておけば、なにもなかったのに。誰かから、要求されているわけでもなかったでしょうし」

「うん、そうだよね」小川は言った。「まあ、どちらにしても、私たちの関知するところではないってこと。ただ、ありのまま、調べたこと、わかったことを報告する。心を鬼にしてね」

「鬼にしなくても良いと思いますよ」

事務所を閉めて、表に出た。まだ、すっかり暗くなってはいない。歩きながら、どこへ行くかを話し合った。

加部谷は、柚原典之がベーシックインカムについて語っていた、と話した。

「政治的なこと？　うーん、社会学的なことっていうのかな、その方面の話が多いみたいだね」小川は思っていた印象を言った。小川自身は、柚原典之とは話をしたことがほとんどない。どんなしゃべり方で、どんな話題なのか、すべて加部谷を通して聞いているのである。

「いろいろ考えるところがあるみたいです。若いから、考えるんでしょうね。歳を取ると、そんな面倒なこと考えたってしかたがないって、思いますから」加部谷は言った。

「そう、そのとおり」小川は頷く。

「いえ、小川さんのことを言ったんじゃありませんよ。私も考えませんね、そういうことは。自分には関係ない、とまでは思いませんけれど、でも、自分が考えることではない、誰か、専門の人が考えてくれて、法律や制度を作ってくれるんだろうって、頼りきっているわけですよ、勝手に」

「それはね、人間というのは、そうやって個人個人でノルマを分担するんだ、と納得しているからでしょう？　それが社会の一員になるということじゃない。社会を信頼するのと同じことのような気がする」

「ですよね」加部谷が頷く。「仕事だって、そうじゃないですか。自分にできることを、各自がして、少しずつ社会全体のノルマを分担している。うん、だから、やっぱり、働かないというのは、いけませんね」

「でも、人間以外の機械やコンピュータが働くから」小川は言った。「今の若い人たちって、そう考えているんじゃない？　ＡＩに仕事を奪われるっていう危機感を持っているんじゃない？」

「それよりもさきに、外国人に奪われるし、同じ日本人でも老人たちが仕事をするようになっていますから、そちらにも奪われますよね。女もどんどん働くようになったし、男は仕事を奪われっぱなしじゃないですか」

「それも、分担だから」小川は言う。「柚原さん、どうなの？　社会に出て、立派にやっていけそうな人？　これまでの君の話だと、理知的で冷静で、まともな人みたいだけれど」

「うーん、まあ、思想的なものは自由ですから、それさえ主張しなければ、普通にやっていけるんじゃないでしょうか。ホームレスの人って、だいたいまともな人みたいですよ。飯山さんだって、大学教授だったんですから」

「大学教授の方が、まともじゃない人が多い気がする」小川は言った。「ちょっと変わっているというか、癖《くせ》の強い人ばかりじゃない？」

「癖を隠さなくても生きていける世界なんですよ、きっと」

大通りに出て、歩道を歩いた。駅が近いし、一番人が多い時間帯でもある。店は混んでいるのではないか、と思ったが、入ってみたら、それほどでもなかった。まだ少し早いのかもしれない。イタリアンの店である。

　小さなテーブルに着いた。飲みものはシャンパンを頼んだ。料理はパスタのセット。小川がよく来る店だが、加部谷は二度めだと言った。

「えっと、飯山先生の調査の方は、今後はどんな方針ですか?」加部谷がきいた。

「全然考えていない」小川は首をふった。「うーん、何を調べたら良いのかな。あまり詳しく調べたら、山本みゆきさん関係のことが出てくるかも」

「それはないと思いますよ。山本さんも、今の生活を守りたいでしょうから、もう会ったり、連絡したりはしていないのでは?」

「そこは、わからないよ。なにしろ、写真を送ったのは彼女なんだし」

「あ、そうだ……。柳瀬さんは、山本さんに、お小遣いをあげたりしたでしょうか?」加部谷が尋ねた。

「かもね」小川は答える。「それくらいは、したんじゃない。二人が会ったかどうかは微妙」

「隠し子の息子が結婚した相手でしょう?」

「息子はとっくに死んでいるんだし、黙っていれば、誰にもばれないだろうし、あの歳になったら、もうどうでも良いかって、思っていそう」

「そうかな。ああいう人たちって、人生とか社会的地位とかに執着があるんじゃないですか？　ほら、勲章をもらったりするような人たちですよね、きっと。自分の銅像を建てたいとか、肖像画を残したいとか、そういう人たちじゃないと、お金は稼げないし、人の上に立つほど上り詰めない、てことかもしれませんけれど」

「うん、女は、あそこまで執着しないよね」小川は言った。「とっくに諦めるだろうな。もっと、自分だけの楽しみに時間を使うんじゃない？」

「ですよね。わかります、わかります」加部谷は微笑んで、グラスに口をつけた。「ああぁ……、美味しいですね。柚原さんにも、こんなのを飲ませてあげたいなぁ。ちょっとした、小さな幸せっていうんですか、それが彼に欠けているものなんじゃないかなって気がします」

「小さな幸せ？　ああ、そうね」小川は頷く。「そういうのって、やっぱり、幼いとき、子供のときに、家族とか、お母さん、それから兄弟、近所の人たち、そういうところから来るものだよね。それを覚えているから、大人になっても、周囲で見つけようとするし、自分でも、少し辛抱して、誰かに小さな幸せをあげようって考えるんだなぁ」

「そうです。うん、今のは、胸にじいんと来ましたねぇ」加部谷が両手を顔の前で組んだ。お祈りのポーズらしい。「それを、彼はこれから、自分で作り出せるかっていうのが課題なんですよ。でも、まずは、誰かが彼に、それを教えてあげないと……」

「柚原さんって、つき合っている子とか、いなかったのかな？　そういう話は出ない？」

「擦《かす》りもしませんね。全然出ません。まあ、そういうドライというか、ストイックなところは、けっこうアピールすると思うんですけれど……。駄目ですよね、同年代の人の中にいるような機会がないから。高校も行っていないし、部活もしていないし、田舎から出てきても、町工場で働いた経験しかないみたいでした。町工場っていったら、年寄りばっかりで、うるさく説教されて、飛び出しちゃったんじゃないかな。それっぽい話は、少しだけ聞きました。でも、悪いグループに入らなかったのが救いですよ。なんか、もう確固たる自分が完成していて、独立独歩で生きていこうって、決心したような、そんな精神的な強さを持っていますね」

「なかなか評価しているんだね」小川は言った。「そういう話、柳瀬さんに聞かせたら、喜ぶんじゃないかな。お孫さんの行末を見届けたいと思っているはず」

「お年寄りになると、その手の話をよく聞きますね。子孫が一人前になったら、もういつ死んでも良いっていう、なんか動物の本能から来るものなんでしょうか？」

料理がテーブルに届き、二人で取り分けて食べるための皿を持ってきてもらった。違うタイプのパスタで、どちらも食べられるのは、小さな幸せだ、と小川は感じた。きっと、加部谷もそう思っているだろう。こんな体験が、柚原典之には欠けている、という彼女の分析は、非常に的を射たものだ。

「彼、バッグのポケットに、鳩にやるためのパンを入れているんです」加部谷は話した。「なんか、泣けてきません？　私、そういうので、うるっときちゃうんで、ちょっと気をつけようと自制しているところです」

「どういうこと？　うるっときたらいけないの？　ああ、惚れちゃう？　そういうこと？」

「ま、そこまで、ずばっと一気にいくわけではありません」加部谷は首をふったが、食べながらなので声が籠《こも》っている。「そういうふうなのに弱い、ということです。やられたな、と感じてしまって、あとは溜息がいつもの三倍くらい出ます。もし、私がお金持ちだったら、お小遣いとかばんばんあげるのにって思ったり」

「ホストクラブみたいな？」

「あ、そうかもしれません」

「君って、そうやって貢《みつ》ぐタイプだよね。うん、気をつけた方が良いかも」

「そういう小川さんだって、同じタイプなんじゃないですか？　違います？」

「いえ、私は、貢いだことはないな」小川は笑った。「残念ながら、貢ぐほど素敵な人に出会ったことありませんから」

加部谷がそこで黙った。サラダを食べている。シャンパンのグラスはもう空いていた。

「ごめんなさい」小川は謝った。「もしかして、思い出しちゃった？　えっと、飲みもの、頼む？」

「え？」加部谷は顔を上げて、小首を傾げた。「あ、いえ、なにも……」彼女は微笑んで、首をふった。「それより、もっと昔のことを、ぼんやり思い出していました。貢いでませんし、騙されてもいない人のことなんです。へへ……、大丈夫ですよ」彼女は片手を広げた。「思い出すだけでも、美味しくお酒が飲めますからね。めちゃくちゃ安上がりです」

「良い思い出なんだね」小川は優しく言った。

「すっぱい思い出ですね」加部谷はまた一瞬、微笑む口の形を見せた。

飲みものの追加を頼んだ。完食したパスタの皿は片づけられ、サラダが残っている。まだ、デザートが来るはずだ。

「柚原さんの方は、ときどき加部谷さんが話し相手になってあげる、というので、大丈夫なんじゃないかなって思っている。どう？　負担？」小川はきいた。

「いいえ。全然。あれで仕事になるなら、こんな楽なものはありません。お給料の半分を、柚原さんにあげたいくらいです」

「柳瀬さんが、考えるって言っていた。お小遣いのあげ方についてかな。身内に内緒にしているからなのか、お金の出し方が難しそうだった。でも、そんな大きな金額でなくても充分なのにね」

「一万円が二万円になるだけでも、だいぶ違いますよ、きっと」

「でも、お金って、いくらあっても充分にはならない。そうじゃない？　もらえるようになれば、それに応じた生活が普通になって、もっと上の条件を望むことになる」

「柚原さんは、そうはならないと思います。社会に関わるよりは、少し離れて、自分一人の自由を楽しもうとしているみたいな」

「あと、飯山さんの方は、どうしようかなぁ」小川はシャンパンを一口飲んだ。

「ホームレスをしていた半年間って、これ以上、どうやって調べたら良いと思う？」

「端末も持っていなかったんですね。日記を書いていたわけでもない。お金も使っていない。ある意味、もの凄くナチュラルなスローライフだったわけですよね？」

「やっぱり、山本みゆきさんに会いにいくしかないか」小川は呟いた。「二人がまだ会っていたと思う？」

「それはないでしょうね。もしそうなら、二十年以上も続いていたことになりますから。そんなの、ありえないのでは？」加部谷が言った。

「ずっと連続していたのではなくて、二十数年まえに関係があって、子供ができてしまった。一旦はそこで別れた。たぶん、飯山さんがいくらか手切金を渡したんじゃないかしら。でも、久しぶりに、それが再燃した、なんてことは？」

「年齢差は、二十五歳くらいですよね。どうかな……」加部谷は首を傾げた。「飯山先生は、自宅を出てホームレスになったほどですから、逆のような気がします。禅の修行をしているみたいな方向じゃないですか。えっと、四国のお遍路さんみたいな、イメージなんですよ」

「そう、ストイックだよね。もしかして、それは過去の過ちを悔《く》いていたから、ともいえない？」

「ストイックというよりは、死に場所を求めていた、という感じだったのかも。ホームレスは、終活だったんじゃないですか？」

「なるほど、だったら、望みどおりの死に方ができたんだ」小川は溜息をついた。

「終活かぁ……。それを調べて、証拠を集めようなんて、無理な話なんだよなぁ」

5

二日後、小川は大阪へ出張した。山本みゆきと連絡がつき、会うことになった。飯山健一のことで調査を依頼されている、と正直に話した。面会は拒否はされなかったものの、もちろん喜んで話します、といった明るさはなかった。

小川にしてみれば、新幹線の往復運賃が経費になる。これを調査費に計上する場合、大阪に出向いた理由を説明しなければならない。依頼主は、聞きたくない内容だろう。また、確証がある情報が得られない場合だってある。無駄足になる可能性はかなり高い。その場合は、個人でぶらりと大阪まで日帰り旅行をした、というだけの結果になるのだ。これがまだ観光地、たとえば京都だったら、多少は気休めになったかもしれない、などと考えた。

とはいえ、長時間車窓の風景を眺めることが、小川は嫌いではない。イヤフォンで音楽を聴きながら、比較的ゆっくりと流れる遠方の風景を見て過ごした。

大阪駅近くのファッションビルの中にあるカフェで、山本と待ち合わせた。その場所はすぐに見つかった。十五分ほど時間が早かったので、その近くで店を回った。冬物のコートが並んでいる。ブーツも見た。買いたいものもあったが、時間が近づいたため、カフェに入った。奥のテーブルにそれらしい人物がいて、ちょうど席に着くところのようだった。目が合ったので、小川はそちらへ近づいた。

「山本様ですか？」小川はきいた。相手は微笑んで頷く。「小川でございます。お時間をいただき、ありがとうございます」

小川は名刺を差し出し、挨拶をした。山本は、微笑んで対応するものの、言葉はなかった。

店員にオーダしたあと、改めて、小川はお辞儀をした。

「あの、飯山先生が亡くなられたことは、ご存知だったのでしょうか？」

「いいえ」山本は首をふった。「伝わってくるはずがありませんし」

「最近、飯山先生にお会いになったことはありますか？」小川はきいた。あまり言葉を飾らない方が良いだろう、と相手を見て決めた。

「ありません。どうでしょう、会わなくなって、二十年以上になりますか」

「電話などは？」小川は尋ねる。

「あのぉ、どういった調査をされているのでしょうか？　何が目的なのですか？」

微笑んだままの顔だったが、言葉は鋭い。笑顔は、この人の武器なのだな、と小川は直感した。

「飯山先生は、半年まえに自宅を出て、行方不明になりました。それは、ご存知でしたか？」

「いいえ、全然」山本は首をふった。

「結局、ホームレスのような生活をされていたことが判明しました。それで、先日路上で倒れて、救急車で運ばれましたが、そのままお亡くなりになったのです。私が依頼されている調査は、先生が家を出られてから、半年間どのような生活をし、何をしていたのか、誰に会ったのか、といったことが対象です」

「それでしたら、私はまったく無関係だと思います。飯山さんと連絡を取ったこともなく、会ったこともありません。なにも知りませんでした。亡くなったことも、家を出られたことも……」

「でも、御子息の写真を、飯山先生に送られましたね？」小川はきいた。

これが、こちらの武器だった。一発しかないミサイルだ。相手がこれをどう躱《かわ》すのか、とじっと観察するしかない。

山本みゆきは、黙ってしまった。視線を下に向ける。かといって、コーヒーを手にしたり、誤魔化すような仕草もない。考えているような目つきだが、言葉を思いつかない、といったところか。彼女がロボットだとしたら、ハングアップした感じである。

「飯山先生は、その写真が届いてから、家を出られたようです」小川は話した。「その後、ホームレスになった。でも、家を出るまえに、息子さんの写真をプリンタで出力し、それをポケットに入れていました。亡くなったときも、それをお持ちになっていました。写真は皺だらけになっていて、何度もポケットから出して、ご覧になったのだと想像できます」

「あのぉ……」山本は、顔を上げた。「なにか、私が悪いことをした、とおっしゃっているのですか？　私に何の責任があるというのですか？」

「そのような話はしておりません」小川は笑顔で軽く頷いた。「写真を送ったことで、飯山先生があのような行動を取られた、というふうには考えられませんか？」

「関係があるとは思えませんけれど」

「飯山先生は、御子息を発見し、会って話をされました。これについては、ご存知ですか？」

「私が知っているわけないでしょう？　たまたま、写真を送った。元気にしていると知らせただけです」

「典之さんは、飯山先生の息子さんだからですね？」小川はきいた。「それは、確かなことですか？」

「それは……、はっきりとは、わかりません」山本は答えた。「私には、わかりません」

「そうですか？　そういうことって、女にはわかるものだと、私は思っていましたけれど」

「それは……、人によるのでは？」

「飯山先生のほかにも、息子さんの写真を送りましたか？」

「ちょっと待って下さい。そんなプライベートなことまでお答えしなければならないのでしょうか？」

「いいえ、お話しできる範囲でけっこうです。私は警察ではありません。責任や罪を問おうとしているのではありません」

「そうですよ。そのとおりだと思います。昔のことですし、今の私とは関係がないことです。これ以上、お話ししたくありません」

「わかりました」小川は頷いた。「私がお尋ねしたいことは、以上です。ご協力に大変感謝をいたします」

「そうですか。では、失礼いたします」山本はバッグを手にして、立ち上がろうとした。

「あの……」小川は声をかける。「すみません」

「何ですか？」

「典之さんに、お会いにはなりませんか？」

溜息をつき、山本はシートに再び腰を下ろした。

「自分を捨てた母親に会いたいなんて、本人が考えていないと思います」山本は、小川を睨むように見た。「あの子は、私のような弱い人間ではない。しっかりとした子です。社会に出ても、立派にやっていけます。そう信じています。今さら私が出ていって、母親面したくありません。あの子の重荷になるだけでしょう？　違いますか？」

「私は、そうは思いません。誰だって、無条件で、母を慕うものです。会うことで重荷になるなんてことは、けっして……」

「あの子が、母親に会いたいと言っているのですか？」

「いいえ」小川は首をふった。「そうではありません」

「そらごらんなさい」山本は、そこで息を吐く。「貴女、調査をしているのでしょう？　家庭相談所の人みたい……。余計なことを申し上げておきますが、今の私は、これまでの人生で一番幸せなんです。昔のことは思い出したくないの。間違いはあったかもしれない。でも、時効でしょう？　好き好んでしたわけじゃない。苦しくて、しかたなくて選択した。それだけです。もう、よろしいかしら？」

「あ、はい……」小川は頷いた。

山本は、テーブルの上にあった伝票を手にした。小川は慌てて、それを制した。

「それじゃあ、ごちそうさまでした」山本はお辞儀をし、テーブルから離れた。後ろを振り返ることもなく、店から出ていった。

小川は、最近の柚原典之の写真を、端末で見せる用意をしてきたが、そのチャンスはなかった。けれど、ほとんど予想どおりの展開だった、といえるだろう。

仮説が部分的に確かめられた。でも、とても喜べない。肺活量が半分になったような気分だった。

6

暑さも和らぎ、風に涼しさが感じられる日だった。加部谷は、海を見にいきませんか、と誘った。計画してきたことではない。柚原と話しているうちに、彼が海を一度も見たことがない、と言ったからだった。

どうしてそんな話になったのかというと、鳥の話をしていた。いつものように鳩が沢山近くにいたからだ。それで、鷗《かもめ》の話になり、海の話に連鎖した結果である。

今いる場所が、海からどれくらい離れているかを、加部谷は端末で調べた。遠くはない。

「行きましょうよ、今から」彼女は、もう一度、彼に促した。

「いや、見たことがないといっても、映像でなら見たことがあります。知らないわけではない。見ても、新しい知見が得られるわけでもない。無駄だと思います」

「じゃあ、私が見にいくので、つき合って下さい」

電車では、何本も乗り換えないといけなかった。思い切ってタクシーを使うことにした。経費では落としにくいが、自腹でも良い、と即決した。

「私も、海には無関係に育ったんですけれど、就職した町が海辺で、いつでも海が見えたんです。東に海があるんですよ。だから、海から日が昇ってくるんです。夕方には、海に大きな虹《にじ》がかかりました。あと、ヨットがいつも浮かんでいたし、潮の香りもいっぱいしました。あ、そうだ、潮の香りって、新しい知見じゃないですか？」

タクシーに乗っている間は、あまりしゃべらないように我慢をした。運転手が聞いているし、柚原が嫌がるだろう、と思ったからだ。彼は、窓の外を熱心に眺めていた。人通りの多い賑やかな場所を通ったが、彼にはそれが珍しかったようだ。ただ、道路はそれほど混雑していなかった。

それでも、一時間以上かかった。大きな橋を渡っているところで、海が見えた。加部谷が無言で指を差す。柚原が乗っている側に海が広がっていた。彼は、しばらくそちらを見ていた。

橋から下りていき、海浜公園の近くでタクシーを降りた。潮風で、髪が持ち上がるのを感じた。

「あ、鷗ですよ」加部谷は指差した。「わからないけれど、きっと鷗だと思う」

柚原はそちらを見てくれた。逆光で眩しかったから、目を細めている。加部谷は海の方へ歩き、彼が後ろをついてきた。こういうときは、カップルだったら手をつなぐのではないか、と彼女は思い出した。自分に、そんな体験があっただろうか。もう忘れてしまうほど、遠い。

ところどころに人が歩いていたが、ほとんどがカップルのようだった。やはり、そういう場所なのだ。ソフトクリームを食べているカップルも見えた。どこで買ったのだろう、と気になった。彼に食べたいか、と尋ねてみようか、などと考える。

海のすぐ近くまで来た。

コンクリートの端《はし》で、下で海が動いている。少し離れたところに、海へ突き出た桟《さん》橋《ばし》のような場所が見えた。船がそちらへ近づいていて、手前の建物で何人かが待っているようだった。あそこが、ソフトクリームが買える場所かな、と加部谷は直感した。

「加部谷さんは、今は結婚したい人がいますか？」柚原が突然きいた。

「え？　凄い。この場にふさわしい質問じゃないですか」加部谷は咄嗟に笑って返した。いつもより、半オクターブ声が高くなっていたかもしれない。「私、独身ですけれど、結婚したことがあるような、ないような、微妙なところですし、そのあたりは、ずばっとお答えできない心苦しさはあります」

「そうですか……」柚原は、頷いたが、そのあとは黙ってしまった。

「あのぉ、なにか？」加部谷はきいた。

「いえ、なにも」柚原は首をふる。

「どうですか？　海は」ほかに思いつかなかったので、適当にきいてみた。

「想像したとおりというか」

「そうですか。うーん、なんか、ざわざわっとしませんか？」

「どういうことですか？」

「いえ、上手く言えませんけれど、うーん、自分を見つめてしまうというか、今ではなくて、過去とか未来とか、少し遠くのことを思い出したり、考えたりして、心に波が立っているみたいな感じになりません？」

「いや、わかりません」

「実は、私、ここへ一人で来たことがあって……」加部谷は話した。そんな話をしては駄目でしょう、と自分の声が小さく聞こえたが、自然に口が動いてしまった。「本当に、今立っているこの場所なんですよ。でも、もっと寒くて、冬でしたから、風が冷たくて、あ、でも、鷗は飛んでいましたよ。それを見ていたら、涙が流れて、いいなって……、鷗はいいなって、思って……」

涙が流れていることに気づいた。彼女はそこで深呼吸をした。目に手をやると、柚原に気づかれそうに思って、顔を少し別の方へ向けた。

なんで涙が流れるんだ、こんなときに。

今は、仕事をしているんだぞ。

馬鹿じゃないのか。

自分に、そんな言葉をかけてみたものの、あまり効果がなかった。もっと、応援してあげなくちゃ。

「それで？　どうしたんですか？」冷静な口調で、柚原が尋ねた。

「ここから、海へ飛び込もうと思いました」加部谷は答えた。自分の声が震えているのがわかった。「いえ、だいぶ、その、考えたんですけれど、水が冷たいだろうなって、あと、うーん、土左衛門《どざえもん》になったら、顔とかぱんぱんに腫《は》れるっていうじゃないですか。だから、海はまずいかも、どうせなら、雪山かなって、考えて、思い留まった次第です」

「それ、いつの話ですか？」

「笑い話ですよね？」加部谷は笑った。「いえ、いつだったかなぁ。うーんと、まあ、そんなに昔でもないです、このまえの冬ですから」

「死ななくて、良かったですね」柚原が言った。棒読みのようなストイックな言葉だが、加部谷の胸は熱くなった。ストライクじゃん。コントロール抜群じゃん。

「はい。本当に……」彼女は上を向いた。「あ、真上にも、飛んでいますよ」

本当に、死ななくて良かった。

今は、馬鹿馬鹿しく思えるくらい、良かった。
「あのぉ、一つきいても良いですか？どうして、ここへ僕を連れてきたのです
か？」
あらら、と彼女は思った。スライダ？
どう答えようかな、と頭の中で言葉を巡らせた。
小さな幸せを感じさせてあげよう、と思ったからよ。じゃ、駄目？
駄目だよね。
「ソフトクリーム食べません？」加部谷はきいた。「食べますよね？　買ってきま
す、待ってて下さい」
ソフトクリームを食べさせたかっただけよ。言えるか、そんなの。
加部谷は、駆けだしていた。
全然答になっていなかったぞ。馬鹿じゃないの。
いや、小さな幸せには、ソフトクリームが不可欠なのじゃ。
二百メートルほどを突っ切る間に、一度振り返って、彼の様子を窺《うかが》った。彼はこち
らを見ていない。海を見ているようだった。
駄目だよ、飛び込んじゃって、言っておくべきだったかな。

言っても、駄目なときは駄目だよね。

平たい形の船が停泊していた。降りてくる人と、乗り込む人が同じくらいいた。売店があって、ソフトクリームを発見した。思ったとおりだ。

二つ注文して、待つ間に、自分の言動を反省した。

言うべきじゃなかったな。おばさんの過去なんて関係ない。失敗だった。

センチメンタルは駄目だよ。歳下なんだから。面倒な人だと思われるだけ。

そう、ああいうのはね、おじさんにしか受けないんだから。

いや、そんな、受けようとか、打算があって、出た言葉ではないの。

自然に話してしまったの。

自分のためだったの。

吐き出せば、浄化されるような気がしたから。

浄化？

うーん、されたかしら。

「お客さん、できましたよ。八百円になります」

「あ、はい」

代金を支払い、ソフトクリームを二つ受け取った。

加部谷は、慎重に歩くことにした。こういうのを落としてしまう自分が、容易に予測されたからだ。ところが、店の横に出て、柚原が立っている辺りが見えてきたとき、思わず立ち止まってしまった。

柚原典之の姿がなかった。

それでも、そちらへ歩いた。周囲を見回すが、彼はいない。

さらに近づいた。早足になっていた。

え、どこへ行ったの？

溶けちゃうじゃないの。

ソフトクリームどころではない。

さきほどの場所まで戻った。ちょうど、桟橋を船が離れるところだった。

「え、嘘でしょう……」思わず呟いていた。

とりあえず、落ち着こう、と思い、片方のソフトクリームを口へ運んだ。

それから、コンクリートの端まで行き、恐る恐る、海を見下ろした。

ほとんど黒い。僅かな泡《あわ》はある。それだけだ。

なにも浮いてはいない。

まさか、飛び込んだりしないよな。

どういうこと？

また、ソフトクリームを一口。

ちょっと、勘弁《かんべん》して……。

端末を触るには、ソフトクリームを一つ、どこかに置かなければならない。だが、地面のほかに、適当な場所はなかった。置いたら、風で倒れるかもしれない。

自分の方は、三口め。

もう一つは、少し溶けて、垂れてきた。もうすぐ、自分の手に到達しそうだ。

「ピンチだぞぅ」加部谷は舌打ちする。鼓動が早くなった。

そうしている間も、レーダのように、ぐるぐると回転して、周囲を見ていた。どこかに彼がいるんじゃないか、と探した。

小川に連絡すべきか、それとも警察だろうか。少なくとも、ソフトクリームを食べている場合ではない。どちらかを海に捨てれば、端末が操作できる。

もう一口食べて、これで最後にしよう、と思ったとき、こちらへ歩いてくる柚原の姿を見つけた。

加部谷がいた同じ建物から出てきた。

「ああ……、良かったぁ」思わず呟いていた。その場に座り込みそうになった。

彼は走らず、ゆっくりと歩いていた。加部谷のところへ来るのに一分ほどかかった。

「溶けちゃいましたよぅ」加部谷は片腕を伸ばし、彼に差し出した。

「すみません」柚原は、それを受け取った。「トイレに行ってました」

彼は、ソフトクリームを食べた。

「何年ぶりかな」と呟く。「甘いですね」

加部谷も、ソフトクリームを食べた。額から汗が流れていることに気づいた。

7

だいたいのことは、メールで小川に送っておいたが、翌日、ディテールを事務所で問われることになった。

「それで、結局どこで別れたの？」小川はきいた。

「いえ、タクシーで、送ろうとしたんですけれど、断られてしまい、その海浜公園の前の道路のところで別れました」加部谷は答える。「帰る家があるわけじゃないです、ということでした」

「おお、なるほど。理屈だね」小川は感心した。

「せっかく遠くまで来たから、この機会に、いろいろ見て回りたい、とも話していました。電車賃とか、お金がいるのでは、ときいたら、いいえ、歩いて帰りますから、大丈夫です、と……」

「荷物を持っていた？」

「いつものリュックだけです。着ているものも、いつものとおり」加部谷は報告する。「今朝、メールを送っておきましたけれど、リプライはまだありません」

「で、何の話をしたの？　なにか、新しいことがわかった？」

「いいえ、全然。あまり、話に乗ってこなかったような」

「ふうん……。でも、ソフトを食べたんでしょう？」

「はい。食べたのは、ソフトだけです。夕食も一緒にどうかって誘ったのですけれど、断られました」

「あそう……、難しい人なんだ」小川は言った。「彼なりのプライドがあるっていうのかな」

「そう、そんな感じですね。プライドは高いと思います。年齢のわりに、悟りを開いているみたいな」

「珍しいタイプだよね」

「そうでもないですよ。学生のときの友達が、あんなふうでした。そっくりです」

「え、どんな人？」

「まあ、だいたい、あんな感じです」

「風貌《ふうぼう》も？」

「いえ、見た感じは、全然違います。もっと、格好良かった」

「あらら」

「若いときですから」

「でも、それで、今回プッシュしていたとか？」

「それは違います。これは仕事です。公私混同はしていません」

「あらら、しっかりしている」小川は笑った。「そう、あまり首を突っ込まない方が良いかもね」

「私もそう思っています。だから、一緒にソフトクリームってのが、もうぎりぎりですよ。これ以上は、躰を張れません」

「躰を張っていたの？　そうなんだ、うん、まあ、それはそうかも」小川は頷いた。

「わかった。もう無理をしないで。とりあえず、ちょっとインターバルを開けた方が良くない？」

「そうですね」

「鷗を見にいったんだよね？」

「いえ、海を見にいったんですけれど、ええ、鷗も沢山いました」

「餌をやったりしたの？」

「それは、していません。パンを持っていなかったのかもしれませんね。あ、そうだ……」加部谷は思い出した。「弓矢の話をしました」

「弓矢？　まえも、その話をしたんじゃない？」

「そうなんです。鷗を眺めていて、何を考えているんですかってきいたら、鳥が飛んでいるところを弓で射《う》つことを想像していたって答えました」

「穏やかじゃないわね」

「中学のとき、弓道部に一年だけ入ったことがあるそうです。その話は、まえにも聞きました。それで、止まっている的しか射ったことがない、というような……」

「動く的を射ちたいって？」

「そこまでは言っていませんでしたけれど、うーん、何だったかな、そうだ、弓矢っていうのは、もともとそういう道具だ、つまり、動く的を射るためのものだったとか、そんな話でした。昔は狩をして、射止めた動物を食料にしていた、という話です」

「そりゃまあ、そのとおりだけれど」小川は腕を組んだ。「弓道部っていうのは、初めて聞いた。クラブ活動なんかしたことがないっていう話じゃなかったっけ？」

「一年生のときだそうです。でも、退部して、それっきりだったみたいです」

「どうして弓道部に？」

「あ、それは……、なにか弓道の本を読んで、それで憧れたとかでしたよ」加部谷は説明する。「まえのときも、鳩の話から弓矢の話題になったんです。心ない悪戯が、ときどきありますから」

「そうね。マスコミの表現はいつも、心ない、だけれど、虐待している人には、その人なりの心があるわけで、心ないで片づけちゃ駄目だよって、思うな」

「異常だとか、責任能力がないとか、だいたい一辺倒ですよね。同じラベリングで片づけて。たしかに、それはありますね」

「ホームレスだって、そうなんじゃない。その名称でラベリングして、全員が同じ人種だと、みんなが思っているんじゃない？　いろいろなタイプの人がいて、それぞれの人生があるというふうには捉えないよね。日本人って、こうだよねって言うのも同じだし」

「深いですね」加部谷は目を細めて言った。「勉強になります」

「それで、弓道部の話を聞いても、不気味に感じなかった?」小川は尋ねた。「そこが、一番大事なところだけれど」

「全然感じません。むしろ、そうやって普通に話せるっていうところを評価すべきだと思います」

「うん、それは説得力があるな。今度のレポートに使えそう」

「私見というやつですね」

「そうそう」小川は頷いた。「でも、実際に話をして、長い時間一緒に過ごして、初めてどんな人間かが見えてくるんだよね」

「うーん、でも、まだ、完全には信用できません」加部谷は息を吐いた。「私、あの人とつき合おうとは思いませんから、心を許しているわけではありません。ただ、保護者の責任みたいなものは、芽生《めば》えてしまったかも。彼がトイレに行って、姿が見えなかったとき、海に飛び込んだんじゃないかって、もう本気でびっくりしましたから」

「実際、そんなことになったら、柳瀬さんからクレームが来るかな」小川は言った。

「来るんじゃないですか」

「でも、警備をしろとか、保護しろとかは言われていない。まあ、そのときは、そのときだよね。責任を感じて、君が海に飛び込まないことを祈ります」

「大丈夫です。すぐに警察を呼びます」

「さてと……。飯山さんの方は、どうしようかな。もう一度、あの麦わら帽子の人に会う？」

「あと、古書店に行ってみる価値があるかもしれません。飯山さん、常連の客だったかもしれません。暇な時間があったわけですから、活字が読みたくなった可能性があります」

「ああ、そうだね。今日の午後は、そこを攻めてみましょうか。なんか、行き当たりばったりだけれど」

「いえ、しかたがないと思いますよ。完全に行き詰まっていますから」

「行き詰まっているよねぇ」

午前中は、文章を書く仕事をして、二人は午後から一緒に出かけた。最寄りの駅から出たところで別れ、加部谷は書店へ、小川は高架下へ向かった。書店の方は歩ける距離だが、高架下へはタクシーを使うことにした。

「まだ、柚原さんは、こちらに戻っていないでしょうね」別れ際に、加部谷はそう言った。

雲の多い空で、太陽はまったく見えなかった。夜には雨が降るという予報である。数日は、不安定な天候が続くらしく、秋雨《あきさめ》の時期になったようだ。

高架下の例の場所へ行ってみると、麦わら帽子の男はいなかった。その代わり、トラックが駐車され、作業服の男が二人、奥の方で荷物を片づけていた。トラックには、健康福祉局という文字があった。

小川がそちらへ近づくと、一人が彼女を睨んだが、メガネをかけているので、近眼なのかもしれない。

「あの、すみません」小川は声をかけて、頭を下げた。「こちらにいた年配の方を探しているのですが」

「いえ、ゴミを片づけているだけです。ここにいた人たちは、もう戻ってこないと思いますよ。引越したはずです」

「どうしてですか？　なにかあったんですか？」

「いえ、なにもありません。粗大ゴミをここに集めてもらっては困る、というだけです。そういう場所ではありませんからね。通学路がすぐ近くなんです」

「苦情があったのですか?」

「直接ではありませんが、別の部署へ苦情があったみたいです。こちらは、その対処をしているだけです」

「ここにいた方たちは、どこへ引っ越されたのですか？」

「知りません」

「荷物を沢山持って、移動されたのですか？」

「昨日、立ち退くように言いました。今日は、もう見かけていません。ほんの少しだけ、ものが減っていたかな」

「今夜は、雨で大変ですね」小川は言った。

「いや、もう終わります。そんなに大ごとではありません」

貴方たちの心配をしたのではない、と言いたかったが、小川は我慢をしてお辞儀をした。その場を立ち去り、来た方向とは逆へ歩いた。

どこが通学路なのか、と思えるほど、人通りは少ない。自転車を押した年寄りが少し前を歩いていた。ずいぶんゆっくりなので、すぐに追いつく。自転車には、沢山の荷物が載っていて、タイヤが地面で潰れていた。ハンドルにぶら下がっているものもあった。服装からしても、一見して、ホームレスなのはまちがいない、と思えた。

「こんにちは……」小川が挨拶すると、振り返って睨まれる。

顔の半分が髭だった。野球帽を被っているが、髪が長く、髭と区別がつかないほどだ。

「麦わら帽子を被ったお爺《じい》さんを探しているんです」

「誰だ？」意外に大きな声できき返された。

「私？　ですから、そのお爺さんの知合いです」

「知らんわ、そんな」

「えっと、ガスのコンロと鍋を持っていて、味噌汁を作る人なんですけど」

「味噌汁？」

「だと思います」暗かったから、はっきりと見たわけではないが、そんな香りだった。

「あっちの、あそこ、高架下です」小川は後ろを指差した。既に二百メートル以上離れていて、建物に隠れていた。「あそこにいらっしゃったんですけれど、引っ越されたって聞きました。今、福祉局の人がトラックで来ていて、片づけていました」

「ああ、勝手に住んどるからな」

「今夜は雨ですよね。どこにいらっしゃるでしょうか？」

「誰かのところだろ」

「誰かって？」

「空き家があるでな」

「空き家ですか。近くに、そんなところがありますか？」

「しつこいな」

「すみません。お礼はします」

「金かね？」

「五百円では、駄目ですか？」

「何？　五百円ぽっち？」

「駄目ですかぁ？」小川は顔を顰めた。

「ついてきな」

「え？　あ、はい」小川は頷いた。

途中から、自転車を押す役を交代させられた。ハンドルの荷物のせいでバランスを取るのが難しく、三回くらい危なかった。そのたびに、運動部のコーチみたいに怒鳴られた。

十五分ほど歩いたのち、到着したのは木造の住宅で、建っているのが不思議なほど朽ち果てていた。

「誰の家ですか？」と尋ねると、髭の老人は、自分の鼻に指を当てて、歯を見せて笑った。

空き家なんじゃないのか、と小川は思ったけれど、逆らうことは賢くないだろう。

玄関のドアを開けると、すぐ近くの部屋に三人の老人がいて、一人がこちらへ顔を向けた。帽子は被っていなかったが、顔見知りだった。

「あ、この人です」小川は言った。「こんにちは。こちらへ引っ越したのですね」

「誰だ、あんた」老人は言った。

一緒に来た老人は、さっさと奥へ入っていって姿が見えなくなった。電気が使えないようで、奥は真っ暗だ。

近くに麦わら帽子もあったし、コンロも鍋も壁際に置かれていた。

「私のこと、覚えていらっしゃいませんか？」彼に近づいて、小川は屈《かが》んで、顔の高さを合わせた。「飯山さんのところへ、行ったときです」

「そんな名前は知らんね」たしか、以前は知っていると話したはず。

「ちょっと待って下さい」小川は端末を操作して、飯山の写真を探した。調査をするために、入れたデータである。教授時代の写真だった。「はい、この人です」老人にモニタを見せる。

「ああ、おった、おった」老人は陽気に頷いた。「こいつはな、死によった」

「はい、そうです。それで調べているんです」

「何で死んだんだね？」逆に質問されてしまった。

「脳梗塞です」小川は頭に指を当てる。「突然倒れて、私が救急車を呼びました。でも、意識は戻らず、そのまま……」

「そりゃ、ええ死に方だ」

「そうかもしれません。でも、家を出られて、この近辺で生活されていたんです。住む家も、それから、お金もあったんですよ。どうしてだと思います？」

「そりゃあ、女房が鬼だったからだろ」

「いいえ、奥様も亡くなられていました。お一人でマンションにいらっしゃったんです。不自由はなかったはずです」

「借金があったんだろ？」

「いえ、そんな話もありません。誰が遺産を相続するのか、ということで、調査をしているのですから」

「息子を探していたんだな」

「え、本当ですか？　このまえは、そんな話は……」

「内緒のことかと思っとったでな。遺産が転がり込むなら、そう言いなさい。そうすれば、出てくるで」

「誰が出てくるのですか？」

「だから、その息子」老人は言った。「写真があったが」

「やっぱりそうなんですね。飯山さんが、そうおっしゃっていましたか？」

「うーん、どうだったかな、よく覚えておらんで」

「なんとか、思い出して下さい。お願いします」

「そう言ってましたよ」別のところから声が返ってきた。

小川はそちらを見る。ゴミ袋の山をクッション代わりにして、寝ている男だった。無精髭を伸ばしているものの、顔は若い。比較的若い、という意味で、小川よりはずっと年配。六十代くらいか。

「飯山さんを、ご存知なんですか？」小川は、その男にきいた。

「俺の隣のおじさんでしょう？　名前は知らないけれど、写真は見せてくれた。その息子って人、俺が見つけたんで、教えたんですよ」

「いつ頃のことですか？」

「えっと、教えたのは、うーん、半月、いや、一カ月くらいまえかな」

「写真を見せてもらったのは?」

「それは、もっとずっとまえ。あのおじさんと会った頃だから、春先かな。その後も何度か写真を見ましたよ。何度も見せるんですよ。だから、目に焼きついてしまって」

「飯山さん、息子さんが見つかって、喜んでいましたか?」

「それは知らない。しばらく会わなかったから。そうしたら、亡くなったって……」

「何度も写真を見せたというのは、息子さんを探すことに一所懸命だった、という感じでしたか?」

「うーん、まあ、そうかな。あまり、熱くなる人じゃなかったからね」

「大学の先生だったんですよ」

「へえ、でも、そんな感じだった。今聞いていて、ああ、そうだなって思いましたよ。その青年、見つかりましたか?」

「はい。大丈夫です」

「じゃあ、一件落着じゃないですか」

「そうです。ありがとうございます」

8

　廃屋《はいおく》のようなその家を出たところで、加部谷からメールが届いていることに気づいた。〈駄目でした、外れです〉という短文だった。書店の店主は、飯山を知らなかった、ということのようだ。さっそく、小川は彼女に電話をかけた。

「もしもし、こちらは、当たりだったよ」小川は言った。

「え、何が当たったんですか？」加部谷が尋ねる。

「会って話す。今、どこにいるの？」

「公園のベンチに一人で座っています。柚原さんが本を捨てたゴミ箱の近くです」

「わかった、そちらへ行きます」

　小川は、電話を切って、歩き始める。タクシーが拾えるような場所ではない。歩いて二十分くらいではないか、と考えた。

　今にも雨が降りそうだが、傘を持ってこなかった。加部谷は持っているだろうか。空を見上げて、なんとかもう少し待って、とお願いした。

　飯山健一は、柚原典之を探していた。彼がホームレスになった理由の一つがほぼ確定したといって良いだろう。おそらく、山本みゆきを通じて、だいたいどの辺りに柚原がいるのかを聞いていた。この点では、柳瀬も同じだ。小川たちもその情報から調査をスタートさせたのだ。

ホームレスに身を窶《やつ》す必要はない。小川たちがしているような活動をすれば良いだけだ。夜は自宅へ戻って、普通の生活ができたはず。

つまり、息子を見つけることだけが目的ではなかった。やはり、自宅にはいられない、この社会から逃げ出したい、という願望もあったのだろう。そうでなければ、説明がつかない。

どうしてだろう？

山本みゆきから届いた写真で、古いスキャンダルの発覚を恐れたのか。しかし、妻は既に他界している。世間体が問題だったとも思えない。とっくに職を退いていて、その関係のつき合いもなかった。誰を恐れたのだろう。親類といえば、妹の菅野彩子しかいない。妹を恐れる兄というのは、どうもしっくりこない。

そうなると、残る可能性は、恐れたのではなく、逆に、望んでいた、ということか。

息子が放浪していると聞いて、自分もそれがしたい、と考えた？

自由に強い憧れを抱く血なのだろうか？

価値観が違う。常識で考えてはいけないのかもしれない。学者になるような人だから、また別の理屈があるのにちがいない。それは、そう、柚原にも同じ傾向が観察される。彼は、若くしてその自由を手に入れようとしているのだ。

飯山健一が柚原典之の父だとすると、柳瀬の血筋はつながらないことになる。ＤＮＡを調べれば、これが確定できるだろう。なにしろ、母親自身が、わからないと言っているのだから、これ以上調べても、そこが明らかになるとは思えない。

しかし、いずれにしても、柚原典之は、経済的に多少改善され、今よりは楽な生活ができるのではないか。そこまで、自分たちの事務所が面倒を見る必要はないけれど、このまま放置するよりは、はっきりと決着した方が好ましいように思えた。

それは、たとえば、柳瀬に相談したうえで、柚原典之のＤＮＡ鑑定をする、といった方法で解決する問題だ。もしかしたら、飯山側、すなわち菅野彩子もそれで納得するかもしれない。両者に提案してみる価値はあるのではないか。

公園のベンチに、加部谷が座っていた。

「どこかでケーキでも食べよう」小川は提案した。もうすぐ三時である。

「おやおや？」加部谷は目を丸くした。

歩きながら、小川はホームレスのアジトに乗り込み、新たな証人から聞いた話を語った。ほとんど、これで決着だろう、と最後につけ加えた。

「でも、典之さんの父親がどちらなのかは、不確定ですね」

「そう。でも、たとえば、検査をすれば、それは判明する。もう私たちの仕事ではないということ。もちろん、その検査まで、私たちにしてほしいって、両方から頼まれるかもしれない。ただ、結果がどちらだとしても、どちらも援助してくれそうじゃない。お小遣いなのか、遺産なのか、それとも職場か地位かは、わからないけれど……。それを元手にして、彼がちゃんとした社会に溶け込んでくれたら嬉しいなって」

「あのぉ、どちらでもない、という可能性もありますけれど」加部谷は言った。

「え?」

「ですから、どちらでもない、という結果だって、ありえますよね」

「ああ、そうか」小川はそこで唸《うな》った。「そうだよね」

「そうしたら、柳瀬さんも菅野さんも、すっきりして喜ぶから、調査費として、プラスアルファがあるかもしれません。そのときは、私が少しだけお小遣いをあげましょうか?」

「そうね、私もそうする」

「困ったもんですね、私たち」

「どうして？」

「面倒くさいおばさんたちだって、きっと思われますよ」

「君は、お姉さんくらいなんじゃない？」

「お姉さんかぁ、それも、あんまり素敵な響きじゃありませんねぇ、あぁぁ……」加部谷は溜息をついた。「いくらくらいかかるものですか？」

「何が？」

「ＤＮＡ鑑定」

「ああ、う一ん、十万円くらい？」

「あ、そんなもんですか。飯山さんは亡くなっていますよね」

「それは、菅野さんに協力してもらうわけ」

「ああ、なるほど……」

「そこまで話が進まなかった場合は、もう、これっきり。どちらの調査も、ここまで。私たちは、明日から、のんびりできるってこと。休暇取っても良いわよ。どこかへ一人旅にでも行ってらっしゃい」

「一人旅って、決めつけないで下さい」

「温泉で一泊だったら、つき合ってあげるけれど」

「考えときます」加部谷は口を歪《ゆが》めて頷いた。

アーケードの中にある喫茶店に入った。ケーキは選べなかったが、いちおうあった。ショートケーキだ。なんか、店も古いし、ケーキもだいぶまえからあったように思えたが、食べてみたら、まあまあ普通だった、というタイプだ。

「柚原さんは、見かけませんでしたね」加部谷は窓を見て呟いた。

あの公園にいたのは、彼を探すためだったのだ。海浜公園からこちらまで、徒歩で帰ってくるとしたら、数日かかるのではないか、と小川は想像したが、それは口にしなかった。

「調査の結果は、柚原さん本人には知らせることができませんよね?」加部谷はきいた。

「それが順当なところかな。彼から依頼されたわけじゃないんだから。調査の結果、依頼主がどう処理するのかは、私たちには無関係。本人だからといって、他者に内容を話したりしたら、それこそ守秘義務に抵触することになる」

「でも、柚原さんの髪の毛かなにかを、手に入れる必要がありますよ」

「それくらい、できるでしょう？」

「理由を話せばできます。簡単です。でも、内緒のままは、難しいと思います。あの、もう少しの辛抱だよ、くらいは言ってあげたいんですけれど、駄目ですか？」

「何、それ……」小川は笑ってしまった。「なにか、辛抱しているの？」

「小さな幸せを届けてあげたいなぁ……」

「うーん」小川は横を向いて、髪を払った。「わからないじゃない。私たちの知らないところで、楽しいことしているかもよ。そんなふうに、うーん、限定的に見ちゃあ、それこそ、面倒くさいってことになるんじゃない？」

加部谷は黙っていた。ケーキがテーブルに来たので、黙ってフォークを手に取った。小川は、それを食べるまえに、栃木の深谷雅子に電話をかけよう、と思いついた。孫のことで心配しているかもしれない。もちろん、調査の結果を話すわけにはいかないが、彼女の義理の娘、山本みゆきに会ったことくらいは話せるだろう、と思った。

周囲のテーブルには誰もいなかったので、その場で電話をすることにした。加部谷は下を向いてケーキに取り組んでいる。

「もしもし」女性の声だが、深谷雅子にしては若々しい。

「あれ、そちら、深谷さんではありませんか？」小川は尋ねる。固定電話ではなく、携帯のはずだ。それに、かけ間違いはありえない。

「どちら様でしょうか？」

「すいません。小川と申します。深谷雅子様にかけたのですが……」

「小川さん？　ああ……、貴女でしたか。山本みゆきです」

「あ、こんにちは。お母様のところへ帰られたのですね？」

「母は、亡くなりました」

「え！」小川は声を上げた。「本当ですか？　あの、どうして……」

「それで、こちらへ来ております。典之にもメールをしましたが、連絡は取れません。葬儀も昨日終わったところです」

「急なことで、驚きました。なんと申し上げて良いのか……」

「お気遣いなく。歳でしたからね、持病もあったようですし。あの、典之に会うようなことがありましたら、伝えておいていただけますか？」

「はい、もちろんです」

「よろしくお願いします」

「あの……」

電話が切れた。小川は、リダイヤルしようか、と迷った。しかし、特に話さなければならないわけでもない。大きく息を吸って、ふっと吐き出した。

「どうしたんですか？　誰ですか？」ケーキを食べ終わった加部谷がきいてきた。

「深谷さん、亡くなったって」小川は言った。

「え？　お祖母さんが……」加部谷は口に手を当てた。

「電話に出たのは、山本さんだった」

「じゃあ、典之さんも、栃木に帰っているんですね？」加部谷はきいた。

「それが、違うみたい。連絡がつかなかったって。会ったら、伝えておいてほしいって言われた」

「それじゃあ、電話してみます」加部谷は端末を取り出した。

しばらく、それを耳に当てていた。小川は、ケーキを食べることにした。深谷雅子の死で、どんな影響がどこに及ぶだろうか、と考えを巡らせた。

加部谷は、電話を諦めたらしく、モニタを指で操作し始めた。メールを送っているようだ。

「つながりませんね」途中でそう呟いた。

母である山本みゆきも、当然、息子に知らせようとしたはずだ。ずっと端末の電源を切っているのだろうか。

「いちおう、送っておきましたけれど」加部谷は言った。「彼、今どこにいるんでしょうね」

「この近くにはいないかも。もっと都心なんじゃないかな。これからだんだん寒くなってくるから」

都心部の方が、公共の場所で暖かい環境のところが多いはずである。

「お祖母さんの仕送りがなくなるのは、彼には痛手だと思います」加部谷が呟くように言った。「誰かが代わりに援助しないと……」

「そのうち、菅野さんか、柳瀬さんか、どちらかから、援助が来るから」

「それを、早く知らせてあげたい」加部谷は言った。

収入が途切れたら、バイトをするなり、いやでも働こうと考えるのではないか、と小川は想像した。まだ若いし、健康そうだ。子供ではないのだから、それほど心配する必要はない。小川はそう考えた。

二つの調査は、報告をして、もう終了となるだろう。

この次は、いつ仕事が入るだろうか。

人のことよりも、自分たちの心配をしなければならない、と小川は思った。

第４章　血の叫び

祖母は、鼠の一族を皆殺しにするのに充分な量の砒素を体内に取りこんだ。にもかかわらず、彼女は真夜中までピアノを弾いたり歌ったりし、機嫌よく横になって、ふだんのように眠った。いつもと違っているのは、石ころだらけの道を行くような息遣いだけだった。

エレンディラとウリセスはべつのベッドから祖母のようすをうかがい、ひたすら断末魔の訪れるのを待った。ところが、うわごとが始まったときのその声は、平生と少しも変わらぬ元気なものだった。

（「無垢なエレンディラと無情な祖母の信じがたい悲惨の物語」）

1

彼は、竹藪《たけやぶ》から切り出された竹を、鉈《なた》で割る作業に一カ月ほど従事した。この地域の地場産業の一つであり、伝統的な手法で数々の工芸品が竹で作られていたが、その原材料を提供する工場だった。

ただ黙々と働くだけだった。ほかにも数人が同じ工場で働いていたが、ほとんどが六十歳以上の年配者で、最初のうちは話しかけられたものの、適当に微笑んで聞き流していれば、そのうち笑って離れていくので、簡単というか、楽だった。

この村へは、ぶらりと立ち寄ったのだが、たまたま工場で作業員を募集していたので、事務所に足を踏み入れて話をしてみた。全国を歩いて旅をしている者で、お金がなくなったので、短期間の仕事口を探している。すると、最低でも一カ月は働いてもらいたい、と断られそうになったので、どこかで寝る場所があるのなら、長期間でも働くことができる、と応じた。

賃金のこと、支払いのことなど、いろいろ条件が提示されたものの、すべてを受け入れた。個人の工場なので、社長も一緒に働いている。事務所にいる人たちも、作業を行うことが多い。沢山の工程があって、何をさせられるのか、と心配したが、難しいことはできない、と思われたらしく、子供でもできる単純な仕事から始まった。

材料や加工品の入った大きな袋を移動させる。トラックの助手席に乗ってついていき、荷物の上げ下ろしを手伝う。しかし、それほど力が必要というわけでもない。工場内でも、ものを運ぶ作業が多かった。回転するノコギリなどを使う危険そうな作業は、させてもらえない。そのうち、竹を鉈で割る作業を行うようになった。

事務所の隣に三畳ほどの小さな部屋があって、そこに布団を敷き、寝ることができた。昼間は、ちょっとした休憩をするスペースだったので、皆が使ったが、夜は彼一人だけだった。

最初の休日は、工場で一人だけで過ごした。社長もここには住んでいない。お昼頃に社長が弁当を持ってきてくれた。ちょうど空腹だったので、素直に嬉しかった。

社長が帰ったあと、工場の前に捨ててあった竹と、工場の敷地《しきち》内で拾ったワイヤで、弓を作った。矢も適当な笹《ささ》があったから、試しに何度か放ってみた。まっすぐに三十メートルほどは飛ぶ。だが、これでは武器にはならないだろう、と思われた。よほど至近距離でないかぎり、威力がなさすぎる。かといって、もっと大きなものを作れば、取り回しが不自由だろう。

寝る部屋の休憩室には、小さなテレビがあった。寝るまえに、テレビを見る習慣になった。ニュースが面白い。日本で、そして世界で何があったのかが報道されている。ニュース以外の番組は、見ているだけで腹立たしいものばかりだった。人を馬鹿にして大勢で笑う、というワンパターンである。真面目な話をしていても、すぐに茶《ちゃ》化《か》して笑おうとする。それが全然面白くない。

彼の端末は、だいぶまえから使えなくなっていた。充電しても復活しなかった。どこが故障したのかわからない。まだ捨てずに持ってはいたけれど、なんの役にも立たなかった。内部の電池を交換すれば復帰するかもしれないので、捨てずにいる。しかし、電池をどうやって交換するのか、わからなかった。それを調べたくても、端末で検索ができない。それほど必需品でもないから、と諦めることにした。

二週間ほどすると、作業にも慣れて、だいぶ楽になった。特に注意をする部分もなく、まして頭を使うような場面もない。言われたとおりに、黙って働くだけだ。まだ給料をもらっていないので、なんともいえないが、こんなに楽な仕事は珍しいのだろう、と想像した。たぶん、都会にはないものだ。

一番良かったのは、食べるものに困らないこと、寝る場所に困らないことだった。それだけで、彼には理想の環境といえた。昼間の時間は、ほとんど自由にならないけれど、しばらくは我慢ができそうだった。もしかして、自分もこの社会というものに適合したのか、成長したのか、と少し思えた。だが、おそらく錯覚だろう。

なにしろ、これは自分の生活ではない、という気持ちが消えなかった。このまま、ここに長くいられるはずがない、との確信があったからだ。

その理由が何かは、具体的にはわからない。ただ、自分はじっとしていられないはずだ、といったような確信に近いものがあった。子供の頃から、だいたい同じだ。そわそわして、なにも手につかなくなるときがある。きっと、そのうちそうなるのではないか。

三週間ほど仕事を続けた頃、社長から給料を受け取った。袋に現金が入っていた。十万円以上あった。計算書もあった。

「どうするの？」社長がきいた。「もう少し働いていくかね？　それとも、もう旅に出るのかい？」

「あと、一週間ほど、働かせて下さい」彼は答えた。

「わかった。それは、こちらも助かるよ」社長は笑った。

その日の夕方、彼は近くの町まで歩いていくことにした。一時間ほどかかるが、そこまで行けば、いろいろな買いものができるだろうし、暖かいものが食べられる、と思った。

ところが、川の堤防の道を歩いていると、若い男が四人、彼の近くに寄ってきた。喧嘩腰の物言いで、人違いではないか、と主張したが、顔と腹を殴られた。彼は地面に手をつき、蹲《うずくま》った。抵抗するには、相手が多すぎる。彼らは、リュックを奪い取り、一人が、なんの迷いもなく、そのポケットに入っていた封筒を取り出した。

彼は、それをじっと見ていた。しかし、睨んだりして再度殴られるのはご免だったので、下を向いた。彼のリュックは、近くに投げ捨てられた。

給料が入っていた封筒も、ポケットに戻されていた。四人は堤防から駆け下りていき、森の中へ消えた。神社の赤い鳥居が見えた。さらにその向こうには集落があって、多くの屋根が集まっている。中には小学校の校舎らしき大きな屋根もあった。

不思議なことに、それほど腹が立たなかった。土手の草の上に座り込み、殴られたところをさすった。唇《くちびる》が切れたのか、血の味がした。どうしようか、と考える。工場と町の中間くらいの位置だった。

人気《ひとけ》が少ない場所を選んだようだ。待ち伏せしていたのだろう。給料をもらったことを知っていたにちがいない。あの工場のことをよく知っているようだ。この村の者である可能性が高い。もしかしたら、工場の人間の誰かが、彼らに伝えたのかもしれない。余所者《よそもの》が来て、働いているから、観察されていた、ということだ。

戻って、社長にこの状況を話すべきか。それとも、警察に通報するべきか。

電話はない。交番はどこにあるだろう。村には駐在所はない。あの集落ならあるだろうか。町まで行けば、きっとあるはずだ。いずれにしても、すぐに金が戻ってくるとは思えない。防犯カメラもない場所だった。証拠はなにもないのだ。そういう場所を選んだ。馬鹿ではない、ちゃんと計算している、彼らなりに。この場合、馬鹿は自分だった。馬鹿ではない者が、馬鹿から奪う。それが世の道理というものだろう。

リュックの中を確かめた。端末のモニタが割れていた。そのほかには、被害はない。着るものや、タオルや、ティッシュ、それから爪《つめ》切りなどが入っているだけだ。絆創膏《ばんそうこう》も持っていたが、使う必要はなかった。

三十分ほど休憩してから、立ち上がった。殴られたところは、まだ痛い。これからもっと痛くなるかもしれない。

彼は、町の方へ歩くことにした。工場へはもう戻らない、と決めた。あの四人に、また絡《から》まれることになりかねない。

歩いていると、腹が少し痛んだけれど、気分は良くなっていた。歩調に合わせて、無意識に口笛を吹いていた。もっとも、掠《かす》れた音しか鳴らないから、自分にしか聞こえないメロディだった。血の味も、いつの間にか消えていた。

山のむこうに沈む夕日が、オレンジ色で美しかった。工場に残してきたのは、試しに作った弓だけだった。それも、念のため、ワイヤを外しておいたから、弓だとは認識されないはず。つまり、特別なものだとは、誰も思わない。

あの弓を持っていれば、四人に抵抗できたかもしれない、と一瞬だけ連想したけれど、それはない。脅かして逃げるような連中とも思えない。かえって大きな怪我をするだけだっただろう。

まあ、そんなに悪くない。

生きていることは、それだけで基本的な価値がある、と確認できた。

この世は、最悪ではないのだ。

2

一カ月まえに田舎を目指して歩いてきたが、山々が立《た》ち塞《ふさ》がる風景を眺めて、彼は引き返すことにした。やはり、田舎は暮らしにくいし、季節も変わりつつあって、寝る場所を見つけるのが大変だろう、と考えたからだ。

田舎では、見かけた人から声をかけられ、そのうちに警官がやってくることさえあった。人のことを放っておいてくれないのだ。

二日くらい、なにも食べずに歩き続けた頃、あの竹の工場の近くの町を再び通った。戻ってきたことになる。あまりにも空腹だったので、しかたなく、コンビニを見つけて口座からお金を下ろすことにした。このところ下ろしていなかったから、預金額が上がっているはずだった。

ところが、そうではなかった。この一カ月以上の間、振り込みがなかったのだ。しかたなく、ほぼ全額を下ろしたが、二千円にも足りなかった。それで、パンを買った。そのあと、道沿いにホームセンタがあったので、そこに入ってナイフを購入した。八百円の安物だったけれど、このまえ金を取られたことが頭にあったから、自分の力で防衛しなければならない、と考えた結果だった。それに、川で魚を捕まえて食べよう、とも考えた。焼くには火を熾《おこ》す必要があるので、一番安いライタも購入した。それで、所持金はほとんどなくなってしまった。

国道沿いに歩いていたが、雨が降りだしたので橋の横から急な斜面を滑《すべ》り下りていき、橋の下で雨宿りをした。

リュックから端末を出して、意味もなく眺めていた。スイッチを触ったら、ひび割れたモニタに文字が現れた。完全に故障したと思っていたが、なんと、復活したのだ。電池もまだ半分ほど残っていた。どういうことだろうか。

おそらく、ソフト的に暴走していたのだろう。それが、このまえのショックで、電源が切れた。たった今、リスタートしたのではないか。

彼は、祖母にメールを送ろうと思った。振込みを忘れているからだ。耄碌《もうろく》しているので、それくらいはしかたがない。メールで知らせて気づかなければ、電話をかけよう、とも思った。

ところが、逆にメールが届いていることに気づく。それも、ずいぶんまえに届いたものだった。祖母からではない。母からだった。そして、加部谷恵美からのメールもあった。

祖母が死んだ、という連絡である。

雨が激しくなった。

もの凄い音で、周囲はほとんど真っ白になり、なにも見えなくなった。土砂降りである。やがて、すべてが光り、雷が鳴った。

どすんという地響き。

彼は、川の水面を見た。この場所は危険かもしれない。

だが、今出ていったら、ずぶ濡れになる。弱まるまで待って立ち去ろう、と決めた。

今後の天候の予想も、端末で調べたかったが、電池が惜しい。それをリュックに仕舞った。どこかで充電をしよう。

祖母のことを思い出す。涙は出なかった。子供のときに世話になったし、ずっと仕送りをしてもらっていたが、既に彼女とは縁が切れている、と自分では認識していた。それは、母についても同様だった。ただ、仕送りがないのはショックである。そちらの方が、非常に重大な問題といえる。

このさき、どうすれば良いだろうか？

あの工場へ戻って、再び働くか？

しかし、すぐに四人組のことを思い浮かべる。

あそこへは、二度と近づきたくない。

どこかに、果物《くだもの》が捨てられていないだろうか。そういう光景を、いつだったか、見たことがあった。林檎《りんご》が食べたい、と急に思った。ナイフがあるから、皮を剝《む》くことができる。柿《かき》が生《な》っていないだろうか。農園のようなところに、今頃沢山生っているのではないか。明るいうちに、そんな場所を見つけられたら、暗くなってから、取りにいけば良い。ナイフがあるから、簡単だろう。一つか二つでいい。それくらいなら、気づかれないのにちがいない。

そんな計画を立てた。

しばらくして、雨は上がった。しかし、空は暗く、このまま夜になりそうな雰囲気だった。川の増水を避けて、彼は濡れている急な斜面を上っていき、道路に出た。歩道には、ところどころに水が溜まっているし、自動車が撥《は》ねた水が飛んでくる。できるだけ、離れた場所を歩いたが、ズボンは濡れて、靴にも染み込んできた。

工場にいた頃は、洗濯機を使うことができた。今着ているものは、ずっと同じものだった。夏であれば、川で洗うことができた。裸でしばらく待っていれば良かったが、今はそうはいかない。田舎は、そういった長閑《のどか》さはある。都会では、それもできなくなるだろう。

しばらく歩いたが、食べられそうな実が生っている農園は見つからなかった。次第に建物が増え、土の地面も少なくなった。この道沿いでは、無理がある。

日が暮れたので、脇道へ逸れた。昼間に樹木が見えた方向へ歩いた。畑や田んぼが幾らかあったけれど、暗くて何が植えられているのかも、もうわからなかった。畦道《あぜみち》のような細い道路には、街灯もなく、足下に注意をしていないと、脇の用水路に落ちそうな場所もあった。

振り返ると、道路の方は明るい。あの一帯だけが、文明が違うようだった。結局、大都会も、あれと同じなのだろうな、と彼は思った。その場所だけが、デコレーションされて、夜の間も賑やかに装っている。しかし、周辺は真っ暗だ。そういう真っ暗な場所にも、人が生きている。

ちょっとした森林が近づいてきた。暗くてよく見えなかったが、中に入ると、斜面になっていて、墓石が並んでいた。供えられた花が枯れているようだった。食べられるようなものはない。

墓地は諦め、さらに奥へ入る。舗装されていない道があった。その先に明かりが見えた。住宅のようだ。手前に白い軽トラックが駐車されていた。

母屋《おもや》から離れたところに、納屋《なや》のような建物がある。建物の周囲を窺った。その裏手も森のようだ。そちらは、真っ暗だった。

母屋には照明が灯《とも》っているが、静まり返っていた。近くに住宅は見当たらない。街灯があるのは、墓地の方まで出たところで、五十メートルほども離れていた。

暗い場所を少しずつ慎重に移動した。このあたりで野宿をしようか、と彼は考えた。背の高い草で見通しが悪い。半分は枯れているが、それらの中で、草を折ってクッションの代わりにできるだろう、と考えた。ただ、着ているものが濡れてしまったのが、少々気持ちが悪い。

見上げると、空は真っ黒で、星も月もなかった。草の上に寝転がって、目を瞑っていたら、顔に雨が落ちてきた。さきほどのような降り方ではない。小雨《こさめ》といって良いだろう。草をもっと集めて、それで凌ごうか。ナイフで刈ることができるだろうか。少しだけ試してみたが、暗いこともあって、上手くいかない。なにより、手を擦《す》り剝《む》きそうだった。軍手があればな、ホームセンタで買っておくべきだった、と悔やんだ。

建物の方へまた近づいた。納屋の入口が、完全には閉まっていないことがわかった。そこから、躰を横にして入った。真っ暗でなにも見えなかったが、手探りで奥へ進んだ。棚らしきものがあり、奥の壁際に、藁《わら》のような草が積まれていた。新しく刈ったようなものではない。もっと古そうな匂いだった。この藁に身を潜めることにした。誰か来ても、見つからないだろう。明るくなった頃に、抜け出せば良い。今夜はここで寝よう、と決めた。

屋根がトタンらしく、大袈裟《おおげさ》な音がした。また雨が大粒になったのかもしれない。

横になったあと、ポケットに手を突っ込んで、ライタを見つけた。そこで、火をつけてみた。

数秒の明かりで、納屋の中に何があるのかが、だいたいわかった。農具か工具、それに耕運機《こううんき》のような機械、そのほかにも、箱や容器が沢山置かれていた。

火を消して、彼はまたポケットにライタを仕舞った。

3

夜中に一度目が覚めた。雨の音が喧《やかま》しく、なにか機械音のようにも聞こえるほどだった。船に乗っている夢を見ていたことも思い出したが、船のエンジン音が雨だとわかった。何時頃かは、わからなかった。

しばらく、考え事をしているうちに、また眠ってしまった。次に目が覚めたときは、納屋の入口から外の光が漏れていた。しかし、それほど輝かしい光ではない。起き上がって、その隙間《すきま》まで行って、外の様子を窺った。

まだ、日は出ていないようだ。白んだ空だが、明るい方向がほぼ正面で、そちらが東だとわかった。母屋の照明は昨夜と同じ。だが、煙突から湯気《ゆげ》か煙がうっすらと立ち上っているのが見えた。朝の支度《したく》をもう始めているようだ。庭に駐められた軽トラックには変化はない。

ライタの火を灯さなくても、納屋の中を見渡すことができた。窓はないが、高いところに換気口があることがわかった。梁《はり》に板を渡して、その上にも荷物が載っている。そこへ梯子が立てかけられていた。

自分が寝ていた場所も、改めて見ることができた。藁は、人が隠れるには充分な量だった。また、二階というか、梁の上に隠れれば、もっと見つからないだろう、と想像した。朝の仕事のために、ここへ人が来るかもしれない、と思い、急いで居場所を考える。

だが、今のうちにここを出ていくのも、一つの選択肢だ。天気は良さそうなので、もう出発しようか。

それでも、腹が減っている。そのためなのか、躰が重く感じられた。昨日ずっと歩き続けていたから、その疲れが出たのかもしれない。工場で働くよりも、ずっと疲れた。それなのに、賃金がもらえないのは、理不尽なことだな、と思った。

そういう不公平を、神様はどう考えているのか？

否、神様ではなく、政治家はどうして貧富の差をそのまま放置しておくのか？

おそらく彼らは、なにも考えていないだろう。裕福な者は、もっと裕福になる方策を考える。しかし、貧乏な者は、そこから脱出する方策を考える暇もなく働き、ただ毎日疲れて眠っているのだ。

外から人の声が聞こえた。車のドアを開け閉めする音、そして、エンジンがかかった。軽トラックのようだ。

彼は、藁の中に身を隠していた。しかし、納屋に誰かが近づいてくる気配はなく、トラックが動き始め、すぐに音は遠ざかった。こんな早朝から出かけるとは思わなかった。農家というのは、そういうものだろうか。

静かになったので、そっと入口へ近づき、隙間から外を窺った。玄関の戸は閉まっている。一人が出かけても、まだ誰かいるような気がした。夫婦で暮らしている可能性が高い。

今頃になって気がついたが、昨日よりも気温がだいぶ低いようだ。雲が晴れて、放射冷却で冷え込んだためだろう。

出かけるのには、少々寒い。この場所は、寝心地が良かったから、未練もあった。なによりも、今は体調が悪い。咳き込むほどではないが、喉と鼻に違和感があった。だいたい、自分のコンディションはわかるつもりである。しばらく、休んでいた方が良さそうだ。

ただ、納屋の入口の戸がいつ閉められてしまうかわからない。たまたま開いたままになっていただけかもしれないし、鍵をかけられる可能性だってある。ほかに出口がないだろうか。

もう一度、納屋の壁際を見て回った。ここは窓もない。高いところの換気口だけだ。しかし、基礎のコンクリートが連続しているわけではなかった。柱の場所には、コンクリートの基礎がある。しかし、それ以外は、土があるだけだった。周囲どこも同じで、簡易な構造だということがわかった。

昨日寝ていて、外の風が入り込むように感じた。入口の隙間だろう、とそのときは考えたが、今思うと、入口は遠い。

彼は、藁が積まれている壁の下を調べるために、藁を移動させた。すると、外の光が入るほど、隙間があった。土と壁の間が、十センチも開いている。ここから外気が入り込んでいたのだ。こうなったのは、土地がそちらへ傾斜して下がっているからだ、とわかった。横になって、その隙間から外を覗くと、さらに低いところに水溜《みずたま》りか、小さな池があるのが見えた。その周辺は雑木林《ぞうきばやし》である。

一瞬で名案が浮かんだ。彼は、立ち上がって、入口近くに立てかけてあったスコップを取りにいった。スコップは形や大きさが違う三種類があった。選《よ》り取り見取りである。ひとまず、一番小さいものを選んだ。

スコップが置かれていた場所の近くの柱に、スイッチも見つけた。納屋には天井《てんじょう》よりも低い位置の梁に電灯がぶら下がっている。また、スイッチから下へコードが伸びていた。その前に置かれていた箱をずらすと、コンセントがあった。電動の工具を使うためのものだろうか。

現場に戻り、彼はスコップで土を掘り始めた。音を立てないように慎重に作業をした。土は硬くはない。石も少なく掘りやすかった。掘って出た土は、外には出さず、室内の少し離れた場所に溜めた。藁をどけて、そのスペースも作った。

一時間ほどかけて、長さ一メートルほどの溝を掘った。地面が二十センチは下がったので、壁との隙間は三十センチ以上になった。外を覗きやすくなった。でも、まだ通り抜けることはできない。もう少し手前を掘る必要がある。掘りながら、だいたいのデザインを考えた。

さらに一時間ほど作業を続け、穴の幅は広がった。長さ方向にも掘り進んだ。スコップを置いて、その溝の中に寝転がると、外の風景がよく見える。躰を捻ってみて、どこを修正するべきかわかった。それらの箇所をスコップでさらに掘った。

これで、外に出られるようになった。外で顔を上げて、周囲を再度確認したが、林しかない。どこからも死角になっている。母屋の一部も見えたが、そちらは窓もなく、黒い壁だけの一面だった。スコップをさきに外に出し、ゆっくりと立ち上がった。

池ではなく、単なる水溜りのようだった。右へいけば道路、左へ行けば、母屋の壁の脇を通って畑。正面の雑木林がどれくらい続いているかは、わからない。水溜りを迂回して、雑木林の中に入ってみたが、歩くと音を立てそうだったので、途中で諦めて引き返した。

見上げると太陽が眩しい。まだ午前中だ。九時にもなっていないはず。人の声はしない。母屋は無人かもしれない。

納屋の中に戻って、藁の山を元どおりに戻した。ただ、壁際には、隙間を作っておいた。藁が崩れてこないように、納屋の中にあった段ボールの空き箱を利用して堰《せ》き止《と》めた。入口側からは見えないようにカモフラージュする。

これで、いつでも、裏口からここに出入りすることができる、と彼は思った。

しかし、自分がどうしてこんなことに情熱を燃やしたのか、と不思議に思えてきて、笑いそうになった。溝を掘ったのは、楽しい時間だったな、と振り返った。これで、賃金がもらえれば、なにも言うことはないのだが……。

　そこで思いついたことを、すぐに実行することにした。自分のリュックを持って、彼は納屋の入口の隙間から外へ出た。

　庭には誰もいなかった。

　周辺も見渡したが、近くに人はいない。そもそも、ここは集落から離れた一軒家だった。昨日よりも天気が良く、遠くの様子もよくわかった。ただ、半分は林で遮《さえぎ》られている。そちらに墓地がある。道路へ出る道は、林の中を通っている。その真正面に来ないかぎり、こちらは見えない。

　玄関に近づいて、ドアに手をかけた。

　鍵はかかっていないようだ。彼はそれを躊躇《ちゅうちょ》なく引き開けた。

「こんにちは」彼にしては珍しい音量だった。それほど大きな声ではないが、久しぶりの発声量だった。そこで自分の身なりが急に気になった。ズボンが土で汚れていたけれど、目立つほどではない。

　返事はない。しかし、施錠されていないのだから、誰かいるのではないか。

「こんにちは」もう一度、さらに大声で呼んでみた。

　小さな音が聞こえた。廊下の奥の戸が開いて、顔が横から出た。

「こんにちは」彼は頭を下げた。

出てきたのは、小さな老婆だった。腰が曲がっている。屈むような姿勢のまま、こちらへ近づいてきた。玄関には上框《あがりがまち》があったが、その手前で彼女は膝をついて座った。

「こんにちは」彼はお辞儀をした。

「はい？」老婆がきいた。

「すみません。この近くを通りかかった者ですが、すぐそこまで来て、財布を落としてしまったことに気づきました。バスに乗って家に帰るつもりでしたが、定期券も全部無くしてしまいました。申し訳ありませんけれど、バス代をお借りできませんか？」

「はい、あんた、どちらの方かね？」

「隣町から来ました。もしお金を借りるのが駄目でしたら、近くにある交番を教えて下さい。お巡りさんに相談します」

「交番は、町の方だね」老婆は言った。「そこの国道を行ったところだ」

「そうですか。表の道路を、西ですか？　それとも東ですか？」

「ちょっと待ってなさい」老婆は立ち上がった。

彼女は、廊下を奥へ歩いていき、出てきた部屋に入った。反対側の手前に、表の縁に出る座敷があるようだった。奥は老婆の部屋なのだろう。その右手は勝手のようである。家の配置がだいたいわかった。

老婆はなにか持って戻ってきた。また、同じように座り込む。手に持っていたのは財布だった。それを開けて、中から千円札を取り出した。

「はい、持っていきなさい」それを彼に差し出した。

「そんなにいりません」彼は手をふった。「その半分で充分です」

「いいから」老婆はさらに手を伸ばす。

「わかりました。ありがとうございます。必ず、返しにきます」

「お駄賃だで。返さんでもええ」

「ありがとうございます」彼は頭を下げた。

4

玄関から出ると、老婆はサンダルを履いて、外に出て見送ってくれた。彼は、林の中を通る道を歩き、途中で振り返って手を振った。

墓場の近くまできて、もう家が見えなくなったことを確かめた。

疲れた。

あんな短時間のことだったけれど、こんなに疲れるとは思わなかった。人と話をすることが疲れるのだ。

気を回し、相手の機嫌を取る、笑顔を絶やさず、善人を装うことにエネルギィを大量に使う。竹を運ぶ仕事の方が、どれだけ楽かわからない。

やはり、自分はこの社会では生きていけないのではないか、と思えてならなかった。

国道へ戻り、しばらく歩道を先へ進んだ。コンビニがすぐに見つかった。

一番安い弁当と飲むものを買った。まだ時間が早く、客は少なかった。弁当を温めてもらってから、店の外に出た。金の半分はなくなった。無料のパンフレットを二枚もらってきた。

日差しが暖かい。コンビニの前の車止めに腰掛けて、ゆっくりと楽しんで弁当を食べた。お茶も半分くらい飲んだ。お茶の味が濃いな、と感じた。工場を出て以来のお茶だった。あとの半分は夜に飲もうと思い、キャップを締めてリュックに仕舞った。

食べたことで、体調は良くなったみたいに感じられた。やはり、空腹が原因だったのか、と思う。再び歩き始めたが、道路沿いは排気ガスが臭かった。脇道に逸れ、集落が見える方へ歩いた。既に、あの老婆の家からは一キロ以上離れただろう。ぐるりと辺りを歩いて回り、時間を潰すことにしよう。

端末を取り出して、地図を確かめてみた。現在位置がよくわかった。だいたい、想像していたとおりだった。これから、どちらへ向かおうか。今後、どうやって生きていこうか、と考える。とにかく、それらを考える時間だけは充分あるのだ。

しかし、人を騙して金を得るというのは、原理的には、普通の商売、あるいは仕事と同じ行為である。違うのは、法律で禁じられているため、相手が被害者になったと意識する点だろう。加害者にしてみれば、単なるビジネスであっても、結果的に沢山の被害者を生産することになる。

たったの千円を得るために、あれだけの苦労をし、また、少額であっても一件の事件として扱われるはず。これから、この手口で生きていくとしたら、何人の被害者が出現するだろう。あと一万日生きるとすれば、一万人である。総額一千万円の被害を出すことになるのか。

それで逮捕され、裁判を受け、刑務所に入ることになるが、刑務所が面倒を見てくれるのは、長くても一年程度ではないだろうか。それだったら、もう少し少ない機会で、一度に多くの金を得た方が、効率が良いということになる。工夫をすれば、捕まらないかもしれない。駄目だ、捕まらなければ、刑務所で無料の生活が送れない。ずっと逃げ続けなければならないし、余計に疲れる結果になるだろう。

今は若いから、こんな生活ができる。最近既に体力が衰えていると感じることが多い。病気でもしたら、なにもできなくなるだろう。

そうして、眠るように死ねるなら、まだ良い。

絶食を試したときに、この苦痛は自分には無理だ、とわかったはずではないか。

前方に学校があった。広い運動場には誰もいない。塀が高く、それもすぐに見えなくなった。集落は、細い道沿いで、木造の古風な家屋が連なっている。少し離れたところに川が流れていた。川のむこうは、緩やかに傾斜し、畑が段々に重なりながら高くなっているようだった。近づくほど、それらは見えなくなり、少し離れた山が迫る。結局、ここへ来る途中に見えた風景のままだった。

祖母のことを思い出した。深い谷に鉄橋が架かっていて、そのすぐ近くの家だった。昔は、そこで煙草や木炭などを売っていたことがあったらしいが、彼がいたときには、商売はしていなかった。祖父は大工だったという。写真があったけれど、顔はとっくに忘れてしまった。祖母の顔だって、もう思い出せないような気がする。

猫がいた時期もあった。それは飼っていたのか、それとも野良猫だったのかわからない。ほとんど毎日家にやってきて、祖母が食べるものを与えていた。白と黒の猫だった。名前があったはずだが、やはり思い出せない。

どうして、そういう沢山のことを忘れてしまうのだろう?

大事なことも、しだいに薄れていき、大事でなくなる。

結局、物事は全部そうやって薄れていく。浄化されていくのだ。

弁当を食べたので、今日はもう充分だろう、と思っていたが、まだ躰が重い感じが残っていた。人気《ひとけ》のない山道を歩いたあと、また集落の方向へ戻り、昼頃に例の墓地の道まで戻ってきた。行き過ぎて雑木林の中へ入り、納屋へ裏手からゆっくりと近づいた。人の声もしないし、車の音も聞こえない。

納屋の裏から、自分で掘った窪《くぼ》みに入り、躰を滑り込ませた。藁で囲まれた寝床に直結している。このままでは夜は外気が入り込むから、なにかで遮ろうと考えたが、とりあえず、そのまま昼寝をすることにした。

壁と天井が見える。そういえば、今朝よりも暗いな、と気づき、起き上がって藁を掻き分けて、入口の方を見ると、扉が閉まっていた。朝まで、人が通れるほど隙間が開いていた扉である。主人が戻ってきたのかもしれない。なにかの目的で、ここへ入ったのだろうか。それとも、開いたままだったことに気づいて閉めただけなのか。

そっと、入口へ近づき、外の様子を窺おうとしたが、なにも見えない。僅かに、扉の下から光が入る程度だった。少し力を入れてみたが、扉は動かなかった。外に閂《かんぬき》があったから、そこを閉めたようだ。おそらく、錠前をかけたのだろう。

夜に、この納屋の照明をつけたら、外にどれくらい光が漏れるだろう、と考えた。扉の下からと、あとは、そう、換気口から漏れる。夜に電灯は使えない。

入口近くのコンセントで、端末の充電をすることにした。これも、立派な窃盗になる、と理解していたが、既にここで一夜を過ごしているし、勝手に穴を掘って裏口を作ってしまった。見つかったら、誤魔化せない状況である。

入口近くに座り込んで、もう一度、メールを確かめた。最も沢山届いているのは、加部谷恵美からだった。

祖母が死んだことを知らせるメールの前後にも、何通かメールが届いていた。元気ですか、大丈夫ですか、どちらにいるのですか、といった内容である。少なくとも、心配してくれているのは確からしい。

そこで、元気です、お気遣いなく、という短いメールを返しておく。それから、しばらく、納屋の中にあるものを調べて回った。各種の道具類があったし、古いストーブや、壊れているのかどうかわからない、いわば粗大ゴミのようなものが集積していた。一斗缶《いっとかん》が数個壁際にあり、中身はガソリンのようだった。草刈機があったので、それに使うものだろうか。

端末を再び見ると、加部谷からメールのリプライがあった。電話をかけても良いか、と書かれている。

ここで話をするわけにはいかない、と彼は思った。すぐに、今は電話はできない、と返事を送った。すると、今度は、なにか不自由はありませんか、どちらにいるのですか、とメールが届く。

面倒だったけれど、暇を持て余しているので、メールを書くことにした。

まず、竹工場でバイトをしていたことを書いた。給料ももらった。でも、それは不良に殴られて全額奪われてしまった。それでその村を離れた。黙って出てきたので、工場長が心配していると思う。自分は電話をかけにくい、加部谷さん、上手く説明しておいてもらえませんか。

書いていて、自分でも笑いそうになった。面白い内容ではないか。でも、きっとこれで彼女は安心するだろう。工場の電話番号も付記した。

自分でかければ良かったのだが、何故かそれができなかった。その理由を考えてみた。

これといって筋の通る道理を思いつかなかった。社長には世話になったはずだが、もらった金を全部取られて、申し訳ない気持ちが大きかった。それから、なんとなく、恥ずかしい気持ちもあった。そちらの方がより大きいかもしれない。工場に戻ったら、みんなが同情してくれるだろう。それが嫌だった。慰めてくれる言葉は、自分にはいらない。むしろ嫌悪を感じる。

もしかしたら、自分のことを哀《あわ》れんで、社長は金をくれたかもしれないけれど、それも嫌だった。哀れんでもらいたくないのだ。そういうのが、一番嫌いだった。そう、人間で一番嫌いなのは、人に情《なさけ》を寄せることなのだ。

あれが、子供の頃から大嫌いだった。

だから、祖母のことも好きになれなかった。自分を可哀相だと思っている。そういう顔で見る。優しくしてくれる者は、例外なく、哀れんでいるだけだった。同情というのは、人を蔑《さげす》むことと同じではないだろうか？

加部谷恵美も、たぶん同じだろう。

ただ、彼女は、ある程度はビジネスライクだったから、そのしつこさがあっても、許せたのかもしれない。哀れんでいるのではなく、仕事で自分のことを観察しているだけなのだ。そうドライに考えれば、嫌な思いを遠ざけられた。

5

車の音が聞こえた。軽トラックが帰ってきたのだ。見えるわけではないが、同じ車だと音でわかった。彼は、充電中の端末を外し、急いで奥の藁の中に隠れた。息を殺し、耳を澄ます。エンジンが止まり、ドアの音がしたあと、少し遅れて、母屋の玄関だろう、戸を開け閉めする音が聞こえた。昼に帰ってきて、食事をするのだろうか、と想像した。もしかして、農家ではないのか。どんな仕事をしているのか。主人はいくつくらいだろう。あの老婆の夫であるとは思えない。おそらく息子だろう。ほかに家族はいないのだろうか。

じっとしているうちに眠ってしまった。目を覚ましたのは、軽トラックのエンジンが始動する音だった。また仕事に出かけていくらしい。

寝たままで端末を見ると、加部谷からメールが届いていた。お金はありますか、仕送りがなくなったのでは？　という問いかけだった。面倒だったが、困っています、とだけリプライした。

すると、口座を教えて下さい、というメールが返ってきた。もしかして、加部谷は祖母か母から、いくらか金を渡されていたのかもしれない、と考えた。祖母は口座番号を知っていたが、そのメモが見つからないというのは、ありそうな話である。どちらにしても、これはありがたいことだ、と考え、とりあえず口座の情報だけは、送っておいた。加部谷は、いくら振り込んでくれるだろうか、と期待をした。

一旦そう考えると、寝ていられなくなった。

彼は溝に入り込み、裏口から外へ出た。水溜りを避けて、雑木林の中を進み、道まで出る。コンビニへ行こう、と歩き始めた。

途中で、大きな駐車場があるパチンコ屋の前を通りかかった。昨日も通ったが、パチンコ屋だとは気づかなかった。その駐車場に、軽トラックが見えた。同じ型であるが、ナンバも同じだった。なんだ、仕事ではなく、パチンコ屋に通っているのか、と彼は思った。主人の人物像が、ほぼ想像できた。

コンビニのＡＴＭで三万円を下ろすことができた。加部谷が振り込んだ額である。彼女が、自分の金を使ったとは考えられない。おそらく、母からの依頼なのではないか。祖母の家にそんな現金があったとは考えにくいが、どこから来た金だとしても、金の価値は同じだ。

ようするに、これが祖母から自分への遺産だと考えるのが最も合理的だ、と理解した。

金ができたので、もうあそこへ戻る必要はない、と考えたが、老婆に千円を返そう、と思いついた。納屋に穴を掘ってしまったことは、内緒にするしかないが。食べるものを、少々買い込んで、来た道を戻った。お釣りで千円札が手に入り、いつでも老婆に返すことができる状態となった。会うのは面倒だから、手紙を書いて、ポストに入れておくことにしても良いな、と考える。

天候は曇り。風が少し強かった。また雨になるのかもしれない。躰がまだ本調子ではないので、もう一晩あそこに泊まっていこう。明日は、駅まで歩いて、電車に乗ることを考えた。やはり、都会へ戻った方が暮らしやすい。ここは人が少な過ぎて、長く留まると目立ってしまうだろう。

人に見られていないか注意をして近づき、納屋の中に入った。加部谷には、ありがとう、助かりました、とお礼のメールを送った。

加部谷からのメールは、その後は来なかった。彼は、端末の充電をまたした。明日は、ここを出て遠くへ移動するためだ。

後始末として、納屋の穴を埋めることを考えたものの、外側からの作業だけでは、それは難しい。土を外に一旦出して、自分が外に出てから穴を埋めても、建物の内部まではしっかりと埋められないだろう。それにスコップが外に残ってしまう。入口の扉を開けて、夜中に作業をするには、照明が必要だ。そんなことをしたら、見つかってしまう可能性が高い。

コンビニでもらってきたパンフレットを読んでいるうちに、また眠ってしまった。次に起きたのも、エンジンの音だった。外はもう明るくない。だが、暗闇というほどでもなかった。

端末で、沢山のニュースを知った。どれも、身近なものには感じられなかった。ずいぶん遠いところ、あるいはずっと昔のことのように思えた。実際には、そうではない。しかし、何故かそんなイメージしか持てないのだ。自分だけが、周囲と隔絶《かくぜつ》された壁の中にいるような感じ。それは、全然悪くない。そんなシェルタというか、バリアみたいなものが現実にもあったら良いのに、と想像した。

小さなカプセルの中に入って、誰にも会わない、触れることもない。すべて、カプセル自体のコンピュータが処理してくれる。自分は、ぼんやりと眠っていれば良い。風景を眺めるように、外界の映像を垣間見るだけで良い。

世界中の人間が、そんなカプセルの中に入ってしまえば、それ以上に安全で安心な状況があるだろうか。理想の世界ではないか。それこそ、楽園というものだ。

買ってきたものを、少しずつ食べた。トイレはないので、その場合は、外に出て、雑木林のなかで用を足した。真っ暗だったが、目が慣れてくるものだ。どこに何があるのかわかっていれば、問題はない。

虫が鳴いていた。空気もだいぶ冷えてきた。この冬は、どこで過ごそうか、と彼は考えた。今の場所は、おそらく寒すぎるだろう。やはり、都会が良い。

翌朝、軽トラックが出ていったあと、彼は支度をして、同時に端末の最後の充電をした。体調は良くなっていた。服が汚れている部分を、納屋の中にあったボロ切れを擦《こす》り付《つ》けて綺麗にした。泥がついていたのだ。

納屋の裏に出て、外側は、枯枝や枯草を集めて隠しておいた。一旦、表の道まで出てから、墓地の横を通って母屋に戻った。

玄関を開けて、声をかける。今回は最初から大きな声が出た。

老婆は同じところから現れた。彼の前に座り、顔を見て、微笑んだ。誰だか覚えているようだった。彼は千円を彼女に手渡し、お礼を言った。

「では、失礼します」お辞儀をして出ていこうとすると、「ちょっと、待ちなさい」と引き止められた。

奥の部屋ではなく、右の勝手の方へ行く。ほぼ、彼の場所から見えた。袋になにか入れているようだった。こちらへ戻ってくると、ビニル袋を手渡された。

「持っていきなさい」

「ありがとうございます」もう一度、礼を言う。

「名前は何ていうの?」老婆にきかれた。

「はい」振り返りながら考えた。「山本といいます」

「山本さんか、はい、また遊びにきなさい」

「お世話になりました」

彼は、玄関から出ていく。今回も老婆が外まで見送りについてきた。彼は、道を真っ直ぐに進み、途中で振り返って手を振った。

どうして、本名ではなく、山本と答えたのだろう、と自問した。山本は、母の再婚相手の名前である。まあ、どうだって良いことだが……。

あの老婆に会うことは、もうないだろう。また会いたいといった気持ちは、皆無だった。一般の人、多くの人が、こういった出会いを大事な思い出にするみたいだ。それは、いろいろなものから学んだことだったが、おそらく、そのような価値観を、誰かが民衆に押しつけている結果だろう、と解釈していた。

　国道に出て、バス停まで来た。時刻表を見たが、待ち時間が長すぎることがわかった。急ぐことでもないので、歩くことに決めた。信号で道路を横断し、反対側の歩道を進んだ。コンビニも過ぎた。駅までは、あと二時間くらいかかるだろう、と計算した。途中でバスに抜かされるはずだ。

　交番があった。そうか、ここにあったのか、と思う。しかし、金を取られたのは何日もまえのことだったから、今さら届けても相手にしてもらえない可能性が高い。今まで何をしていたのか、どこにいたのか、と尋ねられるにきまっている。正直に答えられないし、自分の方が怪しい人間になってしまうだろう。

　立ち止まって考えていたので、中にいた警官と目が合ってしまった。思わず、会釈をした。目を逸らしたりしたら、怪しまれるかもしれない、と一瞬思ったからだった。だが、それがいけなかったのか、警官が外に出てきた。黒縁メガネで、四十代くらいの背の高い男だった。

「どうかしましたか？」と質問された。

「いいえ。あの、実は……、何日かまえに、お金を取られました。そのことを言おうかどうしようか、と考えていただけです」彼は、まったく正直に話した。

　警官が質問するので、竹の工場や、その連絡先なども答えた。

「もらった給料を、全額取られたんですか？　いくらくらい？」

これも、正直に答えた。ちょっと、待っていて下さい、と言われる。警官は交番の中へ入っていった。電話の受話器を持ち上げている。工場へ電話をかけるつもりだろう。だが、話をしている様子はない。受話器を置いて、警官は再び出てきた。

「電話番号、間違っていない？」警官は、自分で書いたメモを見せた。

「間違っていません。でも、事務所に誰もいない時間もあります。みんな、忙しいから、外に出ているんです」

「えっと、君は、どこに泊まっているの？」

「野宿していました。お金がないので泊まれません」

「野宿って、どこで？」

「橋の下とか、あと、森の中とか」

警官は、彼の服装を確かめるように見た。

「今も、お金がないわけ？」

「いいえ、昨日、そこのコンビニのATMで下ろすことができました」

「ああ、それは良かった。どうして、金を取られたときに、すぐ連絡しなかったの？」

「電話が故障していたんです」彼はそう答えながら、ポケットから端末を取り出した。「襲われたときに、これが壊れました。でも、昨日、リセットしてみたら復活して、それで、知合いと連絡が取れて、お金を振り込んでもらったんです」

「わかった。えっと、それじゃあ、その襲われた場所を詳しく聞かせてくれないかな。中に入って下さい。記録して、問い合わせるから……」

「いえ、もういいです。今から駅へ行って、電車で帰ります。時間がありませんから」

「怪我は、なかったの？」

「はい、大したことありません」

「名前を教えてもらえるかな？」警官はメモ帳を持って言った。「ここに、書いてくれる？」

彼は本名を書いた。

「駅まで歩くの？　だいぶあるよ」

「はい。大丈夫です」彼は頭を下げて、その場を立ち去った。

6

都会は、季節がなかった。

生き物からたった今漏れ出たような生暖かい空気が、グリッドをすり抜け地下から上がってくる。大勢の人が、川が流れるように、常に移動している。誰もが、端末を見ながら歩いていた。車の音、鉄道の音、宣伝の声が、ビルの間を吹き抜ける風に乗って、コンクリートやガラスに衝突している。そうして、あらゆるものが掻き混ぜられ、しだいに均質になっていく。だが、鋭角の僅かな境界にだけ、異質なものが溜まり、集まって、沈殿していた。結局は、すべてが自身の重さによる作用のようだった。

移動していない人間たちは、アルコール混じりの二酸化炭素を吐く。泥濘《ぬかる》んだ泥に支配されているか、なにものにも支配されていないかのいずれかだった。唸る轟音の振動によって僅かに残った良心をふるい落とされた銀箔《ぎんぱく》の精神と、そこから巻き上がった粉々の結晶が、彼らの頭の上に降り積もっていた。だから、髪は乾燥し、ピアノ線のように奏《かな》でる。本人にしか、そのメロディは聞こえない。

じっと街角に立つだけで、流れる人々ではない、という烙印を押されるだろう。移動しない人間は、つまり沈殿した異物であり、ヘドロのように淀《よど》んだ汚物でしかなくなる。誰も視線を向けない。腐ったものを避けて通る。流れは、そうした堆積物《たいせきぶつ》の間隙《かんげき》ではむしろ速度を増し、お互いに顔さえも認識されない。

ガード下の絶望的な暗がりには、猫の目だけが光っていたが、それも留まるものの幻影にすぎなかった。

彼は、既に最後の金を武器と交換していた。

数日考えて決めたことだった。

いつまでも他者に、そしてこの歪《ひず》んだ社会に依存して生きていくのは、体液が濁《にご》るほど潔くない、と理解していた。

ただ、これまで生きてきて、もうこれで充分だという気持ちにはなれなかった。つまり、死ぬことは、考えられない。どんなに醜《みにく》くても、生きて見届けなければならないものたちがある、とは感じていた。

落ち込んで、すべてが嫌になったわけでは全然ない。ただ、ただ、抵抗することの不合理さと非効率さに気づいたのだ。流れの中に立ち止まり、周囲との摩擦に耐えることが、この社会での生き甲斐《がい》というものだが、その単純さが無意味だと結論したのだった。

幸にして、今の彼は、身軽だった。

彼をこの世に留まらせるほどの枷《かせ》は、まだなかった。それを避けて生きてこられたのは、神の導きなどではなく、観察と思考から導き出した判断、もちろんそれはまだ予感程度の確かさしか有していなかったが、方向性は明確といえた。

間違ってはいなかったのだ。

したがってもう、これしかないだろう。

自分に対して、そう説得できたのだ。その思考に行き着いたときには、感動して涙が流れた。

彼は、誰も恨んでいなかった。自分の清らかさが誇りでもあった。

最後の最後まで迷ったのは、他者を排除しなければならないことだった。目的の達成には、それはどう考えても、不可欠だった。その犠牲がなければ、絶対に成立しないものだった。

だが、すべての成功には代償が伴う。なにかを得ようとすれば、差し出すもの、奪われるものがある。普通に生きるために生き物の殺生《せっしょう》が必要なように、築くためには破壊しなくてはならない。その道理は、この世の理法といえる。

夕方から、彼は歩き始めた。

それは、最後の助走だった。

人々の流れに乗って。

この宇宙の時間に乗って。

人間というのは、不純物が沈殿してできた瘤《こぶ》のようなものだろうか。生きていないものは、いずれ崩れて流れていき、留まらない。なんらかの障害があって、流れが滞るから、そこに瘤が形成される。生きることで、しばしの間、そこに留まる。生き物自体が、そんな癌のような存在だということか。

生きていることに価値がある、と意識させるのは、よくできたプログラムだ。自分も、それに逆らえない。生きている以上、逆らえないような仕組みになっている。優れた機能といわざるをえない。

死ねば、その停滞から解放され、次第に流され、いずれ浄化されるだろう。それが本来の状態であって、清らかで均質な宇宙の摂理にちがいないのに、生きている間は、それを忘れることができる。

誇るようなことでもない。

ただ、一時の力を、今は仄かに願っている。

通りには、明かりが灯り始めていた。人が大勢繰り出している。そういう日なのだ。けばけばしい化粧や、巫山戯《ふざけ》た衣装の者も多い。正常から逃れたい、という芸術的で本能的な勢いしか、そこには見出せなかった。

アルコールやガソリンの香りが漂っている。彼らが手にしたボトルには、微細なイルミネーションが掠《かす》るように映っていた。笑い声が時計仕掛けのように一様だった。あらゆるものが溶け始め、ゆっくりと形を変えながら流れだしている。

自分が溶けてしまわないように気をつけて歩いた。

人と接触せずに歩くことはほぼ不可能なほど、混み合っている。

人の境界は皮膚。しかし、吐息に混ざる信号が飛び交《とか》い、境界の消滅を錯覚させる。

ときどき、顔に赤い血を流した者がすれ違った。斧《おの》が肩に食い込んでいる者もいた。

あちらこちらに人だかりができている。

アスファルトの上で、這《は》いつくばっている者たちを、人々が取り囲んでいた。叫び声を上げ、口から血を吐き出し、なにかを掴み取ろうと片腕を伸ばす。近くにいる者に、縋《すが》りつこうとするが、笑ってあしらわれる。

大勢が笑っていた。

大勢が口を開け、歯を剝き出した。

面白くない。

なにも面白くなかった。

下らない。

すべてが下らない。

怒りさえ覚えるほど面白くない。

哀れみを感じるほど下らない。

この程度のことが面白いのなら、どうして毎日これをしないのか？

面白いことは日常ではない、とほとんどの人が信じきっているのだろう。

難しい顔をした奴らだけが偉くなるのだ、と諦めきっているのだろう。

だから、その偉くなった奴らが定めたこの日、この場所だけで、羽目を外して自由になろう、というわけだ。

馬鹿じゃないだろうか。そんなものが自由か？

目の前に吊《つ》られた餌を、自由だと思って嚙《か》みつく連中。

馬鹿ばかりだ。馬鹿の社会なのだ。

狭い囲いの中だけで、ようやく首輪を外してもらえる犬のような。
喜んで走り回っている馬鹿たち。
自由なんて、全部嘘っぱちなのに。
面白いものは、すべて偽りなのに。
そうだ、あの竹の弓と同じ……。
ただ、引かれて撓《しな》るだけ。解き放たれても、自身は飛ぶことのない弓。
エネルギィは搾取される。飛び立った矢は、支配者の願望を満たすだけだ。
弓はそれを見ることもない。
人は弓だ。
誰かに引かれ、精一杯撓って、解き放たれる。
そのとき、一瞬の自由を感じる。
その解放で満足する。それが生きることだと思い込める。
愚かで、偽りの弓たち。
馬鹿と嘘の弓で、矢を射る。何度も矢を射る。
暗闇に向かって矢を射る。
矢は返ってこない。ただ、闇に消えていく。

その繰り返しだ。

幾度も矢を放って、緊張からの脱却が幸せだと感じる。

ただ、伸び縮みを繰り返しているだけの人生。

愚かだ……。

笑えてくる。

リュックから、鉈《なた》を取り出した。新聞紙で包まれている。金物屋で購入し、砥石《といし》で一晩刃を研いだ。竹の工場で教えてもらった。金物屋でも、その話をした。砥石も油も、金物屋がすすめてくれたものだ。全部で一万円近くした。もっと高いものもあったけれど、長持ちする必要はない。

新聞紙を取って、リュックに戻した。あとで必要になるだろう。

しばらく、そのまま立ち止まっていた。

周囲を観察することができた。

誰も、彼のことを気にしない。

地面に這いつくばっていたゾンビが、近づいてきて、彼に手を伸ばした。

目の周りが黒く、血のりも黒ずんでいた。

鉈を振り上げ、その腕に目がけて、振り下ろした。

僅かな抵抗があったが、それを予測して、グリップを強く握っていた。
勢いあまり、アスファルトに刃が当たるほどだった。
目を見開いた顔が目の前に迫る。
自分の腕を見て、顔に新しい血を浴びた。偽りの化粧が、一瞬で本物になった。
小さな悲鳴が上がった。
振り返ると、周囲の数人が遠ざかった。
「おい、何するんだ!」斜め後ろで叫んだ奴がいる。
振り返りながら、下から上へ向けて鉈を振った。
腕を伸ばし、躰を回転させる。
素早く、移動しつつ、さらに鉈を振った。
近づいてきた奴の胸を刃が掠める。
高く上がったところで突っ込み、体重をかけて鉈を振り下ろした。
相手は、背の高い若い男だったようだ。
ゾンビの仲間だったかもしれない。顔はよく見えなかった。
身を屈め、片手を上げて避けようとしたが、手に当たったあと、肩に刃が行き着いた。

骨に当たった手応《てごた》えがあった。

きっと、骨だろう。

鉈が持ち上がらなかったので、足で男の胸を蹴《け》って、ようやく引き抜いた。

声も出なかった。周囲の誰も、叫ばない。

見ている者たちは、静かになった。

男は、反動で後方へ仰《の》け反《ぞ》り、後頭部からアスファルトに落ち、さらに滑った。

それを見届けてから、後方へ素早く鉈を振りつつ、彼は振り返った。

もう近くには誰もない。

悲鳴が上がった。人の新たな流れが始まる。大勢が走っていく。

地面に倒れている二人を確認した。

ゾンビは腕から血を流しているが、目を僅かに開けていた。意識があるようだ。

首と肩の間から大量の血を流した男は、口を開けたまま動かない。息をしているかどうかを確かめたかったが、近づいてくる者がいたので、そちらを見る。

どこかから、木製の椅子を持ってきたようだった。

五メートルくらいの距離から、それを投げつけてきた。

すぐに立ち上がり、椅子を避け、走った。

相手は逃げていくが、途中で躓《つまず》いた。その背中に鉈を振り下ろす。男は、横に回転したが、顔を顰《しか》めて、こちらを睨んだ。

これは、手応えがなかった。これでは死なないだろう。

次は？

誰か、向かってこないのか？

辺りを見回したが、近くにいる者はいなかった。

こちらを見ている者はいても、明らかに逃げ腰だった。

複数でなければ、行動できない奴らだ。

どうした？

酔っているなら、もう少しくらい勇気があるだろう？

彼は深呼吸して、また走った。

全速力で走った。

つぎつぎに悲鳴が上がり、大勢が渦のように動く。

そんな群衆の中へ突っ込んで、真っ直ぐに駆け抜ける。

知らずに立ち止まっている者もいる。

そんな奴らに、何人も接触したが、止まることなく走った。

脇道に逸れて、さらに走った。人々は振り返る。

人が多い場所の方が目立たない。

人が目隠しになる。

悲鳴からは遠ざかっていた。走る者は、近くにはもういなくなった。何があったのか、と立ち止まる者ばかり。

それでも、走った。もう、速度は落ちていた。

ビルの階段へ逸れて、そこを上った。誰も追ってこない。

リュックから新聞紙を出して鉈を包んだ。血はほとんど付着していなかった。

返り血を浴びると予測していたが、それはなかったようだ。

服を確かめたが、暗くてよく見えなかった。

鉈を握っていた手は、ぬるぬるとした感じが残っていた。再び階段を下りていくと、自転車置き場の近くに、ホースがつながった水道があった。ホースを引き抜き、水を出した。冷たい水で手を洗った。誰かが近づいてきたので、水道を止めた。

その人間とは無言ですれ違った。こちらを見ていなかったようだった。都会の人間らしい。

そういえば、帽子を用意していたのだ、と思い出した。リュックからそれを取り出して被った。着ていたジャンパを脱いだ。汗をかくほど暑かったからだ。そのことに、今まで気づかなかった。夢中だったらしい。

ジャンパは最初から裏返しに着ていたから、それを元に戻して着直した。

道へ出て、来た方向へ歩く。

大勢とすれ違った。

もう、人の流れは普通だった。

あっという間に、浄化され、なにもなかったことになる社会だ。

どこかから、サイレンが聞こえてきた。少し早すぎるのではないか、と思ったが、正気の人間も幾らかいたということだ。人間社会も極端に破綻《はたん》しているわけではない。捨てたものではない、といったところか。

7

群衆は、もう惨劇を忘れているかのように、普段どおりだった。笑ってはしゃいでいる者さえいた。自分には無関係だ、と誰もが思い込める。そんな機能が、人間の血にはある。

救急車と警察が到着していることが、遠くからわかった。赤い回転灯の光が周囲の建物などに反射して芸術的だった。

全体に、ぼんやりとざわついている。何があったのか、と大勢が話している中を、彼は進んだ。人とぶつかり、押されることもあったが、掻き分けるようにして歩いた。血のついた顔の者が多く、怖がっている表情が滑稽《こっけい》だった。

「死んでいた」という言葉が聞こえてきた。

警官が、光る棒を振って、両手を挙げている。その近くまで到達した。ブルーのシートを広げている警官もいる。道を開けるように、とアナウンスの声が、ハウリングを伴って流れた。パトカーが、見えるところに三台。警官は、十数人いるようだった。電話をしている者が多い。写真を撮ろうとしている者も非常に多い。そんな群衆を制している者、後ろに下がるようにと叫んでいる者。

現場が見えるところまで、ようやく移動できた。

アスファルトに大量の血が流れているのがわかった。照明が当たり、とても綺麗な赤い血だった。オレンジ色にも見える。

街灯の光を血の表面が反射して、星型に輝き広がるイルミネーション。

意識をすると、周囲の雑音が耳に入る。だが、たちまち高音の耳鳴りに変わる。

倒れている人は、少し離れたところに一人。それは、背中を鉈で叩いた最後の奴だった。その手前の二人はいない。血だけが広がっている。既に搬送され、救急車の中か。重傷の者が優先されたということだろうか。

救急車の一台が、サイレンを鳴らし始めた。警官が道を開けるようにと促す。ゆっくりと救急車は前進した。

もう少し全体が見渡せる場所はないか、と周囲を見た。近くのビルの階段の途中からこちらを見ている人が目についた。

「凄かったねぇ」と囁く女の声が近かった。

「犯人は？」との声も耳に届く。

その場を離れて、ビルの階段へ向かった。そこを上ると、二階から見ている人がいた。その後ろを通り、さらに上った。三階には誰もいなかった。

距離は四十メートルほどである。現場は、道路ではない。ビルの入口や地下街から上がってくるエスカレータにつながる広場で、二方向の歩道とも連続している。といっても、車道も車は締め出されて、歩行者天国となっていた。今は、その車道に救急車とパトカーが駐まっている。また、交差点の反対側に、やはり赤い回転灯のワゴン車が駐車されていた。警察関係の車だろう。

大勢が端末を見ていることに気づき、彼も端末をリュックから取り出した。

「ゾンビが死んだ」という呟きが流れていた。

「刃物を持って犯人が逃走中」ともあった。

逃走はしていない。現場に戻ってきた。真犯人が現場に戻るというのは、常識ではないか、と彼は思った。

本当に死んだかどうかを確かめたかったのだが、そんな報道はまだなかった。

また救急車のサイレンが鳴った。三人めを乗せて、走り始めるところだった。

たった三人か……。

五人くらいやるつもりだったのだが、生憎《あいにく》、適当な標的がいなかった。

こちらの体力も限界に近かった。逃げる力を残しておきたかったからだ。そのほかでは、ほぼ計算どおりだったとは思われる。

人が死ぬかどうかは、手応えではわからないものだな、と思った。もっと徹底的に何度も切りつけた方が良かったかもしれない。それができなかったのは、生理的な抵抗感だった。気持ち悪いという感覚が、あのとき込み上げそうだったのだ。

見続けたくなかった。

被った血が温《ぬる》かった。

傷口からは湯気が上がっていた。

息苦しく感じた。嫌な臭いがしそうだった。だから走った。

こちらへ向かってくる者は、やりやすかった。息を止めて、力を込めて鉈を振るだけで良かった。

一瞬だけならば、人はどうにでもなれる。だが、呼吸を再開し、新しい空気を吸うと、途端に気持ちが悪くなった。その部分だけが、シミュレーション不足だったといえるだろう。

今は悲鳴を上げている者も、走っている者もいなかった。殺人鬼がどこかに紛《まぎ》れ込《こ》んでいるはずなのに、まるで気にしていない。大勢いれば安心できるという錯覚だろう。血を流した者が運び出されれば、すべて忘れてしまえる。時間を戻して、パーティの再開というわけだ。

大衆のほとんどが、何事があったのか知らないはずである。目撃者は、どこへ行ったのか。怖くて離れたのか。それとも、警察に事情を話しているのか。パトカーの近くに、大勢が集まっているから、あそこにいるのかもしれない。

喉が渇いていることに気づいた。

自動販売機が近くにないだろうか。

彼は階段を下りていき、再び道路を歩き始める。現場から離れて、表通りから脇道に入った。飲食店が並んでいる賑やかなエリアだった。人が大勢いて、みんなが大声で話をしている。笑い声さえあった。殺されたゾンビの話だけではなさそうだった。これだけ離れただけで、もう過去は消えているのだ。

自販機があったので、コインを入れて、冷たいコーラを買った。

喉に通すと、最初は引っかかるような抵抗があった。痛いほどだった。しかし、冷たい液体が躰に染み入るにしたがって、なんともいえない気持ちの良い感覚を抱いた。それは、幸福感にも似ていた。

これは、何だろう?

あまり経験したことのない感覚だった。

達成感だろうか。おそらく、言葉にすれば、そんなところだろう。自分はやり遂げたのだ。考えて、考え抜いたことを、計画し、そして実現した。それは、もう終わった。いちおうの成功だ。小さな成功だ。あとは、運を天に任せるしかない。

冷たいタイルの壁にもたれかかり、コーラを飲み続けた。あっという間に飲み干してしまった。彼は、ゴミ箱に空き缶を投げ入れた。

幸せかもしれない、と少し思った。

これまで、幸せなんて感じたことは一度もないのに。

どうして、幸せという概念を自分は知っているのだろうか。

創造したのか？

目の前を三人の男が歩いていった。肩を怒らせ、見るからに普通ではない。大勢が道を開けている。金を取られたときのことを、彼は思い出した。

鉈で襲うなら、あの四人組が相応《ふさわ》しかっただろうか。ここに、もし彼らがいたら、
彼らを殺していただろうか。

否、それは違う。

そういった恨みのような単純な感情が働いたのではない。

なんの関係もない、つまり、自然と同じものでなければならなかったのだ。最初からそう考えていた。草木を刈るように、鉈を振ろうと。

もう少し練習期間があっても良かった。修行を積むべきだっただろう。

だが、自分には、そんな猶予はなかった。一刻も早く、これをやり遂げる必要があったのだ。成功か失敗かは、まだわからないけれど……。

もし、失敗だとわかったら、再び実行するしかない。その気持ちはしっかりと残っていた。中途半端《ちゅうとはんぱ》では意味がないのだ。

まだ喉が渇いていたが、しばらく歩くことにした。雑踏の中を宛《あて》もなく進んだ。コンビニがあった。煌々《こうこう》と白い光が辺りに霧のように拡散していた。店に入って、飲みものとアイスクリームを買った。アイスクリームを急に食べてみたくなった。

いつ食べただろう？

そう、彼女とソフトクリームを食べたな。

彼女は、なんという名だったかな、と思い出す。

今日は、ストロベリィを買った。少し歩いたところで、コンクリートの縁石に腰掛けて、小さなプラスティックのスプーンでそれを食べた。

自分の手は、血の匂いがするようだった。気のせいかもしれない。しかし、アイスクリームは、ちゃんとストロベリィだった。初めて食べたみたいな美味しさだった。

それを食べ切って、立ち上がり、また歩きだす。

横断歩道を渡ったところに、警官が立っていた。

「ちょっと君」と呼び止められる。

「はい」彼は立ち止まった。

ビルの前の明るい場所なのに、警官はライトを手に握っていた。彼が持っていたビニル袋を、そのライトで照らした。彼の着ているものも、照らされる。最後に、彼の顔に向けてライトを当てた。眩しくて、目が開いていられない。

「怪我をしたの？」警官がきいた。「血がついているよ」

「そうですか、喧嘩をしていましたね。その近くにいたからかな」

「あちらの？」警官が指を差す。

「あちらになりますか？　さっき、救急車が来ていたのは何ですか？」

「殺人があったから」

「本当ですか？」

「見なかった？」

「見ていません。本当に人が死んだのですか？」

「ちょっと、こちらへ来てくれないかな」

「どこへ？」

「あちら」警官は指差した。ほかに警官が立っている場所で、ビルの入口に近い。

「わかりました」彼は頷いて歩く。「ねえ、教えて下さい。死人が出たのですか？」

「そんなことは、まだわからない」

ビルの壁から突き出た時計を見上げる。もう一時間近く経過していることを知った。まだ、十分か二十分くらいだと思っていたから、びっくりした。

「どこから来た？」警官が歩きながら尋ねた。

「栃木からです。もう帰らないと。電車がなくなります」

警官は腕時計を見た。

「そうか……、悪かったね。気をつけて」

「え、帰って良いのですか？」彼はきいた。

警官は頷いた。彼は、軽く頭を下げてから、また歩き始める。途中で後ろを振り返った。警官が見ていないか確かめたが、姿は見えなかった。

警官でも、良い人はいるものだ、と思った。老婆の家の近くの交番の警官も良かった。それに比べて、自分を倉庫から追い出した警官はどうだろう？　自分が殺人犯として捕まったら、彼らは後悔するだろうか。まあ、そんなことはないだろう。気づかない可能性だってある。

地下への階段を駆け下りてから、駅へ向かった。トイレを見つけて、そこに入った。鏡で自分の顔を確かめる。人がいたので、少し待ってから、顔を洗い、リュックから出したタオルで拭《ふ》いた。着ているものは大丈夫そうだった。

タオルはトイレの中に捨てて、外に出た。改札を抜け、さらにホームへ下りていく。人が多かったが、無表情な顔ばかりだった。酔っ払いは、まだ外の空気が恋しいのだろう。
途中で別の線に乗り換えた。オフィス街で降りて、地上へ出る場所を探す。地下の通路で寝転がっている者が数名いた。ここは暖かいようだ。でも、締め出されるかもしれない。

地上の空気は、思ったより冷たく感じられた。真っ黒な空に星が沢山瞬《またた》いていた。空は寒くなるほど澄み渡ってくるようだ。さっきまでの喧騒《けんそう》とは打って変わり、地上には人の姿がほとんどなかった。歩道をしばらく歩いてから、警備員のいない場所を選んで、敷地の中に入った。植木が並んでいる芝生の暗い場所を見つけて、足を踏み入れ、闇の中で寝転がった。

空が真正面になる。

ビルがあるので、半分も見えないが、それでも贅沢な都会の夜空だった。

目を瞑る。

あのときの自分の動きが、スローモーションで再生された。

こうすれば良かったな、と思うところが幾つかあった。しかし、反省してもしかたがない。やり直すことは、もうできない。

風がなく、寒くはなかった。

目を瞑ると途端に意識が遠のいた。夢を見られそうな気がした。竹を割る作業を思い出した。鉈は、あの工場へ送ってやろうか、とも考えたが、その理不尽さに思わず吹き出してしまった。

老婆の家の人は、納屋の穴にいつ気がつくだろう。藁を使うことがあるとしたら、正月の注連縄《しめなわ》だろうか、と想像した。納屋の反対側へ回るようなことは、当分なさそうに思えた。

眠っていたようだ。気づいて目を開けると、星空が変わっていた。星座がずれている。二時間以上経過したらしい。気温も下がっているように感じる。

彼は端末でニュースを検索した。

通り魔殺人、三人が死傷、という文字がすぐに見つかった。四時間まえのことだったらしい。一人が死亡、一人が腕を切られる重傷、もう一人は背中に重傷を負った、とあった。

彼は、思わず溜息をついた。

涙が流れ出た。

自分は、成功したのだ。

これまで、なにも満足にできなかった人間だったけれど。

ついにやり遂げることができたのだ、という感動の涙だった。

8

ニュースなどを隈《くま》なく調べ、状況を確認したあと、彼は警察署へ出頭した。自分がやったことだと話し、リュックの中に使った鉈が入っている、と説明をした。

取調べのまえに、食事をさせてもらった。温かいお茶も飲むことができた。もう手持ちの金も尽きていたので、素直に嬉しかった。

犯行については、記憶に沿って細かく説明することができた。また、凶器をどこでいつ手に入れたのかも話した。そのときのレシートがポケットに残っていた。計画的に行われた犯行だ、と証明できる。

自分のことについては、本名を名乗っただけで、住所はない、と答えた。ずっとホームレスだった。面倒だったので、竹工場で働いていたことも黙っていた。それを話すと、金を取られたことを説明しなければならないし、そのあと、例の老婆の納屋で二泊したことにも話が及ぶような気がした。だから、ずっと東京にいた、あちらこちらを転々としていた、と話した。交番でも警官と話したし、加部谷恵美にも伝えたので、いずれは判明することだ。

「今の生活に不満があったのか？」と質問された。

「不満というほどのものはありません。自分は働いていないから、金を稼ぐことができません。ずっと祖母からの仕送りが頼りでした。しいて言うなら、不満ではなく、不安です、先行きに対する」

「仕送りが少ないことが不満だったのでは？」

「いいえ、祖母はそれが精一杯だったと思います。余裕のある生活はとてもできませんでしたけれど、まったく不満というものはありませんでした。ありがたいことだ、と感謝をしています」

「で、そのお祖母さんからの仕送りが途絶えたわけだね？」

「そうです。亡くなったと知りました」

「どう思った？」

「そうですね、人間はいつかは死ぬので、自然のことだと思いました。だけど、自分はまだ若いから、当分の間は死ねません。どうしようかな、と不安に思いました」

「それで、どうしようと思った？　働こうとしなかったのか？」

「はい。働くことは、他者と関わることで、誰かに迷惑をかけることに等しい、と考えています。仕事というのは、誰かから金を巻き上げる行為ですから、できればしたくありませんでした。ずっと、そう考えて、これまで生きてきました」

「人を殺すよりは、ずっと良いとは考えなかったのか？」

「人はいつか死ぬので、それは自然のことです。大勢から金を巻き上げることと、たった一人を殺すことは、だいたい同じことだと考えました」

「しかし、人を殺すことは仕事ではないだろう？　なにも得られないじゃないか。そうだろう？」

「刑務所に入ることができます。警察に守ってもらえます。今も、美味しいものも食べさせてもらえました」

「そのために、人を殺したのか？」

「多くの人たちが、自分を守るため、美味しいものを食べるために、大勢から金を集めています。同じことではないでしょうか？」

「同じではない。法律で禁止されていることは、してはいけないことだ。みんな、それはできない、とわかっている。君は、それがわからないのか？」

「できないことでしょうか？　法に反しても、できることは沢山あります」

「違法な行為は罰せられる」

「もちろん、わかっています。でも、できないわけではありません。罰せられるつもりならできます」

「罰せられるつもりで、人を殺したのか？」

「当然です。それくらいのことはわかります。わかっていて、やりました。最初から自首するつもりでした」

「しかし、現場から逃走したじゃないか。隠れていただろう？　そんなに堂々とやったことには見えない」

「死んだかどうかが、問題でした。死んだことが確認できたので、自首しました」

「どういう意味だね？」

「死なないと、殺人になりませんから」

「殺人に、拘《こだわ》る理由は何だ？」

「それは、僕は知りません。現在の法律を作った人たちが、そういう価値観だからではないでしょうか。怪我をさせただけでは、罪が軽くなり、せっかく刑務所に入ることができても、すぐに戻されてしまいます。それでは、台無しです。同じ動機で、同じ凶行に及んでも、結果として死んだら重罰になり、死ななかったら刑は軽くなります。どうしてでしょうか？」

「刑務所に、長く入っていたいから、殺したというのか？」

「最初から、そう言っているつもりなのですが、まだ理解されていないようですね」

「被害者に対して、なにか思うところはないのか？」

「それは、ありますけれど、言葉にしても意味がありません」

「意味がないとは、どういうことだね？」

「謝罪を求められているのかもしれませんが、謝罪というのは、ただの言葉なんです。そんなものに意味があるとは考えていません。そもそも、謝罪をするようなことをするのが間違っています。ちょっと考えられない。そこまで馬鹿ではありません」

「反省はしていないのか？」

「反省の必要がありますか？」

「世話になった人はいないのか？　そういう人たちを悲しませたことについて、なんとも思わないのか？」

「なにかは思いますけれど、言葉にしても意味がありません。理由はさきほどと同様です」

「どういうつもりなんだ、信じられない、とみんなが思っているよ」

「そう思うだろうと、思っていました」

「偉そうな口をきいて……」

「自分が偉いとは思っていません。でも、馬鹿ではない」

「愚かなことだと思うがね」

「あの、余計なことだと思いますけれど、皆さんは、僕を憎むでしょうか？」

「そりゃあ、そうだろう。ネットでもさんざん言われているはずだ」

「でも、結局は、警察は僕を殴ることさえできませんよね。これは、どうしてですか？」

「法律があるからだよ。日本は法治国家なんだ。人を裁くのは人ではなく、法律なんだ」

「はい、同じですね。僕も、その法律を頼りにしています。法によって裁かれることを希望しています。僕がしたことは、法律がさせたことといっても良い」

「法律が、人を殺せと指示したというのかね？」

「人さえ殺せば、刑務所という安心で安全なところで、一生、生活させてもらえる、と聞きました」

「日本には、死刑があるのを知っているかね？」

「わかっています。死刑は、たしかに少しだけ困ります。だから、殺すのは一人にしました。一人ならば、死刑にはならないと思います」

「そういう計画だった、ということだね？」

「そのとおりです。すべて計画的な行為です」

「うーん、情状酌量《しゃくりょう》の可能性はゼロだな」

「情状酌量してもらっては、こちらが困ります。計算が狂いますから」

「わかった、もういい。えっと……、どうして、あの場所というか、時間帯というか、人混《ひとご》みを選んだんだね？」

「目立たないと思ったからです。ゾンビが襲ってきたので、正当防衛で腕を切った、と思いませんでしたか？　そういう誤解があるだろうな、と想像しました。今、そう供述したら、どうなるんでしょうか？　本気でゾンビだと信じた人がいるのではないでしょうか。その場合、故意ではない過失になりますか？　責任能力がないことになりますか？　法律では、そうなると無罪でしょうか？」

「そんな議論はどうでも良いから、質問に答えなさい。あの場所に来るまでに、酒を飲んだかね？」

「酒は飲みません。正気を失うような危険なものが、何故堂々と売られているのか理解できません。責任能力を失うために、皆さん飲まれているのでしょうか？」

「質問しなくていいから」

「私が切りつけた人たちは、酔っ払っていませんでしたか？　正気とは思えませんでしたよ。私は、自分に向かってきた人間だけを切りました。少なくとも、驚かそうという意図を持っていたと思います。ただ、それは、あの場では許されていた。そういうことだと理解しています」

「酔っ払って巫山戯《ふざけ》ている人間は死んでも良い、ということか？」

「そうではありませんが、そういう行為をすれば、普段よりも危険な状況に陥ることは、各自が覚悟しなければなりません。それがわからない馬鹿が、あそこに集まっていたのだと思います」

「あそこにいたのは、みんな馬鹿だということかね？」

「ある意味でそうです。馬鹿でない人間は、あんな場所へは近づかないでしょう？　そう思いませんか？」

「その……、君の言う馬鹿というのは、どういう意味だね？　もう少し話してくれないか」

「自分たちが何を目的に生きているのかを考えていない、いわば家畜のような人間だという意味です。誰かに生かされている状況です。社会に飼われている。自力では生きることができません。ときどき無礼講《ぶれいこう》で発散できる場を与えられ、酒も安く買えるように設定されていますから、ああするように仕向けられているのです。それに気づかず、自分たちが好き勝手にしている、と思い込めるのが馬鹿だということです。そう思いませんか？」

「俺にきかんでくれ。そんなことはな、本音は言えないんだよ」

「立場というものがありますからね、よくわかります」

「わかったようなロをきくんじゃないよ、まったく……。いくら馬鹿なことをする人間でも、人はみんな生きる権利を持っているんだ。それを守るのが警察の仕事だ」

「雨宿りをしていたら、そこから立ち退けと言われたことがあります、警官に」

「どこの話だね、それは……」

「いいえ、やめておきます。話しても無駄でしょう」

9

加部谷恵美が警察に出向いたのは、事件の三日後のことだった。柚原典之本人には会うことはできない、と言われていた。

警察から尋ねられたのは、彼との関係だった。それは、柚原の口座に最後に金を振り込んだのが彼女だったからだ。

加部谷は、調査依頼を受けて、柚原の動向を調べたことがあり、そのときに知合いになった。メールをときどき交換する程度だが、一カ月以上、連絡が取れなくなった、と事情を説明した。

「それが、十日ほどまえのことですけれど、急にメールが来ました」加部谷は証言した。「ずっと心配していたので、どこにいるのか、とすぐ返信しました」

すると、バイトで一カ月ほど働いていたこと。その給料を四人組の不良に取られたこと。それで、工場へ戻れなくなって、またホームレスをしている、という内容のメールが戻ってきた、と話した。

「彼は、お祖母様から、月に一万円の仕送りをもらっていたんです。それが、お祖母様が亡くなってしまい、もらえなくなりました。お金に困っているようなことを書いてきたので、とりあえず、三万円を振り込みました」

「彼とは、親しかったということですか？」刑事は、睨むような顔で尋ねた。

「彼のことについていろいろ調べていたので、事情はよく知っています。でも、個人的につき合いがあったわけではありません。友達だとも、たぶん認識されていなかったと思います」

「それにしては、三万円は、大金ではないでしょうか？」

「そうかもしれません。きっと戻ってはこないだろうな、とは思いました。でも、お金さえ送れば、彼はちゃんとした生活ができるし、また働くことができるんじゃないかと期待したんです。工場で働いていた、と聞いて、嬉しく思ったので、またできるのではないかと」

「人助けで金を送ったということですね？」

「はい、ええ、そういうことになります」

「柚原は、その金で銃を購入しているんです」

加部谷は、黙って頷くしかなかった。

「いえ、もちろん、貴女に責任があるという意味ではありませんよ。すみません、そうではない。それよりも、なにか兆候のようなものを感じませんでしたか？　気性の激しい人物ですか？　かっとするようなことは、ありませんでしたか？」

「そんなところは見たことがありません。いつも冷静で、自分の考えを話すので、感心して聞いていました」

「何度くらい、彼と会いましたか？　どれくらいの時間、話をされたのでしょう？」

「えっと……、会って話をしたのは、数回だと思います。五回くらいかな。いつも、せいぜい一時間程度です。場所はレストランが多かった。そういうときは、食事代をこちらが出しました。調査の経費で落としましたから、私が払ったわけではありませんけれど」

「三万円も、経費で落とせるのですか？」

「いいえ。その調査は、もう終了していましたから……。はい、ですから、私の個人的な支出ですね」

「どう思いました？」

「何をですか？」

「彼の最後の行動についてです」

「それは……、とにかく……、びっくりしてしまって……。そんなことをするなんて、想像もしていませんでした。ちょっと変わっているな、とは思いましたけれど、まさか、そんな酷《ひど》いことができる人間だとは、思っていませんでした」

「変わっている、というのは、具体的にどんなところが？」

「そうですね……、まず、理屈っぽいこと。あとは、社会の仕組みみたいなものが間違っている、というような話をよく聞きました」

「社会から自分が疎外されている、という話ですか？」

「いえ、そうではなかったと思います。ただ、客観的に社会を観察して、意見を述べている、という感じです。人に持論を押しつけるようなこともありませんでした。いつも非常に冷静で、感情を表に出すこともないし、頭の良い人なんだな、という印象を持っていました」

「何故、働かずにいたのでしょうか？」

「わかりません。人間づき合いが嫌だったのかもしれません。それは、想像です。でも、竹の工場でバイトをしたと聞いたときは、本当に……、嬉しくなりました。それで、お金を送って支援をしなければ、と考えたんだと思います」

「貴女の善意を踏みにじったことに対して、彼になにか言いたいことはありますか？」

「いいえ」加部谷は首をふった。「なにもありません」

「伝えたいことがあれば、彼に話しますが」

「いいえ」加部谷は下を向く。

ただ、涙が流れた。

ハンカチを出して頰を拭《ぬぐ》う。深呼吸をしたが、息が震えるばかりで、涙は止まりそうになかった。

「大丈夫ですか？」

「大丈夫です……。あのぉ、私が泣いたと、彼に話さないで下さい。お願いします」

「わかりました。でも、どうしてですか？　理由をおききしても良いですか？」

「はい、その……、なんとなくですけれど、私、疫病神《やくびょうがみ》なんだなって思って、悲しくなっただけなんです。彼には無関係ですよね……。はい、大丈夫です。すみません、泣いたりして……」

エピローグ

だが、その泣き声もエレンディラの耳には届かなかった。彼女は風に逆らいながら、鹿よりも速く駆けていた。この世の者のいかなる声にも彼女を引きとめる力はなかった。彼女は後ろを振り向かずに、熱気の立ちのぼる塩湖や滑石の火口、眠っているような水上の集落などを駆け抜けていった。

（「無垢なエレンディラと無情な祖母の信じがたい悲惨の物語」）

加部谷恵美は、事務所に戻って、待っていた小川令子に、警察での様子を話した。時刻は午後五時を回っていた。現在は、これといって仕事がなく、二人とも一週間以上ろくに働いていない。休暇といえば良いほど、暇だった。

加部谷の話を黙って聞いたあと、十五秒ほど沈黙があった。その沈黙を追い払うように、加部谷も小川も溜息をついたが、いずれも、押し殺したように小さな溜息にしかならなかった。

「一緒に食事にいこうよ」小川が誘った。

「あ、いえ……、ちょっと……」加部谷はつられて立ち上がったものの、首をふった。嬉しい誘いではあったけれど、そんな気分ではなかったからだ。

では、どんな気分なのか、と自問したのだが、喉に言葉が支《つか》えているみたいで、思わず咳払いをしてしまった。

「なにか、予定があるの？」小川はきいた。

「すいません」とだけ謝った。

「いえ……、じゃあ、またそのうちね」小川の声は明るい。デスクでパソコンを開き、片手でマウスを握っていた。

加部谷はロッカへ行き、コートを取り出した。自分の視線が下を向いたままだった。靴を見たので、そろそろブーツの季節かな、と連想した。新しい靴はないから、買わなければならないけれど、そう考えただけで、何故か虚《むな》しさで胸がいっぱいになった。

「おさきに失礼します」声を絞り出して、頭を下げた。

小川をちらりと見ると、彼女もこちらを睨んでいた。

事務所から出て、階段を下り、道路に出た。寒くなったな、と感じる。車の音が遠い。近くには人はいない。寂しい道だった。

泣きたかったのではないか、とも考えた。警察を出たあと、ずっと涙は出なかった。おそらく、精神の安全装置が作動してブロックしたのだろう。

駄目だなぁ、という言葉が口から零《こぼ》れ落《お》ちそうだった。

横断歩道の手前で立ち止まり、ようやく空を見上げることができた。ぼんやりとした曇り空が、都会の明かりで濁っていた。

プラットホームに、ちょうど電車が入ってきたけれど、急に反対方向へ行きたくなった。

そうだ、海を見にいこう。

もう、真っ暗だろうか。

二回乗り換えて、四十分後に、あの場所まで来た。

こんな時間に、ソフトクリームは売っていないだろう。人も少なく、風に背中を押されて広い場所を歩いていくと、僅かに明るさが残る空と海があった。しかし、鷗は飛んでいなかった。

　コンクリートの端まで行く勇気はない。

　船が出るところのようだった。そちらが明るい。

　警察で口から出てしまった疫病神という言葉は、彼女の中では、真珠の芯《しん》のようなものだった。異物なのだ。それを涙という体液で包み込んでいる。この五年ほどは、それが自分の大部分だった。いつか綺麗な思い出になると信じて、必死で包み込んでいるものだった。

　あまりにも歪《いびつ》だから、なかなか滑らかな球体にならないだろう。

　その歪さを思い出して、もっと泣いて、必死で丸くしようとしている。

　自分が悪いわけではない。それはわかっている。

　運が悪い。巡り合わせが悪い。それだけのことではないか。

　ときどき、自分だけがどうしてこんな目に遭うのか、と考える。

　もうやめてしまいたい、と思ったこともあった。

　でも、何をやめれば良いのか、わからない。

　生きることだろうか。

　生きることをやめるなんて、できるだろうか？

　それができるくらいなら、とっくにしているのでは？

もっとなにかできるかもしれない。そう考えているのだが、そのなにかは、今もわからなかった。

わからないことばかりだ、本当に。

溜息ばかり出て、躰の中の空気が抜ける。心が萎《しぼ》んでいく。周囲の圧力で押しつぶされそうになるくらい、胸が痛い。息が重い。

風に押されて、少しずつ、海に近づいていた。

屈み込んで、しばらくの間、ちゃんと泣こう、と思った。

それなのに、涙は出ない。悲しいという気持ちとは、少し違うようだった。では、何だろう？　虚しいのかな。それとも、悔《くや》しいのだろうか？

柚原典之に感情移入していたつもりはない。けっしてそうではない。しかし、救えるものだと信じていた。その自分の甘さが、実に情けない。三万円は全然惜しくないけれど、それで救えると信じた自分の気持ちが、失われたものの中で一番大きいだろう。

そうだ……、これまでの辛い体験も全部、なにか失ったものがある。

それは、自分が差し出した気持ちだった。

甘えて、信じて、きっと応えてくれると期待した、その気持ちが、海に向かって投げた石のように、簡単に沈んでいった。
それは、自分の一部のようなもの、そう思えた。
自分の一部が失われて、今は海の底。
その分、自分が欠けたように感じるのだった。
だが、考えてみれば、それは、結局、満たされると誤解しただけのことかもしれない。
古い失敗ほど、心の整理がつきそうだった。
だから、それを応用して、今回の新しい失敗も、さっさと整理しよう。
ああ……、そうしよう。
是非、そうしよう。
そうしなければならない。
叫びたい気持ちだったが、少し離れたところに人がいるので、恥ずかしい。
立ち上がって、両腕を挙げた。
深呼吸。
大丈夫。
私はまだ大丈夫。

ジャンプがしたくなって、飛び跳ねた。

「加部谷さん！」後ろから呼ばれる。

走り寄る足音に驚き、咄嗟に彼女はその場に蹲《うずくま》った。

「駄目だって！　何を考えているの！」後方へ腕を引っ張られ、加部谷は地面に倒れ込んだ。

「しっかりして。私の顔を見て！」押さえつけられる。目の前の顔を見た。

「小川さん、どうしたんですか？」

「どうしたもこうしたもないよ！　君のせいじゃない！　間違えないで。もう大人でしょう？　よく考えなさい。私を裏切らないで！」

小川は顔を歪《ゆが》めて叫んでいる。

「ちょっと、あの……、痛いです。どいて下さい」

「駄目」

横を見ると、十メートルほど離れたところに二人いた。人が寄ってきたのだ。

「小川さん、大丈夫です。ほら、みんなが見ていますよ」

「そんなことは問題じゃない。私の目を見て」

「見ています」

暗いから、見えないのではないか。

「小川さん、どうしてここにいるんですか？」

「君が心配で、尾行してきた」

「そうですか。それは、どうも……、お疲れ様です」

「大丈夫？　本当に、もう大丈夫？」

「はい、大丈夫です。というか、ずっと大丈夫なんですけれど」

「じゃあ、立って。私の手を握って。離しちゃ駄目。あちらへ歩いて」

「はい。そんなに強く握らなくても……」加部谷は立ち上がった。「あ、あの、私のバッグ……」

「いいから、こちらへ来なさい」

「でも、バッグが」加部谷は、そちらへ手を伸ばしたが、反対方向へ引っ張られた。

海から十メートルほど離れたところで、二人は向き合った。小川が海側になって、加部谷に抱きついた。顔が近いが、黙っている。

しばらく、そのままだった。

「どうしたんですか？」加部谷は囁き声できいた。

「良かった……」小川も、小声で呟いた。加部谷の耳のすぐ近くだった。

「あのぉ」男性から声をかけられた。

加部谷がそちらを向くと、バッグを持ってきてくれたようだ。

「あ、ありがとうございます」フリーの手で、バッグのストラップを掴んだ。

「すいません」

「大変ですね」男性は、笑顔で遠ざかっていった。

「小川さん、なんか、誤解されているかも」

小川は溜息をついた。

「本当に、もう大丈夫？」小川はきいた。

「はい」加部谷は元気に返事をすることができた。

「じゃあ、今から飲みにいこう」小川は微笑んだ。

「はい」彼女は頷く。

最初から大丈夫だっただろうか。それは、微妙なところだ。

もしかして、小川の認識の方が正解だったかもしれない。それも微妙なところだ。

二人は手を繋いで歩きだし、真珠の芯が沈んだ夜の海から、遠ざかった。

解説

斜線堂有紀（作家）

森博嗣の作品を殆ど読んだことがない、というと必ずといって良いほど「これからの楽しみがあっていいね」と言われた。本が好きでミステリが好きなのだから、森博嗣の作品を楽しめないはずがないというわけである。「記憶を無くしてもう一度読みたい」「これからS&Mシリーズを読める人生は豊かである」およそ小説家の本懐とも言える言葉を、私は何度聞いただろう。元より講談社ノベルスを愛し、それ故《ゆえ》に小説家を志したような人間だから、むしろ読んでいないのを驚かれることが多かった。

確かに、私も自分で不思議に思うほどである。誰もが面白いと太鼓判を押し、話を聞くに私の好きな要素がたっぷり含まれている。読んだら絶対に楽しめるだろうに、どうして私は今まで手に取らなかったのか？　それは多分、面白さが保証されているが故に「今ではない」「もっと万全の状態で臨めるはずだ」と思い続けてきたからだと思う。美味《おい》しいコーヒーを飲むなら相応のお茶菓子を用意しなければ、というわけだ。

そうこうしている内に、いつか読もうと思ってから早《はや》十数年が経ってしまった。講談社ノベルスが大好きな中学生は毎日必死に働く小説家になった。十数年も最高のタイミングを待っていると、もういつ踏み出せばいいか分からなくなる。精力的に活動している森先生の著作は増え続け、S&Mシリーズはもはや読書家人生において読了が前提のようにさえ感じられて更に足が遠のいてしまった（その割に『小説家という職業』だけは読んで、小説家とはこう働くものなのだな……と学んでいた）。

私のような人は案外多いんじゃないかと思う。いつまでも「森博嗣を読み始めるのに最高の日」を待ち続けて、未だに森博嗣の作品を読んだことが無い人が。

結論から申し上げると、森博嗣の作品を読むのに最高な日は昨日であり、今日である。明日ではなかった。少なくとも私はそうだ。面白くて著作が多いのだから、今読まないと駄目なのだ。

さて、私が意を決して森博嗣作品――S&Mシリーズを読んだのは、丁度一年前くらいだった。Audibleで同シリーズの配信が始まったのがきっかけである。今まで腰を据えて読む時間が取れなかったけれど、耳で聞く時間なら取れる。きっと、今日が森博嗣の作品を読むべき日だったのだ。そう思って、早速『すべてがFになる』を聞いた。理系ミステリと銘打たれているものであるし、長いシリーズでもある。読むものが沢山あるので敷居も高い。ゆっくり読んで（聞いて）いこう、という気持ちだった。

だが、そこから先は速かった。あまりにS&Mシリーズが面白かったからだ。めくるめく森ミステリィの世界は想像以上に豊かだった。不可解な事件の叙情的な解決。ウィットに富んだ会話に、作品を通して設定されたテーマ。そのどれもが魅力的だ。

そして何より、西之園萌絵《にしのそのもえ》が凄かった。聡明でお嬢様で美人で、感情の振れ幅が大きく、犀川《さいかわ》先生に一途《いちず》に想いを寄せる西之園萌絵。好奇心から事件に首を突っ込んでいく天真爛漫なところも、たまに見える陰も良い。お転婆《てんば》な感じなのに、度々育ちの良さを見せてくるのはあざといけれど、そこも良い。周りもそんな萌絵に振り回されるし、あまつさえ好きになってしまう。萌絵の魅力で周りがやられすぎていて何かのトリックなんじゃないかと思うレベルだが、読者の私も骨抜きなのでさもありなんである。

正直なところを言うと、どんどん読み進められたのはあまりに西之園萌絵がツボだったからである。刊行からかなりの年月が経っているにもかかわらず、古びない魅力で輝き続けるキャラクター。それを創造する力に感嘆した。作中のテクノロジーや設定などにギャップを覚え「そういえばそうだった」と思い出すことはあれど、萌絵があまりに生き生きしすぎていて度々そのことを忘れた。

西之園萌絵に入れ込みすぎて、犀川先生が萌絵をすげなく扱うのを見ては怒りに震えていたくらいである。もっとちゃんと萌絵に向き合い、萌絵を大事にしろ……！と、犀川先生のことで萌絵が泣くのを見ては憤《いきどお》った。萌絵とのデートをすっぽかす犀川創平《そうへい》、絶対に赦せない。

読者がドキドキワクワクしている間に事件を通して少しずつ変わっていく萌絵、亀の歩みで萌絵に向き合う犀川先生……の部分に惹かれ、なるほどこれが森ミステリィ……と思い、しばらくは「S&Mシリーズを今になって読んだのですが西之園萌絵が可愛くて……」という話ばかりしていた。

沢山の人が読んでいる作品を読むことには、色んな人と語れるメリットがある。そこで面白かったのが、森博嗣好きが挙げる「森博嗣らしさ」が千差万別であるところだ。——あのモノローグが真骨頂だ、あのトリックの扱い方が森博嗣らしい。あのキャラクターが森博嗣特有である、あの雰囲気こそが森博嗣だ。驚くべきことに、私はその全てに頷《うなず》けた。どれも的外れではなく、芯を食っている。こんなに沢山の要素があるのに？と思われるかもしれない。

だが、森博嗣の作品は一種のフラクタル図形である。全体を貫く確固たる世界観を持った森作品は、細部に目を向け切り分けても森作品らしさを損なわない。文章の一つ一つ、台詞《せりふ》の一つ一つが純度の高い森博嗣らしさを放っていて、全く趣《おもむき》の違う作品群に、同じ輝きを添えている。

ここでようやく本作『馬鹿と嘘の弓 Fool Lie Bow』の話をしたい。そういった事情もあって、本作はS&Mシリーズを読み終えたばかりの私が次に手に取った一作である。本作はここから始まる「XXシリーズ」の第一作目であり、今まで森博嗣作品に触れたことの無い人が手に取っても問題が無いようになっている。

若くしてホームレスとなることを選んだ柚原典之《ゆはらのりゆき》の調査を請け負った探偵・小川令子《おがわれいこ》と加部谷恵美《かべやめぐみ》（彼女はS&Mシリーズに登場済みであり、そこに驚かされた。彼女はこうした人生を生き、こうやって大人になったのだなと感慨深くなる）は、彼が一体何者なのか、依頼人はどうして彼の調査を依頼したのか？　という疑問を抱きながらも仕事をこなしていく。だが、元大学教授であるホームレス・飯山《いいやま》の死から事態は大きく動いていく。この物語の恐ろしいところは、一体何が起こっているのかが分からないところだ。そもそも飯山の死は事件なのか？　今事件が起こっているのか？　それすら探偵役には判断出来ないのだ。この点、不可解な殺人事件が明確に起こり、それの解決に邁進《まいしん》するS&Mシリーズとは違った雰囲気である。

探偵の調査と推理によって、一応この不可解な謎には当たりが付けられる。だが、柚原の起こす「事件」は、その謎とは離れた場所で起こってしまう。二人は自分達の動き次第でこの事件が止められたのではないか——と考えるが、柚原の考えを読むことが出来る読者はそうとは考えないだろう。再び日々の糧《かて》を得られたところで、柚原はいずれ必ず同じことをしていただろう。彼の凶行を止める術《すべ》があったとすれば、それは作中で言及されたベーシックインカムを成立させることに他ならないはずだ。彼女らに出来ることは何も無い。もはや無情さすら覚える展開である。

だが、この一作には先述した森博嗣作品の魅力がストレートに詰まっている、と感じた。切り分けられる前のフラクタル図形、その全容がこの小説では見えるのだ。不可解な謎をまず提示し、魅力的な登場人物にそれを解き明かさせる。その際に交わされる会話の中にテーマが端的に示される。今回でいえば、私は人間の尊厳の物語だと考えた。私達の生きている社会において、人間の尊厳は様々な意味での「資産」に付与されがちだ。本来ならば全ての人間にあって然《しか》るべきものであるのに、現代では資産が在るか無いか、どういったものであるかによって尊厳が左右される。

冒頭、柚原はホームレスであるが故に一夜の雨宿りすら叶わずに排斥される。働ける状態にありながら敢《あ》えて働かない柚原に対し、警官は嫌悪すら抱いて攻撃する。何しろ柚原は人としての尊厳を持たないからだ。

柚原は自らの意に沿わない行動をすることでしか、自らの意に沿わない扱いを避けることが出来ない。後半、柚原は竹工場での労働に従事するが、その瞬間に彼の尊厳は回復され、健全な人間関係を得ることが出来た。しかし、それはどうしたって彼の求める生活ではないのだ。

労働が日々の糧を得る為に行うものであるのなら、あの凶行こそが柚原にとっての真の『労働』であったのかもしれない。

(牛歩ながら)多様性が認められてきたこの世界においてもまだ「労働をしたくない人間」についての理解は浅い。というより、皆無と言っていい。私自身も、この物語を読むまではそのことについて真剣に考えたことはなかった。これは他の森作品にも言えることなのだが、森博嗣の小説は今までずっとそこにあったものに改めて輪郭を与えてくれる。知っているが知らないものを目の前に突きつける。

私が初めての森博嗣にこの作品を推したいと思うのは、思考のパラダイムシフトが最も鮮やかに味わえるからだ。もしこの物語が心に刺さったのであれば、まず間違いなく他の森博嗣の小説も刺さる。どんなものを読んでも楽しめるはずだ。読むものが沢山あって羨ましい、と私も先達面をして言うことが出来る。

この解説を読み終えた方が、なるほどと思って著作リストを眺めてくださったらそれが何より嬉しいことだ。

最後に、小川と加部谷のコンビが同じように不可解な調査を依頼されるＸＸシリーズの第二作『歌の終わりは海 Song End Sea』に触れておきたい。これは、何の変哲も無い浮気調査をしている最中に、調査対象の姉が自殺する……という物語だ。果たしてこの依頼の本当の意図は？　彼女は本当に自殺だったのか？　を巡りながら、副題にもある「尊厳死」を巡る話が展開されていく。こちらでも二人は答えの出ない問いに正面から向き合う。次に読むなら、この作品かもしれない。

いずれにせよ、どれを読んでも面白さは折り紙付きだ。次の作品を明日から読み始めよう。そして、いつの日か西乃園萌絵に辿り着いてほしい。今後五十年、いや百年経っても可愛い奇跡の存在なのだから……。

森博嗣著作リスト

（二〇二三年七月現在、講談社刊。＊は講談社文庫に収録予定）

◎S&Mシリーズ

すべてがFになる／冷たい密室と博士たち／笑わない数学者／詩的私的ジャック／封印再度／幻惑の死と使途／夏のレプリカ／今はもうない／数奇にして模型／有限と微小のパン

◎Vシリーズ

黒猫の三角／人形式モナリザ／月は幽咽のデバイス／夢・出逢い・魔性／魔剣天翔／恋恋蓮歩の演習／六人の超音波科学者／捩れ屋敷の利鈍／朽ちる散る落ちる／赤緑黒白

◎四季シリーズ

四季　春／四季　夏／四季　秋／四季　冬

◎Gシリーズ

φ《ファイ》は壊れたね／θ《シータ》は遊んでくれたよ／τ《タウ》になるまで待って／ε《イプシロン》に誓って／λ《ラムダ》に歯がない／

η《イータ》なのに夢のよう／目薬α《アルファ》で殺菌します／ジグβ《ベータ》は神ですか／キウイγ《ガンマ》は時計仕掛け／χ《カイ》の悲劇／ψ《プサイ》の悲劇

◎Xシリーズ

イナイ×イナイ／キラレ×キラレ／タカイ×タカイ／ムカシ×ムカシ／サイタ×サイタ／ダマシ×ダマシ

◎XXシリーズ

馬鹿と嘘の弓（本書）／歌の終わりは海（＊）

◎百年シリーズ

女王の百年密室／迷宮百年の睡魔／赤目姫の潮解

◎ヴォイド・シェイパシリーズ

ヴォイド・シェイパ／ブラッド・スクーパ／スカル・ブレーカ／フォグ・ハイダ／マインド・クァンチャ

◎Wシリーズ（講談社タイガ）
彼女は一人で歩くのか？／魔法の色を知っているか？／風は青海を渡るのか？／デボラ、眠っているのか？／私たちは生きているのか？／青白く輝く月を見たか？／ペガサスの解は虚栄か？／血か、死か、無か？／天空の矢はどこへ？／人間のように泣いたのか？

◎WWシリーズ（講談社タイガ）
それでもデミアンは一人なのか？／神はいつ問われるのか？／キャサリンはどのように子供を産んだのか？／幽霊を創出したのは誰か？／君たちは絶滅危惧種なのか？／リアルの私はどこにいる？／君が見たのは誰の夢？

◎短編集
まどろみ消去／地球儀のスライス／今夜はパラシュート博物館へ／虚空の逆マトリクス／レタス・フライ／僕は秋子に借りがある　森博嗣自選短編集／どちらかが魔女　森博嗣シリーズ短編集

◎シリーズ外の小説

そして二人だけになった／探偵伯爵と僕／奥様はネットワーカ／カクレカラクリ／ゾラ・一撃・さようなら／銀河不動産の超越／喜嶋先生の静かな世界／トーマの心臓／実験的経験／オメガ城の惨劇（＊）

◎クリームシリーズ（エッセイ）

つぶやきのクリーム／つぼやきのテリーヌ／つぼねのカトリーヌ／ツンドラモンスーン／つぼみ茸ムース／つぶさにミルフィーユ／月夜のサラサーテ／つんつんブラザーズ／ツベルクリンムーチョ／追懐のコヨーテ／積み木シンドローム

◎その他

森博嗣のミステリィ工作室／100人の森博嗣／アイソパラメトリック／悪戯王子と猫の物語（ささきすばる氏との共著）／悠悠おもちゃライフ／人間は考えるFになる（土屋賢二氏との共著）／君の夢　僕の思考／議論の余地しかない／的を射る言葉／森博嗣の半熟セミナ　博士、質問があります！／DOG&DOLL／TRUCK&TROLL／森籠もりの日々／森には森の風が吹く／森遊びの日々／森語りの日々／森心地の日々／森メト

リィの日々／アンチ整理術

☆詳しくは、ホームページ「森博嗣の浮遊工作室」を参照
(https://www.ne.jp/asahi/beat/non/mori/)
(２０２０年11月より、ＵＲＬが新しくなりました)

■冒頭および作中各章の引用文は『エレンディラ』（G.ガルシア＝マルケス著、鼓直・木村榮一訳、ちくま文庫）によりました。
■本書は、二〇二〇年十月、小社ノベルスとして刊行されました。

|著者|森 博嗣　作家、工学博士。1957年12月生まれ。名古屋大学工学部助教授として勤務するかたわら、1996年に『すべてがFになる』（講談社）で第1回メフィスト賞を受賞しデビュー。以後、続々と作品を発表し、人気を博している。小説に『スカイ・クロラ』シリーズ、『ヴォイド・シェイパ』シリーズ（ともに中央公論新社）、『相田家のグッドバイ』（幻冬舎）、『喜嶋先生の静かな世界』（講談社）など、小説のほかに、『自由をつくる 自在に生きる』（集英社新書）、『孤独の価値』（幻冬舎新書）などの多数の著作がある。2010年には、Amazon.co.jpの10周年記念で殿堂入り著者に選ばれた。ホームページは、「森博嗣の浮遊工作室」（https://www.ne.jp/asahi/beat/non/mori/）。

馬鹿《ばか》と嘘《うそ》の弓《ゆみ》　Fool Lie Bow
森《もり》 博嗣《ひろし》

2023年7月14日第1刷発行
2024年10月21日第5刷発行

発行者──篠木和久
発行所──株式会社　講談社
東京都文京区音羽2-12-21　〒112-8001
電話 出版（03）5395-3510
販売（03）5395-5817
業務（03）5395-3615
Printed in Japan

講談社文庫
定価はカバーに
表示してあります

KODANSHA

デザイン──菊地信義
本文データ制作──講談社デジタル製作
印刷──株式会社KPSプロダクツ
製本──株式会社KPSプロダクツ

ISBN978-4-06-531782-2

講談社文庫刊行の辞

二十一世紀の到来を目睫に望みながら、われわれはいま、人類史上かつて例を見ない巨大な転換期をむかえようとしている。

世界も、日本も、激動の予兆に対する期待とおののきを内に蔵して、未知の時代に歩み入ろうとしている。このときにあたり、創業の人野間清治の「ナショナル・エデュケイター」への志を現代に甦らせようと意図して、われわれはここに古今の文芸作品はいうまでもなく、ひろく人文・社会・自然の諸科学から東西の名著を網羅する、新しい綜合文庫の発刊を決意した。

激動の転換期はまた断絶の時代である。われわれは戦後二十五年間の出版文化のありかたへの深い反省をこめて、この断絶の時代にあえて人間的な持続を求めようとする。いたずらに浮薄な商業主義のあだ花を追い求めることなく、長期にわたって良書に生命をあたえようとつとめるところにしか、今後の出版文化の真の繁栄はあり得ないと信じるからである。

同時にわれわれはこの綜合文庫の刊行を通じて、人文・社会・自然の諸科学が、結局人間の学にほかならないことを立証しようと願っている。かつて知識とは、「汝自身を知る」ことにつきていた。現代社会の瑣末な情報の氾濫のなかから、力強い知識の源泉を掘り起し、技術文明のただなかに、生きた人間の姿を復活させること。それこそわれわれの切なる希求である。

われわれは権威に盲従せず、俗流に媚びることなく、渾然一体となって日本の「草の根」をかたちづくる若く新しい世代の人々に、心をこめてこの新しい綜合文庫をおくり届けたい。それは知識の泉であるとともに感受性のふるさとであり、もっとも有機的に組織され、社会に開かれた万人のための大学をめざしている。大方の支援と協力を衷心より切望してやまない。

一九七一年七月

野間省一

講談社文庫　目録

村上春樹　カンガルー日和

村上春樹　回転木馬のデッド・ヒート

村上春樹　ノルウェイの森 (上)(下)

村上春樹　ダンス・ダンス・ダンス (上)(下)

村上春樹　遠い太鼓

村上春樹　国境の南、太陽の西

村上春樹　やがて哀しき外国語

村上春樹　アンダーグラウンド

村上春樹　スプートニクの恋人

村上春樹　アフターダーク

村上春樹／佐々木マキ絵　羊男のクリスマス

村上春樹／佐々木マキ絵　ふしぎな図書館

村上春樹／糸井重里　夢で会いましょう

村上春樹・文／安西水丸・絵　ふわふわ

U.K.ル=グウィン／村上春樹訳　空飛び猫

U.K.ル=グウィン／村上春樹訳　帰ってきた空飛び猫

U.K.ル=グウィン／村上春樹訳　素晴らしいアレキサンダーと、空飛び猫たち

U.K.ル=グウィン／村上春樹訳　空を駆けるジェーン

T.ファリッシュ著／B.ルート絵／村上春樹訳　ポテト・スープが大好きな猫

村山由佳　天翔る

睦月影郎　密通妻

睦月影郎　快楽アクアリウム

向井万起男　渡る世間は「数字」だらけ

村田沙耶香　授乳

村田沙耶香　マウス

村田沙耶香　星が吸う水

村田沙耶香　殺人出産

村瀬秀信　気がつけばチェーン店ばかりでメシを食べている

村瀬秀信　それでも気がつけばチェーン店ばかりでメシを食べている

村瀬秀信　地方に行っても気がつけばチェーン店ばかりでメシを食べている

虫眼鏡　東海オンエアの動画が6.4倍楽しくなる本〈虫眼鏡の概要欄　クロニクル〉

森村誠一　悪道

森村誠一　悪道　西国謀反

森村誠一　悪道　御三家の刺客

森村誠一　悪道　五右衛門の復讐

森村誠一　悪道　最後の密命

森村誠一　ねこの証明

毛利恒之　月光の夏

森博嗣　すべてがFになる〈THE PERFECT INSIDER〉

森博嗣　冷たい密室と博士たち〈DOCTORS IN ISOLATED ROOM〉

森博嗣　笑わない数学者〈MATHEMATICAL GOODBYE〉

森博嗣　詩的私的ジャック〈JACK THE POETICAL PRIVATE〉

森博嗣　封印再度〈WHO INSIDE〉

森博嗣　幻惑の死と使途〈ILLUSION ACTS LIKE MAGIC〉

森博嗣　夏のレプリカ〈REPLACEABLE SUMMER〉

森博嗣　今はもうない〈SWITCH BACK〉

森博嗣　数奇にして模型〈NUMERICAL MODELS〉

森博嗣　有限と微小のパン〈THE PERFECT OUTSIDER〉

森博嗣　黒猫の三角〈Delta in the Darkness〉

森博嗣　人形式モナリザ〈Shape of Things Human〉

森博嗣　月は幽咽のデバイス〈The Sound Walks When the Moon Talks〉

森博嗣　夢・出逢い・魔性〈You May Die in My Show〉

森博嗣　魔剣天翔〈Cockpit on knife Edge〉

森博嗣　恋恋蓮歩の演習〈A Sea of Deceits〉

森博嗣　六人の超音波科学者〈Six Supersonic Scientists〉

森博嗣　捩れ屋敷の利鈍〈The Riddle in Torsional Nest〉

森博嗣　朽ちる散る落ちる〈Rot off and Drop away〉

講談社文庫　目録

森　博嗣　赤緑黒白　〈Red Green Black and White〉
森　博嗣　四季　春～冬
森　博嗣　φ《ファイ》は壊れたね　〈PATH CONNECTED φ BROKE〉
森　博嗣　θ《シータ》は遊んでくれたよ　〈ANOTHER PLAYMATE θ〉
森　博嗣　τ《タウ》になるまで待って　〈PLEASE STAY UNTIL τ〉
森　博嗣　ε《イプシロン》に誓って　〈SWEARING ON SOLEMN ε〉
森　博嗣　λ《ラムダ》に歯がない　〈λ HAS NO TEETH〉
森　博嗣　η《イータ》なのに夢のよう　〈DREAMILY IN SPITE OF η〉
森　博嗣　目薬α《アルファ》で殺菌します　〈DISINFECTANT α FOR THE EYES〉
森　博嗣　ジグβ《ベータ》は神ですか　〈JIG β KNOWS HEAVEN〉
森　博嗣　キウイγ《ガンマ》は時計仕掛け　〈KIWI γ IN CLOCKWORK〉
森　博嗣　χ《カイ》の悲劇　〈THE TRAGEDY OF χ〉
森　博嗣　ψ《プサイ》の悲劇　〈THE TRAGEDY OF ψ〉
森　博嗣　イナイ×イナイ　〈PEEKABOO〉
森　博嗣　キラレ×キラレ　〈CUTTHROAT〉
森　博嗣　タカイ×タカイ　〈CRUCIFIXION〉
森　博嗣　ムカシ×ムカシ　〈REMINISCENCE〉
森　博嗣　サイタ×サイタ　〈EXPLOSIVE〉
森　博嗣　ダマシ×ダマシ　〈SWINDLER〉

森　博嗣　女王の百年密室　〈GOD SAVE THE QUEEN〉
森　博嗣　迷宮百年の睡魔　〈LABYRINTH IN ARM OF MORPHEUS〉
森　博嗣　赤目姫の潮解　〈LADY SCARLET EYES AND HER DELIQUESCENCE〉
森　博嗣　馬鹿と嘘の弓　〈Fool Lie Bow〉
森　博嗣　歌の終わりは海　〈Song End Sea〉
森　博嗣　まどろみ消去　〈MISSING UNDER THE MISTLETOE〉
森　博嗣　地球儀のスライス　〈A SLICE OF TERRESTRIAL GLOBE〉
森　博嗣　レタス・フライ　〈Lettuce Fry〉
森　博嗣　僕は秋子に借りがある I'm in Debt to Akiko　〈森博嗣自選短編集〉
森　博嗣　どちらかが魔女 Which is the Witch?　〈森博嗣シリーズ短編集〉
森　博嗣　喜嶋先生の静かな世界　〈The Silent World of Dr.Kishima〉
森　博嗣　そして二人だけになった　〈Until Death Do Us Part〉
森　博嗣　つぶやきのクリーム　〈The cream of the notes〉
森　博嗣　ツンドラモンスーン　〈The cream of the notes 4〉
森　博嗣　つぼみ茸《きのこ》ムース　〈The cream of the notes 5〉
森　博嗣　つぶさにミルフィーユ　〈The cream of the notes 6〉
森　博嗣　月夜のサラサーテ　〈The cream of the notes 7〉
森　博嗣　つんつんブラザーズ　〈The cream of the notes 8〉
森　博嗣　ツベルクリンムーチョ　〈The cream of the notes 9〉

森　博嗣　追懐のコヨーテ　〈The cream of the notes 10〉
森　博嗣　積み木シンドローム　〈The cream of the notes 11〉
森　博嗣　妻のオンパレード　〈The cream of the notes 12〉
森　博嗣　カクレカラクリ　〈An Automaton in Long Sleep〉
森　博嗣　DOG&DOLL
森　博嗣　森には森の風が吹く　〈My wind blows in my forest〉
森　博嗣　アンチ整理術　〈Anti-Organizing Life〉
萩尾望都　森　博嗣　原作　トーマの心臓　〈Lost heart for Thoma〉
諸田玲子　森家の討ち入り
森　達也　すべての戦争は自衛から始まる
本谷有希子　腑抜けども、悲しみの愛を見せろ
本谷有希子　江利子と絶対　〈本谷有希子文学大全集〉
本谷有希子　あの子の考えることは変
本谷有希子　嵐のピクニック
本谷有希子　自分を好きになる方法
本谷有希子　異類婚姻譚
本谷有希子　静かに、ねぇ、静かに
茂木健一郎　「赤毛のアン」に学ぶ幸福《しあわせ》になる方法
森林原人　セックス幸福論　〈偏差値78のAV男優が考える〉

講談社文庫 目録

2024年9月13日現在